红楼梦诗词

〔精编〕

（清）曹雪芹 ◎ 著

孔庆东 ◎ 主编

吉林出版集团股份有限公司

图书在版编目（CIP）数据

红楼梦诗词：精选 / 孔庆东主编.— 长春：吉林出版集团股份有限公司, 2016.6
（品读经典 / 孔庆东主编）

ISBN 978-7-5581-1489-2

Ⅰ.①红… Ⅱ.①孔… Ⅲ.①《红楼梦》—古典诗歌—诗歌欣赏 Ⅳ.①I207.411

中国版本图书馆CIP数据核字（2016）第122564号

红楼梦诗词（精选）

著　　者	(清)曹雪芹
主　　编	孔庆东
总 策 划	马泳水
责任编辑	齐琳　史俊南
装帧设计	中易汇海
开　　本	880mm×1230mm　1/32
印　　张	9.5
版　　次	2018年9月第1版
印　　次	2018年9月第1次印刷
出　　版	吉林出版集团股份有限公司
电　　话	（总编办）010-63109269
	（发行部）010-67482953
印　　刷	北京欣睿虹彩印刷有限公司

ISBN 978-7-5581-1489-2　　　　　定　价：39.80元
版权所有　侵权必究

序

古人说："刚日读经，柔日读史。"本来说的是什么时间读什么书，从侧面看来，我们的前辈多么勤奋，每日读书，并不留空闲。

在一个号召"全民阅读"的时代，如何阅读，阅读什么，成为新常态下的新课题。数千年来的文化传统和我们的祖先的经验告诉我们，那就是"阅读经典"。这套"品读经典"丛书，其旨趣、其志向，大概就是"打通"这样一个目标。

我也经常说，只有阅读经典著作，建立了平衡的知识结构，才能做到"风吹不昏，沙打不迷"。

古人又说，一日不读书，心源如废井。

在我看来，读书应该是日常生活的组成部分，就像呼吸空气那样。

我在北大附属实验学校的一次报告会上曾经谈过，要读书，读好书，也只有那些有独创思想的著作才能称为"书"，才可能成为经典。

经典书，也就是我们常说的"真正的书"，它应具有独特性、原创性、思想性。独特性就是与众不同，是自己独立思考的东西；原创性就是"我手写我心"；思想性就是必须加入自己个体的思考。

另外，经典书均为文史哲范围，因为这些书属于上游书，其思想辐射至其他专业。今天我们有几百个专业，它们并不是在一个平面上展开的。

我们要每天读点儿书，滋润自己的心灵。读书不是立竿见影之事，不能立马改变生活，它是个慢功夫。几天不读好像没什么，其实你已经落后了，而当你水平提高了又不容易下去。

对于个人来讲，我们把学到的知识用到实践当中，用到一点就足够我们享用一辈子了。表里不一对于国家来说是毁国家前途，对于个人来说是毁自己前途。很多人总是发明新道理，但是我觉得旧道理够用。

知道了之后再实践了，这才是真正的读书人。

古人言："读万卷书，行万里路。"

"读万卷书"是前提，"行万里路"是实践，把知识实际地运用。孔子讲的"忠、恕、仁"这几个概念，你能把它实践好就很不错了，懂了这些道理你读书就很快乐。有了这种精神状态之后，你就会持一个乐观的心态。读书最后还是为了自己，使自己成为一个乐观快活的人，让自己活在这个世界上特别有劲。

我们既要"行万里路"，也要"读万卷书"，更要读好书，读经典书。

著名学者汤一介先生说，一本好的经典，"可以启迪人们的思考，同时也告诉我们应该重视经典"，面对先贤的智慧，面对我们两千余年来的诸子百家、孔孟老庄，"我们必须谦虚，向经典学习"，也许这就是"品读经典"丛书出版的意义。

前言

在明清小说中，最为人称道的莫过于《红楼梦》了，它在中国小说史乃至中国文学史上都占有重要地位。可以说，《红楼梦》是中国古典长篇小说的巅峰之作，也是迄今为止最具影响力的中国古典文学作品之一。自问世以来，它就受到各阶层民众的广泛喜爱，坊间一度有"开谈不说《红楼梦》，读尽诗书亦枉然"的说法。

二百余年来，对曹雪芹及其《红楼梦》的研究，已逐渐发展成为一门世界性的学问——红学。无数的学者和"红学"爱好者根据曹雪芹有意无意在字里行间留下的蛛丝马迹，乐此不疲地投入到"解梦"的工作中，使得"红楼热"历久不衰。在这一过程中，产生了许许多多解读《红楼梦》的方式，比如考证、探佚、评点、索隐等。这在中国文学史上是前所未有的，即使在世界文学史上也是罕见的。

从诗词的角度来解读《红楼梦》，是其中最为流行的方式之一。一方面，《红楼梦》"批阅十载，增删五次"方成书，其中的诗词作品凝聚着曹雪芹毕生的心血,具有很高的艺术价值,体现了曹雪芹这位文学大家在诗词上的高深造诣。另一方面,这些诗词中暗含许多隐喻和谶语,或对人物命运作出预示,或为情节发展埋下伏笔,或蕴含有"反面"的线索,是深刻解读《红楼梦》的钥匙。

本书收集了《红楼梦》的部分诗词,按原书章回编排整理,对每首诗词都作了详细的解读和评析,力图使读者领略"红楼"诗词的艺术魅力。同时,本书也精选了名家对红楼梦的解读,以便使读者全方面地了解《红楼梦》,并从中得到一些关于《红楼梦》中故事情节发展和人物命运的启示。

——《品读经典》编委会

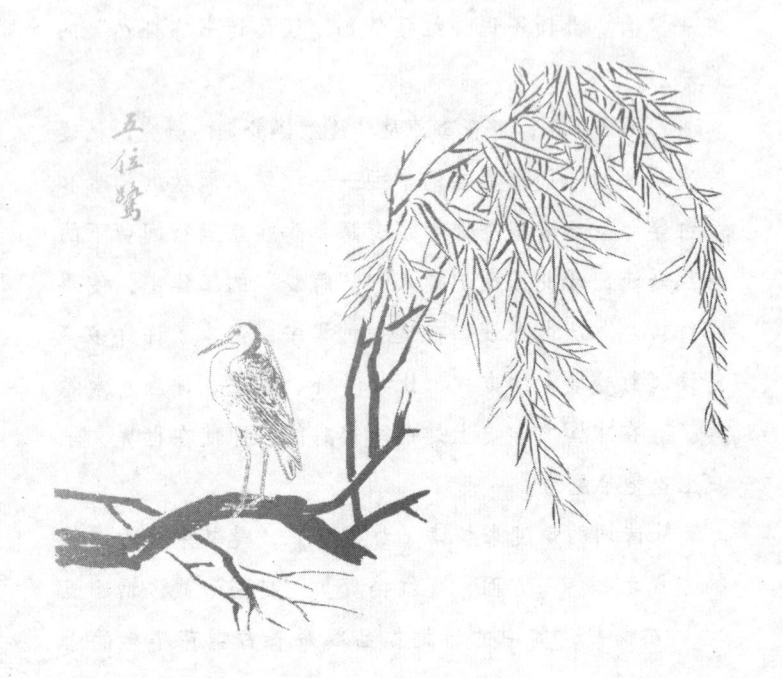

目　录

第一回

甄士隐梦幻识通灵
贾雨村风尘怀闺秀

女娲石上偈语 / 一
题《金陵十二钗》一绝 / 二
太虚幻境石牌坊联语 / 三
癞头僧嘲甄士隐 / 四
贾雨村对月口占五言律 / 四
贾雨村口占联语 / 六
贾雨村对月寓怀一绝 / 六
好了歌 / 七

第二回

贾夫人仙逝扬州城
冷子兴演说荣国府

赞娇杏 / 九
智通寺联语 / 一〇

第三回

托内兄如海荐西宾
接外孙贾母惜孤女

荣禧堂联语 / 一一
西江月·批宝玉二首 / 一二
赞林黛玉 / 一三

第四回

薄命女偏逢薄命郎
葫芦僧乱判葫芦案

护官符 / 一四

第五回

贾宝玉神游太虚境
警幻仙曲演红楼梦

宁国府上房内联语 / 一五
秦可卿卧室联语 / 一六
警幻仙姑歌辞 / 一六

警幻仙子赋 / 一七
孽海情天联语 / 一九
薄命司联语 / 一九
判词"霁月难逢" / 二〇
判词"枉自温柔和顺" / 二一
判词"根并荷花一茎香" / 二二
判词"可叹停机德" / 二三
判词"二十年来辨是非" / 二三
判词"才自清明志自高" / 二四
判词"富贵又何为" / 二五
判词"欲洁何曾洁" / 二六
判词"子系中山狼" / 二七
判词"勘破三春景不长" / 二八
判词"凡鸟偏从末世来" / 二九
判词"事败休云贵" / 二九
判词"桃李春风结子完" / 三〇
判词"情天情海幻情深" / 三一
仙宫房内联语 / 三二
红楼梦引子 / 三二
终身误 / 三三
枉凝眉 / 三四
恨无常 / 三五
分骨肉 / 三六
乐中悲 / 三七
世难容 / 三八
喜冤家 / 三九
虚花悟 / 四〇
聪明累 / 四一
留余庆 / 四二

晚韶华 / 四三
好事终 / 四四
飞鸟各投林 / 四五

第八回

贾宝玉奇缘识金锁
薛宝钗巧合认通灵

嘲顽石诗 / 四七
通灵宝玉与金锁铭文 / 四八

第十一回

庆寿辰宁府排家宴
见熙凤贾瑞起淫心

赞会芳园 / 四九

第十三回

秦可卿死封龙禁尉
王熙凤协理宁国府

梦秦氏赠言 / 五〇

第十七回

大观园试才题对额
荣国府归省庆元宵

宝玉题大观园对额 / 五一

第十八回
皇恩重元妃省父母
天伦乐宝玉呈才藻

顾恩思义匾额 / 五三
大观园题咏（十一首）/ 五三

第二十一回
贤袭人娇嗔箴宝玉
俏平儿软语救贾琏

续《庄子·胠箧》/ 五八
题宝玉续庄子文后 / 五九

第二十二回
听曲文宝玉悟禅机
制灯谜贾政悲谶语

参禅偈 / 六〇
寄生草 / 六〇
贾环灯谜 / 六一
贾政灯谜 / 六二
元春灯谜 / 六三
迎春灯谜 / 六三
探春灯谜 / 六四
惜春灯谜 / 六五
黛玉灯谜 / 六六
宝玉灯谜 / 六七
宝钗灯谜 / 六八

第二十三回
西厢记妙词通戏语
牡丹亭艳曲警芳心

四时即事四首 / 六九

第二十五回
魇魔法叔嫂逢五鬼
通灵玉蒙蔽遇双真

癞和尚赞 / 七一
跛道人赞 / 七一
叹通灵玉二首 / 七二

第二十六回
蜂腰桥设言传心事
潇湘馆春困发幽情

黛玉哭花阴 / 七三
哭花阴诗 / 七三

第二十七回
滴翠亭杨妃戏彩蝶
埋香冢飞燕泣残红

葬花辞 / 七四

第二十八回

蒋玉菡情赠茜香罗
薛宝钗羞笼红麝串

小曲 / 七七
酒令五首 / 七七

第三十四回

情中情因情感妹妹
错里错以错劝哥哥

题帕三绝句 / 八一

第三十七回

秋爽斋偶结海棠社
蘅芜苑夜拟菊花题

招宝玉结诗社帖 / 八三
贾芸请安帖 / 八四
咏白海棠 / 八五

第三十八回

林潇湘魁夺菊花诗
薛蘅芜讽和螃蟹咏

藕香榭联语 / 九一
咏菊（十二首） / 九二
螃蟹咏（三首） / 一〇一

第四十回

史太君两宴大观园
金鸳鸯三宣牙牌令

探春房内联语 / 一〇四
牙牌令（七首） / 一〇五

第四十五回

金兰契互剖金兰语
风雨夕闷制风雨词

秋窗风雨夕 / 一〇九

第四十八回

滥情人情误思游艺
慕雅女雅集苦吟诗

香菱咏月诗三首 / 一一一

第五十回

芦雪庵争联即景诗
暖香坞雅制春灯谜

芦雪庵争联即景诗 / 一一三
赋得红梅花三首 / 一一六
访妙玉乞红梅 / 一一七
点绛唇 / 一一八
灯谜诗（三首） / 一一九

第五十一回
薛小妹新编怀古诗
胡庸医乱用虎狼药

薛宝琴怀古诗 / 一二一

第五十二回
俏平儿情掩虾须镯
勇晴雯病补雀金裘

真真国女儿诗 / 一二九

第六十二回
憨湘云醉眠芍药茵
呆香菱情解石榴裙

酒令三首 / 一三一

第六十四回
幽淑女悲题五美吟
浪荡子情遗九龙佩

五美吟 / 一三三

第七十回
林黛玉重建桃花社
史湘云偶填柳絮词

桃花行 / 一三五

如梦令 / 一三七
南柯子 / 一三七
唐多令 / 一三八
西江月 / 一三九
临江仙 / 一四〇

第七十六回
凸碧堂品笛感凄清
凹晶馆联诗悲寂寞

中秋夜大观园即景联句 / 一四一

第七十八回
老学士闲征姽婳词
痴公子杜撰芙蓉诔

姽婳词三首 / 一四四
芙蓉女儿诔 / 一四六

第七十九回
薛文起悔娶河东狮
贾迎春误嫁中山狼

紫菱洲歌 / 一五一

第八十五回
贾存周报升郎中任
薛文起复惹放流刑

亲友庆贺贾政升官 / 一五二

第八十七回

感秋声抚琴悲往事
坐禅寂走火入邪魔

黛玉见帕伤感 / 一五三
琴曲四章 / 一五三
悟禅偈 / 一五五

第八十九回

人亡物在公子填词
蛇影杯弓颦卿绝粒

望江南·祝祭晴雯二首 / 一五六
黛玉照镜 / 一五七

第九十回

失绵衣贫女耐嗷嘈
送果品小郎惊叵测

叹黛玉病 / 一五八
感怀 / 一五九

第九十三回

甄家仆投靠贾家门
水月庵掀翻风月案

荐包勇与贾政书 / 一六〇
匿名揭帖儿 / 一六一

第九十四回

宴海棠贾母赏花妖
失宝玉通灵知奇祸

赏海棠花妖诗三首 / 一六二

第九十五回

因讹成实元妃薨逝
以假混真宝玉疯癫

寻玉乩书 / 一六四

第九十八回

苦绛珠魂归离恨天
病神瑛泪洒相思地

叹黛玉死 / 一六五

第九十九回

守官箴恶奴同破例
阅邸报老舅自担惊

与贾政议探春婚事书 / 一六六

第一百零一回

大观园月夜警幽魂
散花寺神签惊异兆

散花寺签 / 一六八

第一百零八回
强欢笑蘅芜庆生辰
死缠绵潇湘闻鬼哭

骰子酒令四首 / 一六九

第一百一十六回
得通灵幻境悟仙缘
送慈柩故乡全孝道

重游幻境所见联额三副 / 一七一

第一百一十七回
阻超凡佳人双护玉
欣聚党恶子独承家

酒令 / 一七三

第一百一十八回
记微嫌舅兄欺弱女
惊谜语妻妾谏痴人

吟句 / 一七四

第一百一十九回
中乡魁宝玉却尘缘
沐皇恩贾家延世泽

离家赴考赞 / 一七五

第一百二十回
甄士隐详说太虚情
贾雨村归结红楼梦

离尘歌 / 一七六
咏桃花庙句 / 一七七
顽石重归青埂峰 / 一七八
结红楼梦偈 / 一七八

附录

《红楼梦》评论　王国维 / 一八〇
石头记索隐　蔡元培 / 二〇一
红楼梦考　钱静方 / 二四三
清之人情小说　鲁迅 / 二四六
清小说之四派及其末流（节选）
　　鲁迅 / 二五八
《红楼梦》杂论　鲁迅 / 二六一
红楼说梦 / 二六四

品读经典

八

第一回　甄士隐梦幻识通灵
　　　　　贾雨村风尘怀闺秀

女娲石上偈语

无材可去补苍天，枉入红尘若许年。
此系身前身后事，倩谁记去作奇传？

赏析

　　这是点明《红楼梦》写作缘由的一首诗。诗中，曹雪芹依托女娲补天的神话故事，以一块被女娲丢弃在凡间的顽石自喻。他借顽石的"无材补天"，来表达自己不能匡时济世的遗憾；借顽石的"枉入红尘"，来描写自己半生潦倒、一事无成的窘迫。他在大志难成之下愤而著书，将自己在尘世中的所见、所感记录成《红楼梦》。诗中作者自谓"无材"，看似自惭，实为自负；而以顽石自喻，更是体现了他不愿随同流俗的傲气。

题《金陵十二钗》一绝

满纸荒唐言,一把辛酸泪。
都云作者痴,谁解其中味!

赏析

此诗出现在《红楼梦》第一回。书中写道,空空道人路过青埂峰时看见了顽石和石上的文字,于是便将文字抄写成书,定名为《石头记》,使之流传于世。之后曹雪芹"披阅十载,增删五次",将《石头记》整理成章回体小说,改书名为《金陵十二钗》,同时题诗评价此书。这些都是作者在书中使用的"障眼法",其实不管是《石头记》还是《金陵十二钗》,其作者都是曹雪芹。

这首诗短小、浅白,然而感慨颇深。作者在诗中不无心酸地感叹,谁才能了解本书的真正含义呢?可见,曹雪芹十分担心自己倾力创作的书不能被后人理解。此书从写成到现在经历了200多年,历代人对《红楼梦》及其作者评价不一。鲁迅曾这样评价过《红楼梦》:"单是命意,就因读者的眼光而有种种:经学家看见

《易》,道学家看见淫,才子看见缠绵,革命家看见排满,流言家看见宫闱秘事。"脂砚斋对此诗有评:"能解者方有辛酸之泪,哭成此书。壬午除夕,书未成,芹为泪尽而逝。"可见,对于曹雪芹血泪交融写成的《红楼梦》,能读懂其中"荒唐之言"的人,必定是像作者一样尝尽人世辛酸的人。

太虚幻境石牌坊联语

假作真时真亦假,无为有处有还无。

赏析

此对联在书中共出现两次:一次出现在甄士隐的梦中,另一次出现在贾宝玉的梦中。在小说中,甄士隐禀性淡泊,与世无争,逍遥自在。某日午睡,甄士隐梦见一僧一道,在他们手中见到了通灵宝玉。而后甄士隐又跟随两人来到"太虚幻境",在石牌坊上见到了这副对联。

此对联看似浅显,实际上寓意深刻。佛家认为,世间万物,其形体是真的,是有;其本质是假的,即无。这副对联借"有无"、"虚假"之辩来嘲笑世人,说明世俗之人之所以嫌贫爱富、追名逐利,是因为他们将假的误认为是真的,又将真的误认为是假的,他们将虚无错认为是实有,又将实有误认为是虚无。同时,此联也暗示了《红楼梦》创作手法上的某些规律:书中叙述的人物、情节真假错杂,读者可自行品味、猜想。

癞头僧嘲甄士隐

惯养娇生笑你痴,菱花空对雪澌澌。
好防佳节元宵后,便是烟消火灭时。

赏析

此诗出现在《红楼梦》第一回。书中写道,某日甄士隐抱着独生女英莲(即香菱)走在街上,见一个癞头和尚和一位一跛足道人相偕而来。那癞头和尚一见英莲便大哭,说她是"有命无运,累及爹娘之物",要求甄士隐将她舍与自己。甄士隐自然不允,于是和尚大笑着念出此诗。在《红楼梦》中,甄家和香菱的命运,都没能逃脱此诗的预言:香菱一生命运悲苦,而甄家更是在开篇就家破人散。

《红楼梦》第一回讲述的这个悲剧故事,被脂砚斋称为全书情节的缩写。脂砚斋认为,作者是在借甄家兴衰的"小荣枯"来影射日后贾家盛亡的"大荣枯",以甄家人的悲惨遭遇来暗示贾府人日后的不幸命运。纵观此书,的确如此。这正是曹雪芹匠心独运的表现。

贾雨村对月口占五言律

未卜三生愿,频添一段愁。
闷来时敛额,行去几回眸。

自顾风前影,谁堪月下俦,
蟾光如有意,先上玉人头。

赏析

《红楼梦》第一回中贾雨村穷困潦倒,寄居在甄士隐家隔壁的葫芦庙里。因他相貌堂堂、气宇轩昂,颇受甄士隐赏识。某日,贾雨村受邀到甄家做客。此时,甄家丫鬟娇杏正在院内摘花,因为常听主人提起贾雨村,所以不免多看了他两眼。贾雨村以为娇杏对自己有意,欢喜不已,回到住处后,便为娇杏害起了相思病。此诗就是他在中秋之夜对月所吟的相思之作。

这首诗与后文《赞娇杏》一诗遥相呼应。在小说中,娇杏先是被贾雨村收为小妾,后来转为正室。这种人生起伏不但与《红楼梦》中多次提及的"世事难料"相符,也暗合了娇杏之名的谐音"侥幸"。娇杏无意间多看了贾雨几眼,竟因此而从奴婢变为主子,实属侥幸!

贾雨村口占联语

玉在椟中求善价，钗于奁内待时飞。

赏析

贾雨村吟诵完相思诗后，意犹未尽，"又思及平生抱负，苦未逢时"，于是仰天长叹，吟出此联。贾雨村是封建社会追逐功名之士的典型代表，他有些真才实学，不甘"久居人下"，希望凭自己的才能"求取宝名"。此联不仅表达了贾雨村壮志未酬的情怀，更体现了他急欲飞黄腾达的心情。

这副简短直白的对联，表现了曹雪芹高超的写作手法。联中"求善价"的"价"谐音"贾"，"待时飞"的"时飞"又恰是贾雨村的字。以贾雨村的姓和字入联，来表现他追逐功名的迫切心情，真是高妙！这种写作手法在《红楼梦》中经常能看到，后来清人张新称之为"按头制帽"。

贾雨村对月寓怀一绝

时逢三五便团圆，满把清光护玉栏。

天上一轮才捧出，人间万姓仰头看。

赏析

中秋之夜，甄士隐请贾雨村到家中做客。明月当头，二人酒兴愈浓。贾雨村乘着酒兴，对月吟出这首诗。

此诗不是上乘之作，但气势不凡。虽然诗的前两句平淡无奇，但后两句却匠心独运。诗中贾雨村尽展抱负，他希望自己有朝一日能出人头地，让"人间万姓仰头看"。此诗表明了贾雨村的功利之心。但当时甄士隐没有看透贾雨村的本质，只一味偏爱他的才华，所以对此诗大加称赞，说："妙极！弟每谓兄必非久居人下者，今所吟之句，飞腾之兆已见，不日可接履于云霄之上了。可贺可贺！"

后来甄士隐慷慨解囊，资助贾雨村进京应考，贾雨村才走上了仕途之路。

好了歌

世人都晓神仙好，惟有功名忘不了。
古今将相在何方？荒冢一堆草没了。
世人都晓神仙好，只有金银忘不了。
终朝只恨聚无多，及到多时眼闭了。
世人都晓神仙好，只有娇妻忘不了。
君生日日说恩情，君死又随人去了。

世人都晓神仙好，只有儿孙忘不了。

痴心父母古来多，孝顺子孙谁见了？

赏析

　　《好了歌》出现在《红楼梦》第一回。家业破败后，甄士隐和妻子移居乡下，不想却遇到了"水旱不收，鼠盗蜂起"的年头。无奈之下，甄士隐只好变卖田产，投奔岳父。甄士隐的岳父是个贪财的卑鄙小人，他想方设法地将甄士隐的银子全部骗进自己的手里。于是甄士隐"急忿怨痛"、"贫病交攻"、走投无路。某日，甄士隐在街上遇见了一个"疯癫落脱、麻履鹑衣"的跛足道人，道人边走边叨念，叨念的正是这首歌。

　　这首歌用通俗直白的语句告诉人们：功业、金钱、妻妾、儿孙都是过眼云烟。而人之所以对这些东西有所贪恋，是因为没有"了"。跛足道人说"好便是了，了便是好"，就是想劝诫人们抛弃世俗。因为只有彻底地"了"，才能彻底的"好"。这首歌体现了一种逃避现实的虚无主义思想。

第二回　贾夫人仙逝扬州城
　　　　冷子兴演说荣国府

赞娇杏

偶因一回顾，便为人上人。

赏析

"赞"在这里是评论的意思，并非赞颂。贾雨村考中进士，做了知府，把当年在甄家当丫鬟的娇杏收为小妾。后来，贾雨村的正妻因病故去，娇杏遂由妾转妻，成为正室。这句话就是作者对此事所发出的感慨。

当日娇杏在好奇心的驱使下回望贾雨村，也许并无倾慕之情。可正是因为这回头一望，使她从社会底层的一个卑贱丫鬟，变成了奴役他人的主子。为此，脂砚斋批语曾说，"娇杏"即"侥幸"。《红楼梦》中的人名惯用谐音的手法，以此来体现作者的创作意图，如"卜世人"谐音为"不是人"，"詹光"谐音为"沾光"。小说中，奴婢出身的娇杏后来成了主子，而曾经受人侍奉的小姐英莲最后却成了奴婢。作者通过这些情节来表现人生无常、世事难料。

智通寺联语

身后有馀忘缩手,眼前无路想回头。

赏析

贾雨村做知府不到一年,就因收受贿赂、徇私枉法被削去官职。后来,贾雨村被林如海请去做了林黛玉的老师。一日外出,他看见一座破烂不堪的寺庙,名为"智通寺",庙前山门旁便题着这副对联。

《红楼梦》不愧为经典名著,文中看似随意的一副对联也寓意深刻。这副对联是对那些贪得无厌、得寸进尺之人的嘲讽和警告。贾雨村认为它"文虽浅近,其意则深"。贾雨村正是因为"忘缩手"而丢掉了官职,所以他对此体会颇深。不过,后来贾雨村重新为官,依然"乱判葫芦案",比起之前有过之而无不及。可见,他的确是一个贪得无厌、阴险狠毒、不知悔改的人。因此,作者有意安排他见到这副对联,其讽刺的意味便更加浓厚。"智通",即智者悟道,但贾雨村是永远都不会明白这个道理的。

第三回　托内兄如海荐西宾
　　　　接外孙贾母惜孤女

荣禧堂联语

座上珠玑昭日月，堂前黼黻焕烟霞。

赏析

林黛玉在贾雨村的陪同下，从扬州来到荣国府投奔外祖母贾母。与贾母等人见面后，黛玉又去拜访了舅父贾政。她在荣国府的正堂——荣禧堂，看见了这副对联。

"荣禧堂"这三个大字是皇帝亲笔御赐给荣国公贾源的，这在当时属于无上的荣耀；而且由东安郡王亲自书写了荣禧堂里的对联。从这些情节可以看出，这个已有百年历史的"钟鸣鼎食之家"拥有十分显赫的社会地位。借黛玉所见，点出贾家的奢华，是作者巧妙安排的叙事视点。

西江月·批宝玉二首

其一

无故寻愁觅恨,有时似傻如狂。纵然生得好皮囊,腹内原来草莽。

潦倒不通庶务,愚顽怕读文章。行为偏僻性乖张,那管世人诽谤。

其二

富贵不知乐业,贫穷难耐凄凉。可怜辜负好韶光,于国于家无望。

天下无能第一,古今不肖无双。寄言纨袴与膏梁:莫效此儿形状!

赏析

"批"在这里是打批语、下判断的意思,并非批评、批判之意。

黛玉来到荣国府后,见到了众多姐妹,最后才和宝玉相见。此时,作者先描写宝玉的外貌,接着说:"看其外貌最是极好,却难知其底细。后人有《西江月》二词,批的极确。"文中所说《西江月》二词即这二首。

表面上看,词的字里行间尽是对宝玉的嘲讽和否定;而实质上,词的每句话都是对他的称赞和颂扬。这两首词刻画出一个世俗中的叛逆者形象,他"潦倒不通庶务"、"天下无能第一"。可实际上,"此儿"却有着最淳朴、最自然的天性。可见,词中所用全是反语。

赞林黛玉

两弯似蹙非蹙笼烟眉,一双似喜非喜含情目。态生两靥之愁,娇袭一身之病。泪光点点,娇喘微微。闲静似娇花照水,行动如弱柳扶风。心较比干多一窍,病如西子胜三分。

赏析

这段赞文是贾宝玉与林黛玉第一次见面时,宝玉眼中的黛玉。黛玉心思细腻,多愁多病,这一方面是因为她具有贵族小姐特有的柔弱气质,另一方面是因为她不幸的人生经历。赞文中对黛玉容貌的描写只是寥寥几句,但重点突出了她那娇弱可怜的体态和超凡脱俗的气质。"心较比干多一窍"是对黛玉天资聪颖的赞颂,而"病如西子胜三分"则体现了她惹人怜爱的美。整段赞文刻画了一个超尘脱俗、才华过人的少女形象。正所谓,此女只应天上有,人间能得几回现?

第四回　薄命女偏逢薄命郎
　　　　葫芦僧乱判葫芦案

护官符

贾不假，白玉为堂金作马。

阿房宫，三百里，住不下金陵一个史。

东海缺少白玉床，龙王来请金陵王。

丰年好大"雪"，珍珠如土金如铁。

赏析

　　薛蟠打死冯渊闹到官府。贾雨村审理此案时从门子手中得到了一张"护官符"，得知薛家乃金陵四大家族之一，于是他胡乱判结了此案。作者通过贾雨村手下门子之口，阐述了"护官符"的含义：金陵城四大家族"皆连络有亲，一损皆损，一荣皆荣，扶持遮饰，俱有照应"。所以当地官员无不对他们奉承巴结，而倘若得罪其中之一，轻则丢官，重则丧命。

　　《红楼梦》在没有深入描写贾、史、王、薛四大家族之前，先向人们展示了一张"护官符"，不仅让读者对四大家族的权势和地位有了大概的印象，也为后文错综复杂的人物关系埋下了伏笔。

第五回　贾宝玉神游太虚境
　　　　警幻仙曲演红楼梦

宁国府上房内联语

世事洞明皆学问，人情练达即文章。

赏析

宝玉跟随贾母到宁国府观赏寒梅，然后参加荣宁二府的家宴。宴席中宝玉感到困乏，于是秦可卿带他去上房午睡。在上房，宝玉见到一幅《燃藜图》，心生不快；后又见到这副对联，心中更加厌恶。《燃藜图》画的是西汉著名学者刘向"勤学"的故事，用来教育世人刻苦读书，以博取功名。而这副对联则是告诫人们要洞悉社会事态、明白人情世故，这样才能社会上立足。

作者善于描写生活中的细节，寥寥数笔，就将人物的性情表

现得淋漓尽致。作者抓住宝玉看图和对联后的自然反应,突出表现了宝玉厌烦仕途的思想性格。

秦可卿卧室联语

嫩寒锁梦因春冷,芳气袭人是酒香。

赏析

因为宝玉讨厌上房,秦可卿便将他带到了自己房中。在这里,宝玉看见了这副对联。这副对联是北宋著名文学家秦观的作品,对联旁边是明朝画家唐伯虎的《海棠春睡图》。宝玉见此大叫"这里好",于是便上床入睡。

作者在描写秦可卿的房间时,虚构了许多摆设,除了上文提到的画和对联外,像武则天的宝镜、赵飞燕的金盘、寿昌公主的卧榻等无不是杜撰出来的。这些摆设和历史上著名的"香艳故事"有着莫大的关系,也暗示了秦可卿后来的"堕落"。而宝玉喜欢这里,是因为他"见了女儿便清爽,见了男子便觉浊臭逼人"。

警幻仙姑歌辞

春梦随云散,飞花逐水流。
寄言众儿女,何必觅闲愁。

赏析

宝玉在秦可卿房里"沉酣入睡",在睡梦中走进一个幻境时突然听见山后有女子吟唱此曲。"歌声未息,早见那边走出一个人来",来人正是警幻仙姑。

此歌否定男女之间的爱情,带有消极、虚无的色彩。根据佛教理念,情欲是所有烦恼的根源,想要无烦无恼,则须断情断欲,包括爱。警幻仙姑有意让宝玉听到这首歌,是想让他"醒悟",不要陷入情爱中无法自拔。同时,此曲也是对将来大观园众女子或香消玉殒、或流离他处的命运所作的预言。在情节设置上,它有统领全书的作用。

警幻仙子赋

方离柳坞,乍出花房。但行处,鸟惊庭树,将到时,影度回廊。仙袂乍飘兮,闻麝兰之馥郁;荷衣欲动兮,听环珮之铿锵。靥笑春桃兮,云髻堆翠;唇绽樱颗兮,榴齿含香。盼纤腰之楚楚兮,风回雪舞;耀珠翠之辉辉兮,鸭绿鹅黄。出没花间兮,宜嗔宜喜;徘徊池上兮,若飞若扬。蛾眉欲颦兮,将言而未语;莲步乍移兮,欲止而仍行。羡美人之良质兮,冰清玉润;慕美人之华服兮,闪灼文章。爱美人之容貌兮,香培玉篆;比美人之态度兮,凤翥龙翔。

其素若何,春梅绽雪;其洁若何,秋蕙披霜。其静若何,松生空谷;其艳若何,霞映澄塘。其文若何,龙游曲沼;其神若何,月射寒江。远惭西子,近愧王嫱。生于孰地?降自何方?若非宴罢归来,瑶池不二;定应吹箫引去,紫府无双者也。

赏析

这篇赋刻画了出现在宝玉梦中的警幻仙姑的形象。在赋中,作者极力渲染仙姑的美貌容颜。

此赋表现了作者全方位的创作才华,不过赋的本身并无多少深意。在中国古典小说中,介绍人物或描写景物时,常出现类似的"赞赋闲文"。这首赋在很大程度上借鉴了曹植的《洛神赋》,如"风回雪舞"、"将言而未语"就是取自于《洛神赋》中的"飘飘兮若流风之回雪"、"含辞未吐"等句。

孽海情天联语

厚地高天，堪叹古今情不尽；
痴男怨女，可怜风月债难酬。

赏析

在梦中，宝玉在警幻仙姑的引领下来到了"太虚幻境"，在宫门上看见"孽海情天"四个大字和这副对联。佛教把情欲看成是万恶之本，用"孽海"比喻人们陷入其中而无法自拔。"孽海情天"的意思是说，世间男女大都被情爱纷争所带来的烦恼牢牢地束缚住了。

《红楼梦》中描写了荣宁二府内外众多的矛盾纠葛，包括男女之间正当的或不正当的关系。警幻仙姑让宝玉看见这副对联，是要告诫宝玉不要被情爱牵绊。谁知宝玉不但不明白仙姑的用心，反而思索道："但不知何为'古今之情'，又何为'风月之债'？从今倒要领略领略。"

薄命司联语

春恨秋悲皆自惹，花容月貌为谁妍。

赏析

宝玉进入太虚幻境的内殿后，看到众多匾额，有"痴情司"、

"结怨司"、"朝啼司"、"暮哭司"、"春感司"、"秋悲司"等。警幻仙姑说:"此中各司存的是普天下所有的女子过去未来的簿册。"之后,二人来到"薄命司",这副对联就位于"薄命司"的匾额两旁。

"薄命司",取"红颜薄命"之意。大观园里众女子的"生死簿"——《金陵十二钗正册》、《金陵十二钗副册》、《金陵十二钗又副册》都放在此处。这暗示着,不管她们地位高低、品德优劣、才能大小、容貌美丑,全都不会有好的结局。此联是对红楼女儿们日后坎坷命运的叹息。

判词"霁月难逢"

霁月难逢,彩云易散。心比天高,身为下贱。风流灵巧招人怨。寿夭多因诽谤生,多情公子空牵念。

赏析

这首判词说的是晴雯。判词前面有一幅画,画中"又非人物,也无山水,不过是水墨溽染,满纸乌云浊雾而已"。"霁月难逢"既说如晴雯般出众的姑娘并不多见,又说晴雯"难于逢时",即命运不济。"彩云易散"暗示晴雯红颜薄命,正如画里的"乌云浊雾",暗喻她坎坷不幸的结局。

晴雯容貌出众、聪明灵巧，是怡红院里最出众的丫鬟。她虽"身为下贱"，却"心比天高"。晴雯性格刚烈，具有极强的反抗性，因此受到封建大家庭的迫害。她身染重病时被逐出大观园，不久就凄凉地死去了。《红楼梦》将晴雯塑造得十分完美，却又让她有一个极为凄惨的结局。这正好体现了鲁迅先生的那句话——悲剧就是把人间美好的东西毁灭给人看。

判词"枉自温柔和顺"

枉自温柔和顺，空云似桂如兰。
堪羡优伶有福，谁知公子无缘。

赏析

这首判词说的是袭人。判词前有一幅画，画着"一簇鲜花，一床破席"。"花"对应袭人之姓，"席"则谐"袭"之音，此画应合袭人之名。鲜花漂亮，而破席卑贱，正如矛盾之中的袭人。袭人本性善良，但在贾府这个复杂的环境中，她既要顺从和忍耐，又要圆滑和讨巧。袭人原名珍珠，本为贾母身边的丫鬟。后来，贾母唯恐宝玉身边的人服侍不周，便将这个"心地纯良，恪尽职守"的丫鬟放在了宝玉身边。因为她姓花，宝玉便把她的名字改为袭人，取自陆游的诗句"花气袭人知骤暖"。袭人既是宝玉的奴婢，也是宝玉的"如夫人"。她曾对宝玉发誓，"便是八人轿也抬不出我去"。不过，在书的结尾，袭人还是屈从命运，和戏子蒋玉菡结为夫妻，这正应了判词中所说的"优伶有福"、"公子无缘"。

判词"根并荷花一茎香"

根并荷花一茎香，平生遭际实堪伤。
自从两地生孤木，致使香魂返故乡。

赏析

这首判词说的是香菱。判词前有一幅画，画着"一株桂花，下面有一方池沼，其中水涸泥干，莲枯藕败"。

香菱是甄士隐之女，原名甄英莲，谐音为"真应怜"。英莲三岁时因家奴看护不当而被人拐走，后来被薛蟠强买为妾，改名香菱。这首判词对香菱的悲惨结局作出了暗示，即她是被薛蟠的正室夏金桂折磨致死的。不过在高鹗续写的后四十回中，香菱却在夏金桂死后做了正室，最后难产而死。从判词来看，这种安排并不符合曹雪芹的本意。

如果说甄家的沉浮象征着贾家的沉浮，那么香菱由小姐沦为侍妾的悲惨命运，则暗喻着大观园中众女子的凄惨结局。

判词 "可叹停机德"

可叹停机德，堪怜咏絮才。
玉带林中挂，金簪雪里埋。

赏析

这首判词说的是薛宝钗和林黛玉两个人。判词前有一幅画，画着"两株枯木，木上悬着一围玉带；地上又有一堆雪，雪下一股金簪"。

"可叹停机德"指薛宝钗，"堪怜咏絮才"指林黛玉。她二人是《红楼梦》中最重要的两个女子，一个博学多才、端庄稳重、明哲保身，一个聪明清秀、体弱多病、坦率纯真；一个时刻恪守封建礼教，一个奉世俗叛逆者为知己。二人性格完全相反，但作者却将她们写入同一首判词中，这在十二钗的判词中是独一无二的。在小说中，二人的关系也很微妙。可以说，她们"是敌非敌，是友非友"。

"玉带林中挂，金簪雪里埋"是从宝玉的角度来描写薛、林二人的。宝玉的心"林中挂"，暗喻他只钟情于黛玉，而"金簪"却只能孤独地被雪掩埋。

判词 "二十年来辨是非"

二十年来辨是非，榴花开处照宫闱。

三春争及初春景？虎兔相逢大梦归。

赏析

这首判词说的是贾元春。判词前有一幅画，画着"一张弓，弓上挂着一个香橼"。弓与"宫"同音，说明判词所指之人与皇宫有关；橼是一种植物，与"元"同音。

元春是贾政与王夫人的长女，是贾家的大小姐。她凭借"贤孝才德"被选入宫中，先是被封为女史，不久晋升为"凤藻宫尚书"，加封"贤德妃"。在荣国府众女子中，她的地位最显赫。贾家的昌盛除依靠祖宗根基外，还与元春这位皇妃紧密相关。判词的前三句大力渲染元春的荣华富贵，第四句却写她在寅卯年之交时无故身亡，骤然间的转折让读者惊出一身冷汗，顿生无限感慨。

元春在小说中所占篇幅不多，但她的生死却与这个大家族的兴衰有着莫大的关联。元春去世后，这个已经荣耀了上百年的大家族开始迅速走向灭亡。

判词"才自清明志自高"

才自清明志自高，生于末世运偏消。
清明涕泣江边望，千里东风一梦遥。

赏析

这首判词说的是贾探春。判词前有一幅画，画着"两人放风筝，一片大海，一只大船，船中有一女子掩面涕泣之状"。船和海预示着探春日后远嫁海外，而风筝则意味着她要远离故土。

探春是贾政与赵姨娘之女，系庶出，在贾府四姐妹中排行第三。探春容貌出众、志向远大、精明能干、争强好胜，与姐姐迎春的怯懦形成了鲜明的对比。她在大观园中是有名的"玫瑰花"，漂亮但有刺。像凤姐这般泼辣、精干之人都不敢小觑她，还要"惧她、让她三分"。但是，这样一位才貌出众的大家小姐却伴随着家族的衰亡而远嫁他乡，承受骨肉分离之痛，着实让人感到无限悲凉。

判词"富贵又何为"

富贵又何为？襁褓之间父母违。

展眼吊斜晖，湘江水逝楚云飞。

赏析

这首判词说的是史湘云。判词前有一幅画，画着"几缕飞云，一湾逝水"。画中"飞云"与判词中的"斜辉"相呼应，暗藏"云"字；画中"逝水"则与判词中的"湘江"相呼应，暗藏"湘"字。

湘云出生在金陵史家，是贾母的侄孙女。她父母早逝，被寄养在叔婶家，从小备受叔婶冷落，只有在大观园里，她才会感到快乐。她虽出生于富贵之家，却一直寄人篱下，正所谓"富贵又何为"。湘云的性格中颇有"侠女"气质，她开朗豪爽、胸襟坦荡，在大观园中颇受欢迎。可就是这样一位出众的女子，在婚姻上却十分不幸。婚后初期,她的生活还算美满,可好景不长,不久后夫妻离散。判词中的"展眼吊斜辉",即预示着她婚后的生活如"夕阳",虽美好,却"近黄昏"。高鹗在后四十回中对湘云结局的安排一直饱受诟病。而学术界对判词中"水逝楚云飞"的理解,至今仍众说纷纭,没有定论。

判词"欲洁何曾洁"

欲洁何曾洁?云空未必空。

可怜金玉质,终陷淖泥中。

赏析

这首判词说的是妙玉。判词前有一幅画,画着"一块美玉,落在泥污之中"。"美玉"即"妙玉","泥污"和判词中的"淖泥"都是污垢之地的象征。

妙玉出生在官宦之家，无奈自幼多病，才皈依佛门。她"文墨也极通"，"模样又极好"，是红楼众女儿中的佼佼者。妙玉的特点是"洁"，她的"洁"体现在两个方面：一是她身处佛门净地；二是指她有洁癖，刘姥姥用她庵中的茶杯喝了一次茶，她就弃之不用。这样一个风华卓越的女子，却孤独地在庵中过着清冷的生活。她对宝玉萌生的几许爱慕之情，更让人对她心生怜惜。可惜的是，妙玉最终的结局是"终陷淖泥中"，欲洁不能洁，着实让人感慨不已。

判词"子系中山狼"

子系中山狼，得志便猖狂。
金闺花柳质，一载赴黄粱。

赏析

这首判词说的是贾迎春。判词前有一幅画，画着"一恶狼，追扑一美女，欲啖之意"。判词第一句中的"子系"是拆开的繁体"孙"字，暗喻了迎春所嫁之人的姓；最后一句中的"黄粱"，喻死亡。画和判词预示着迎春会落在一个背信弃义的孙姓之人手中，最后被虐待致死。

迎春是贾府的二小姐，贾赦之女，庶出。她容貌不凡，但资质平平，而且性格懦弱，人称"二木头"。由贾赦做主，她嫁给了孙绍祖。孙绍祖曾受过贾府的恩惠，后发达起来。此人骄奢淫逸、忘恩负义，在迎春嫁过来之后，对其百般折磨。柔弱的迎春不到一年就去世了。作为贾府的千金小姐，结局却如此凄惨，其原因不仅仅在于她软弱的性格，更是因为其依附的家族已经走向衰亡。

判词"勘破三春景不长"

勘破三春景不长，缁衣顿改昔年妆。
可怜绣户侯门女，独卧青灯古佛旁。

赏析

这首判词说的是贾惜春。判词前有一幅画，画着"一所古庙，里面有一美人在内看经独坐"，喻指惜春日后会皈依佛门。

惜春是贾府的四小姐，贾敬的女儿，贾珍的胞妹。她性格孤僻，厌恶世俗生活，想遁入空门逃避现实。红楼四春中，元春深陷皇宫的孤寂，探春远嫁他乡的哀痛，迎春被蹂躏而死的悲惨，都成为她"看破红尘"的原因。根据脂砚斋的批语，她日后将过一段"缁衣乞食"的生活。身为千金小姐，却沦落至此，不由得让人心生怜惜。

判词"凡鸟偏从末世来"

凡鸟偏从末世来,都知爱慕此生才。
一从二令三人木,哭向金陵事更哀。

赏析

这首判词说的是王熙凤。判词前有一幅画,画中"一片冰山,上面一只雌凤"。此画以"冰山"喻指贾家的势力,而"雌凤"即指王熙凤。冰山在太阳出来后就会融化,而冰山之上的王熙凤的处境自然也十分危险。

王熙凤是王夫人的侄女,后嫁给贾琏为妻。在《红楼梦》中,王熙凤是一个灵魂人物,作者在她身上花费了大量的笔墨,使凤姐的形象栩栩如生。她深谙权术之道,处事圆滑,泼辣狠毒。她主持荣国府,协理宁国府,与官府、世家来往交际,游刃有余。在她理家期间,贾府正在逐渐走向末路,所以判词中说她"偏从末世来"。虽然凤姐巾帼不让须眉,但在贾家破败之时,她是第一个被连累的人,最后在狱中凄凉地结束了自己短暂的一生。

判词"事败休云贵"

势败休云贵,家亡莫论亲。
偶因济村妇,巧得遇恩人。

赏析

这首判词说的是王熙凤的女儿巧姐。判词前有一幅画,画中"一座荒村野店,有一美人在那里纺绩"。这暗喻巧姐日后自力更生,以纺织为业,在荒村里过着安定、平静的生活。

巧姐是王熙凤的女儿,自小备受宠爱。后来,王熙凤去世,贾府衰亡,无依无靠的她被舅兄拐卖,流落到烟花之地。判词说"势败休云贵,家亡莫论亲"正是对巧姐被"狠舅奸兄"欺骗的感叹。判词最后一句中的"恩人"则是指曾受过王熙凤恩惠的刘姥姥。因刘姥姥出手相救,巧姐才得以死里逃生。虽然她最后成为乡下农妇,但比起大观园中众女子的悲惨结局,她算是幸运的。

判词"桃李春风结子完"

桃李春风结子完,到头谁似一盆兰。

如冰水好空相妒,枉与他人作笑谈。

赏析

这首判词说的是李纨,也捎带提及了贾兰。判词前有一幅画,画着"一盆茂兰,旁有一位凤冠霞帔的美人"。茂兰,即贾兰,喻指他日后会成就大业。而兰花旁边的"美人"就是贾兰的母亲——李纨。

李纨是贾珠之妻,宝玉之嫂。她出身名门,恪守"三从四德"。丈夫贾珠去世后,她专心抚养儿子贾兰。在大观园众女子中,她与世无争,安分守己,一直默默无闻。她的一生好比桃李,果实过后,美好的时光也如流水般逝去了。在小说中,贾兰最终考取了功名,而李纨母凭子贵也得到了诰封,"戴珠冠,披凤袄",荣耀非凡。可此时的她已经"昏惨惨,黄泉路近了",这些荣耀、地位又有什么意义呢?不过是世人茶余饭后的谈资罢了。

判词"情天情海幻情深"

情天情海幻情深,情既相逢必主淫。
漫言不肖皆荣出,造衅开端实在宁。

赏析

这首判词说的是秦可卿。判词前有一幅画,画着"一座高楼,上有一美人悬梁自尽"。这预示着秦可卿的结局是自杀身亡。

秦可卿是宁国府长孙贾蓉之妻,她"生的袅娜纤巧,行事又温柔和平",贾母等人对她疼爱有加。判词中,"情既相逢必主淫",暗喻她和公公贾珍有私情,并因此"悬梁自尽"。现在我们所见的版本里,大多说秦可卿是因病身亡的,与判词中的"自缢"毫不相干。自缢、病亡都出自曹雪芹之笔,至于其中的原因,学者们一直争论不休,至今尚无定论。秦可卿在书中所占篇幅很少,第十三回就已去世。不过,作为这个大家族中显赫的一员,她的奢淫和腐朽正预示着贾家日后的衰败和灭亡。

仙宫房内联语

幽微灵秀地,无可奈何天。

赏析

宝玉接连看完《金陵十二钗又副册》、《金陵十二钗副册》、《金陵十二钗正册》,还是"尚未觉悟"。警幻仙姑"故引彼再至此处,令其再历饮馔声色之幻,或冀将来一悟"。"此处"指太虚幻境后宫,后宫房中即挂着这副对联。"幽微灵秀地"是说世间玲珑剔透的杰出人才很多,"无可奈何天"是说天意莫测、世事难料。这副对联摆在仙宫房中,不仅营造出一种虚幻的气氛,也喻指想"跳出凡尘俗世"的艰难。不过,宝玉最终悟出此理,故避开尘世遁入佛门。

红楼梦引子

开辟鸿蒙,谁为情种?都只为风月情浓。奈何天,伤怀日,寂寥时,试遣愚衷。因此上,演出这悲金悼玉的"红楼梦"。

赏析

此曲一开始便对男女之间的情爱发出感慨,这与书里第一回中"大旨谈情"是一致的。《红楼梦》在暗喻人物的经历、遭遇、结局的时候，经常着重于一个"情"字，因此造成了"非伤时骂世之旨"、"毫不干涉时世"，仅为"闺阁昭传"、"大旨不过谈情"的表象。但是，我们不应该只把《红楼梦》看做一部言情小说。假如只是讲述爱情故事，作者为何会有"谁解其中味"的顾虑呢？

此曲及下面的众多曲子中，皆隐藏着一种对命运不可预知的感触与叹息，表明作者有着更为深刻的感情寄托。可以说，《红楼梦》是一首赞美之歌，亦是一首叹息之歌，更是一首悲伤之歌。它赞美的是宝黛之间纯洁真诚的爱情，叹息的是衰落败坏的贵族家族，悲伤的是红楼女儿悲苦凄惨的命运。

终身误

都道是金玉良缘，俺只念木石前盟。空对着，山中高士晶莹雪，终不忘，世外仙姝寂寞林。叹人间，美中不足今方信；纵然是齐眉举案，到底意难平。

赏析

此曲唱的是宝玉、宝钗和黛玉三人。

"红楼梦曲"的曲名皆由作者自己杜撰,与曲牌相似,也是对内容的总括或提示。此曲名为《终身误》,便是对宝玉、黛玉的爱情悲剧和宝玉、宝钗的婚姻悲剧的慨叹。曲子里的"俺",无疑是指宝玉。"金玉良缘"指宝玉与宝钗之间虽有名分却无爱情的婚姻,而"木石前盟"则是指宝玉与黛玉之间铭心刻骨的爱情。这首曲子写的是宝玉结婚之后仍然无法忘记已去世的黛玉,尽管他已与宝钗"齐眉举案"、相敬如宾,但却终归"意难平"。万念俱灰之下,宝玉最终还是舍弃家庭,出家做了僧人。而宝钗空有"金玉良缘"的虚名,却只能独守空房,抱憾余生。可见,宝玉、宝钗和黛玉三人最终皆误了终生,曲名《终身误》即取自此意。

枉凝眉

一个是阆苑仙葩,一个是美玉无瑕。若说没奇缘,今生偏又遇着他;若说有奇缘,如何心事终虚化?一个枉自嗟呀,一个空劳牵挂。一个是水中月,一个是镜中花。想眼中能有多少泪珠儿,怎禁得秋流到冬,春流到夏!

赏析

　　此曲是歌颂宝玉和黛玉的,写他们之间纯洁、真诚的爱情的毁灭,以及黛玉泪尽仙逝的结局。曲子名为《枉凝眉》,意即枉自皱着眉头悲伤忧愁,又有什么用呢?也就是曲子里说到的"枉自嗟呀"。

　　宝玉与黛玉,一个是举止洒脱的少年,一个是容貌极美的女子;一个聪慧超群、特立独行,一个学识广博、多才多艺;一个无心于名利地位,一个从不会说"仕途经济"之类的混账话。正如曲子里所唱,"一个是阆苑仙葩,一个是美玉无瑕"。但正是这样一对天生的眷侣,却被"父母之命,媒妁之言"和贾家的衰落而割断了缘分。宝黛爱情的破灭是整部小说里分量最重的一个悲剧。这带着血和泪的爱情悲剧,不止令作者为其"泪尽",二百多年后的今天也依然是人们议论不休的话题。

恨无常

　　喜荣华正好,恨无常又到,眼睁睁,把万事全抛,荡悠悠,芳魂销耗。望家乡,路远山高。故向爹娘梦里相寻告:儿命已入黄泉,天伦呵,须要退步抽身早!

赏析

　　此曲是唱元春的。"无常"为佛家用语,原指世间万物时刻处于不断变化之中，世间没有永远不变的东西，后来则指勾魂之鬼。这首曲子的名字是《恨无常》，暗示元春虽身为尊贵的妃子，然而"荣华"短暂，无奈骤然辞世。

元春是贾府中最显贵的女子，同时亦是一位悲剧意味很深的女子。一方面，她是贾家所依靠的势力，也是四大家族所依靠的势力，她为贾府带来了莫大的荣耀。小说的前半部通过元春"才选凤藻宫"、"加封贤德妃"及"省亲"等情节，全力渲染了贾府"烈火烹油，鲜花着锦之盛"。另一方面，在元春富贵显耀的背后，是同亲人骨肉分离的痛苦与凄凉。小说在"省亲"一回中写了元春在私室同家人团聚的场面，她边说边哭，着实令人心酸。她的突然死去，意味着为贾府遮阴的大树倾倒，也预示着四大家族衰败的开始。

分骨肉

一帆风雨路三千，把骨肉家园，齐来抛闪，恐哭损残年，告爹娘休把儿悬念，自古穷通皆有定，离合岂无缘？从今分两地，各自保平安。奴去也，莫牵连。

赏析

此曲唱的是探春。曲子名为《分骨肉》,就是同骨肉亲人永远分离之意。佛语云,人的一生有"八苦","爱别离"(与亲人分离)即是"八苦"之一。

探春诨名为"玫瑰花"。在性格上,她与同为庶出的姐姐——人称"二木头"的迎春形成了鲜明的对比。她精干聪明,富有心机,办事有魄力,就连凤姐都要"惧她、让她三分"。她远嫁他乡,是贾家衰败时不得已的选择。曲子里"从今分两地,各自保平安",便是她自此一去不复返的证明。在诸多姐妹中,探春的结局并非是最坏的,她遭受的只是同亲人无法再见的痛苦。而且从曲中探春临走之前辞别的话来看,她对远嫁一事倒十分豁达。所以,与大观园中别的女儿相比,探春结局的悲剧意味似乎少了许多。

乐中悲

襁褓中,父母叹双亡。纵居那绮罗丛,谁知娇养?幸生来,英豪阔大宽宏量,从未将儿女私情,略萦心上。好一似,霁月光风耀玉堂,厮配得才貌仙郎,博得个地久天长,准折得幼年时坎坷形状。终久是云散高唐,水涸湘江。这是尘寰中消长数应当,何必枉悲伤?

赏析

　　此曲唱的是湘云。曲子名为《乐中悲》,是说湘云的显贵富裕只是假象,其快乐背后隐藏着巨大的哀伤,同时曲名也暗喻她看似美好圆满的婚姻无法久长。

　　在大观园众多女儿之中,湘云是性格最开朗、最富有活力的一个。她最突出的特点便是"英豪阔大宽宏量",从来没有忸怩、羞涩之态。她自幼双亲亡故,被叔父抚养长大,其身世与黛玉有一些相像,然而两个人的个性却完全不同。黛玉体弱多病,多愁善感,整天以泪洗面;湘云却身体健康,性格开朗,喜欢说笑打闹。尽管不似黛玉那般早亡,湘云的结局也是悲凉、凄惨的。她最初嫁给了一个贵族公子,婚后生活美满,然而好景不长,不久就夫妻离散,最后孤独终老。

世难容

　　气质美如兰,才华阜比仙。天生成孤癖人皆罕。你道是啖肉食腥膻,视绮罗俗厌;却不知好高人愈妒,过洁世同嫌。可叹这,青灯古殿人将老,辜负了,红粉朱楼春色阑。到头来,依旧是风尘肮脏违心愿。好一似,无瑕白玉遭泥陷;又何须,王孙公子叹无缘?

赏析

此曲唱的是妙玉。曲子名为《世难容》,意思是不被尘世所容。

妙玉原是仕宦之家的小姐,由于体弱多病,故自幼出家为尼。她居住在大观园里的栊翠庵,受着贾府的供养。妙玉是个才华卓绝的女子,琴棋诗书无不精通,丝毫不逊于大观园中其他女子。就连从不随意夸奖他人的黛玉,也赞她是"诗仙"。她有"洁癖",连刘姥姥站过的地方也要用水冲洗干净,似乎有些不近人情。不过如果从她的身世、境况和遭遇等方面来思考的话,这样的性格也是可以理解的。她自幼与世隔绝,不懂人情。与她年龄相近的贵族小姐们在她周围过着花团锦簇的生活,而她却只能苦守着青灯古佛度日。假如说贾家的小姐们日后还有一段甜蜜快乐的生活可资回想,那么妙玉却连这些许的慰藉都没有,不由让人心生怜惜。

喜冤家

中山狼,无情兽,全不念当日根由。一味的,骄奢淫荡贪欢媾。觑着那,侯门艳质同蒲柳;作践的,公府千金似下流。叹芳魂艳魄,一载荡悠悠。

赏析

此曲唱的是迎春。曲子名为《喜冤家》,意即因错误的结亲而碰上了冤家对头。

迎春是贾府的二小姐,与同是庶出却聪明精干的探春相比,她显得软弱无能、胆小怕事。她的悲剧是其父贾赦一手造成的。按照孙绍祖的说法,贾赦用了孙家的五千两银子,因此只得以迎春来抵债。而导致迎春悲惨结局的原因,除了其家人及"中山狼"孙绍祖之外,还在于她自身怯懦的性格。抄检大观园的时候,跟随她多年的丫鬟司棋将被逐出园去,此时迎春尽管觉得"数年之情难舍",但当司棋求她去讲情时,她却连一句话也没有说。如此怯懦之人,当然不敢与命运抗争,最终难免被命运所吞没,其结局只能是悲凉和凄惨的。

虚花悟

将那三春看破,桃红柳绿待如何?把这韶华打灭,觅那情淡天和。说什么天上夭桃盛,云中杏蕊多,到头来,谁见把秋捱过?则看那,白杨村里人呜咽,青枫林下鬼吟哦。更兼着,连天衰草遮坟墓。这的是,昨贫今富人劳碌,春荣秋谢花折磨。似这般,生关死劫谁能躲?闻说道,西方宝树唤婆娑,上结着长生果。

赏析

此曲唱的是惜春。曲子名为《虚花悟》,意即彻底明白荣华富贵皆为空幻，无所依凭。

　　此曲全力铺陈烘托，强调荣华富贵的转瞬即逝，劝诫人们不可将"假"视做"真"，不可执迷不悟地追名逐利。惜春恰是因"悟"了，方有了出家为尼的举动。惜春在贾府众姐妹中年龄最小，当她渐渐懂事时，贾府已经趋于衰落。贾、史、王、薛四大家族的衰落，三位姐姐的不幸命运，都促使她开始为自己的将来感到忧虑，且产生了放弃世俗生活的想法。而她自身孤独怪僻、不关心世事的性格，也决定了她不会对凡尘俗世过分留恋。但是在作者看来，惜春皈依佛门并非是解脱，反而是另一段苦难历程的开始。一个从小娇生惯养、锦衣玉食的贵族小姐，从此将独守"青灯古佛"，承受着无穷无尽的冷清和寂寞。

聪明累

　　机关算尽太聪明，反算了卿卿性命。生前心已碎，死后性空灵。家富人宁，终有个，家亡人散各奔腾。枉费了意悬悬半世心，好一似，荡悠悠三更梦。忽喇喇似大厦倾，昏惨惨似灯将尽。呀！一场欢喜忽悲辛。叹人世，终难定！

赏析

　　此曲唱的是王熙凤。曲子名为《聪明累》，就是知进不知退、聪明反被聪明误之意。此语出自苏轼的《洗儿》一诗:"人皆养子望聪明,我被聪明误一生。"

王熙凤是作者着力刻画、塑造的人物,亦是书中塑造得最成功的人物形象之一。她把持着荣国府内务,各类人物皆围绕着她活动。对于她,历代的人们有多种评价,有的称赞她聪明精干、有的憎恶她凶悍毒辣。在贾家的小辈中,她是最精明能干,同时也是最贪得无厌的一个。她为了三千两银子,略施小计,便害死了张金哥及长安守备之子。可以说,一方面,她是贾家这座高楼大厦的顶梁柱;另一方面,她又是从内部腐蚀这座高楼的蛀虫。根据脂砚斋的批语,贾家衰败后王熙凤被关在"狱神庙",过着"身微运蹇"、"回首惨痛"的生活,最终凄凉悲惨地死去。

留余庆

留余庆,留余庆,忽遇恩人;幸娘亲,幸娘亲,积得阴功。劝人生,济困扶穷,休似俺那爱银钱、忘骨肉的狠舅奸兄。正是乘除加减,上有苍穹。

赏析

此曲唱的是巧姐。曲子名为《留余庆》，出自"积善人家庆有余"这一俗语。而此俗语则出自《易·坤》"积善之家，必有馀庆"，意即前人积累的仁政或善行，会使后人得到好处。

贾府出事时，王熙凤获罪，自身难保。后来，巧姐被其舅兄拐卖，流落到烟花之地。之后幸遇刘姥姥相助，巧姐方才得救。刘姥姥穷困潦倒时曾到贾府求助，王熙凤于无意中接济了她。这便是曲子里所唱的"积得阴功"。曾三次进出荣国府的刘姥姥，不仅是贾府兴衰的见证者，也是在贾府衰落后愿意伸出援助之手的少数人之一。最后，巧姐从一个生于公侯之家的千金小姐，变成了一个在"荒村野店"纺纱织布的乡村妇女，同红楼十二钗先前所过的吟风咏月、题诗作画的生活截然不同。

晚韶华

镜里恩情，更那堪梦里功名！那美韶华去之何迅，再休提绣帐鸳衾。只这带珠冠，披凤袄，也抵不了无常性命。虽说是，人生莫受老来贫，也须要阴骘积儿孙。气昂昂，头戴簪缨，光灿灿，胸悬金印，威赫赫，爵禄高登，昏惨惨，黄泉路近！问古来将相可还存？也只是虚名儿后人钦敬。

赏析

此曲唱的是李纨。曲子名为《晚韶华》，有两层含义：一是说李纨晚年富贵显耀，二是说好的景况到来得太晚了。

李纨出生于官宦之家，其父李守中曾经是国子监祭酒。李纨自幼在父亲的教诲下，诵读《列女传》一类的书籍。丈夫贾珠去世后，她严守妇德，专心教子，把全部希望寄托在儿子贾兰的身上。在小说中，许多重大事件发生时皆能看到李纨的身影，然而她永远都只像影子般默默无闻。小说第三十三回，宝玉被父亲毒打，王夫人喊着贾珠的名字高声哭道："若有你活着，便死一百个我也不管了！"这句话好似一根针扎进李纨的心里，使她不禁放声大哭起来。这是李纨凄苦心情在小说中唯一的一次表露。后来，贾兰考取了功名，而她也在死前获得了"凤冠霞帔"的荣耀。可以说，李纨的这条生活道路，在封建末期年轻的寡妇中是非常有代表性的。虽然她们最后得到了"贞节"、"贤淑"的美名，然而美好的年华已经逝去，生命即将走到尽头，这些虚名又有何用呢？

好事终

画梁春尽落香尘。擅风情，秉月貌，便是败家的根本。箕裘颓堕皆从敬，家事消亡首罪宁，宿孽总因情！

> 赏析

此曲唱的是秦可卿。曲子名为《好事终》,"好事"指的是男女风月之事,其中包含着鲜明的讽刺意味。

从此曲的开头几句来看,作者好像是要将贾家衰败的责任归咎于秦可卿。其实,仔细翻看书里的情节,作者不过是通过秦可卿将宁府的贾珍、贾蓉、贾敬等人引出来,然后把贾府里所有的腐化与堕落揭露出来。秦可卿的身世并不显贵,是其父秦业从"养生堂"中抱来的孤儿。贾珍这一不知廉耻、沉于酒色之徒,因垂涎秦可卿的美色,不顾伦理纲常,引诱其堕落,最终致使她不得已自杀身亡。这应当是秦可卿死亡原因的合理推断。俗话说:"子不教,父之过。"贾珍的腐化堕落,其父贾敬难辞其咎。贾敬一心向道,不理世事,彻底丢掉了家业,纵容子孙胡作非为,所以才造成了贾府后继无人、颓败之势无人可挽的局面。

飞鸟各投林

为官的,家业雕零,富贵的,金银散尽。有恩的,死里逃生,无情的,分明报应。欠命的,命已还,欠泪的,泪已尽:冤冤相报实非轻,分离聚合皆前定。欲知命短问前生,老来富贵也真侥幸,看破的,遁入空门,痴迷的,枉送了性命。好一似食尽鸟投林,落了片白茫茫大地真干净!

赏析

此曲为《红楼梦曲》的收尾曲。曲子的名字是《飞鸟各投林》,取自"家散人亡各奔腾"之意。

此曲是对贾家命运的总括。著名红学家周汝昌先生在《红楼梦与中华文化》中说道,此曲写的是贾府衰败后"人散"的景象。他认为,"为官的,家业凋零,富贵的,金银散尽"两句是整体概括贾家"家亡",以下诸句则依次概括了"红楼十二钗"的结局:"有恩的,死里逃生"指的是巧姐,"无情的,分明报应"指的是宝钗和妙玉,"欠命的,命已还"指的是元春,"欠泪的,泪已尽"指的是黛玉,"冤冤相报自非轻"指的是迎春,"分离聚合皆前定"指的是探春和湘云,"欲知命短问前生"指的是凤姐,"老来富贵也真侥幸"指的是李纨,"看破的,遁入空门"指的是惜春,"痴迷的,枉送了性命"指的是秦可卿。

第八回　贾宝玉奇缘识金锁　薛宝钗巧合认通灵

嘲顽石诗

女娲炼石已荒唐，又向荒唐演大荒。

失去本来真面目，幻来新就臭皮囊。

好知运败金无彩，堪叹时乖玉不光。

白骨如山忘姓氏，无非公子与红妆。

赏析

　　宝玉去看望宝钗，宝钗想看他那块"落草时衔下来的宝玉"。因此宝玉就把玉解下来递给宝钗。在这里，曹雪芹假托"后人有诗嘲云"写了此诗。

　　此诗的前两句说的是，宝玉只是个幻象，他那些玩脂弄粉的癖好、拈花惹草的习气，仅仅是遮掩其本相的外衣。他实际上是一块顽石，即所说的"行为偏僻性乖张，那管世人诽谤"的叛逆者。接下来的"好知运败金无彩，堪叹时乖玉不光"一句，则暗示宝钗和宝玉两人命运的困厄与不顺，预示他们将会从奢华显贵的巅峰跌到贫穷困顿的谷底。末句"白骨如山忘姓氏，无非公子与红妆"则是在劝诫世上的人们，所有的权势、地位、钱财皆是身外之物，最后都会消失。

通灵宝玉与金锁铭文

通灵宝玉铭文：莫失莫忘，仙寿恒昌。

金锁铭文：不离不弃，芳龄永继。

赏析

上述两句铭文分别刻在宝玉佩戴的通灵宝玉和宝钗佩戴的金锁上面。两句合在一起，正好是对仗工整的一副对联。

小说中一再强调这两句铭文"是一对儿"，也一再把这两件饰物配为一对儿，以此来渲染所谓的"金玉良缘"。在艺术手法上，曹雪芹格外重视伏笔与前后照应，既然宝玉与宝钗两人命中注定是"金玉良缘"，那么先有这种暗示也就顺理成章了。

这两句铭文皆是祝福之语。但尽管宝玉的通灵宝玉上刻的是"仙寿恒昌"，他也并未长生不老；尽管宝钗的金锁上刻的是"芳龄永继"，她也未能青春永驻。

第十一回　庆寿辰宁府排家宴
　　　　　见熙凤贾瑞起淫心

赞会芳园

　　黄花满地，白柳横坡。小桥通若耶之溪，曲径接天台之路。石中清流滴滴，篱落飘香；树头红叶翩翩，疏林如画。西风乍紧，犹听莺啼；暖日常暄，又添蛩语。遥望东南，建几处依山之榭；近观西北，结三间临水之轩。笙簧盈耳，别有幽情；罗绮穿林，倍添韵致。

赏析

　　王熙凤看望病重的秦可卿，出来的时候路过会芳园，看到园子里美丽的风景，禁不住停下脚步欣赏。此文描写的就是园子里的景色和事物。正在这个时候，躲在假山后面怀着不轨之心的贾瑞忽然出现，对凤姐口出秽言。凤姐表面上假意含笑相迎，心里却开始暗中谋划怎样惩治这个好色之徒。小说下一回便是凤姐设下"相思局"，将贾瑞害死。由此，园子里美好的景色同人物内心的黑暗形成了鲜明的对比，反衬出贾瑞的好色无耻和凤姐的凶狠毒辣。

第十三回　秦可卿死封龙禁尉　王熙凤协理宁国府

梦秦氏赠言

> 三春去后诸芳尽，各自须寻各自门。

赏析

秦可卿临死之前，王熙凤梦到她过来与自己道别。秦可卿先劝说凤姐要为贾府无法避免的衰落早作打算，之后便说了上述两句话。秦可卿死前的托梦和赠语，暗示着贾府"盛筵必散"的结局。从中可以看出作者的良苦用心，他有心安排负责管理贾府的王熙凤来听秦可卿的临终之言。在贾府中，王熙凤是大权的执行者，同时亦是招致祸端之人。在听完这个告诫后没几日，她就弄权铁槛寺，谋财害命。而秦可卿替贾家所设想的长远周密的计划，比如在祖茔周围事先多置下一些房产、田地等，王熙凤都没有依照实行。这一点也是贾家之所以会在顷刻间破败灭亡的原因之一。

第十七回　大观园试才题对额
　　　　　荣国府归省庆元宵

宝玉题大观园对额

沁芳

绕堤柳借三篙翠，隔岸花分一脉香。

有凤来仪

宝鼎茶闲烟尚绿，幽窗棋罢指犹凉。

杏帘在望——稻香村

新涨绿添浣葛处，好云香护采芹人。

蘅芷清芬

吟成豆蔻才犹艳，睡足荼蘼梦亦香。

赏析

　　以上各诗是为大观园诸多景致题写的对额，并没有多少新的意境，内容不过是吟风咏月。然而题对额这个情节在《红楼梦》里却非常重要。

　　小说里重要人物的活动皆以大观园作为背景。曹雪芹通过贾政、清客与宝玉巡行察看大观园、拟题对额的情节,对大观园的规模、建筑格局及山水特色等进行了精细的描画。如此一来,结构复杂、景物繁多的大观园就在读者心中留下了清晰、深刻的印象。大观园里的房屋,之后被分给了宝玉与诸多姐妹们居住。作者事先描写这些风格不一的住处,就是为了用它们作为背景来烘托日后居住之人的性格。例如,潇湘馆中的竹林衬托了黛玉"孤高自许,目下无尘"的性格,而稻香村的环境则同李纨坚守节操、清心寡欲的性情非常一致。由此可见作者的良苦用心。

第十八回　皇恩重元妃省父母
　　　　　天伦乐宝玉呈才藻

顾恩思义匾额

> 天地启宏慈，赤子苍生同感戴；
> 古今垂旷典，九州万国被恩荣。

赏析

　　元春漫步观赏大观园之后，为自己喜爱的几个地方"赐名"，并把这个园子正式命名为"大观园"。然后她提笔写下这一匾一联放在正殿之上。这一联全力宣扬皇帝恩德的盛大，说皇帝的仁慈和关爱就像天地般丰厚、博大，黎民百姓皆应感激、敬爱和拥护他。由此也可以看出，贾府兴盛衰败命运的主宰者便是皇帝。

大观园题咏（十一首）

题大观园（贾元春）

　　衔山抱水建来精，多少工夫筑始成。

天上人间诸景备，芳园应锡大观名。

旷性怡情（贾迎春）

园成景备特精奇，奉命羞题额旷怡。
谁信世间有此境，游来宁不畅神思？

万象争辉（贾探春）

名园筑出势巍巍，奉命何惭学浅微。
精妙一时言不出，果然万物有光辉。

文章造化（贾惜春）

山水横拖千里外，楼台高起五云中。
园修日月光辉里，景夺文章造化功。

文采风流（李纨）

秀水明山抱复回，风流文采胜蓬莱。
绿裁歌扇迷芳草，红衬湘裙舞落梅。
珠玉自应传盛世，神仙何幸下瑶台。
名园一自邀游赏，未许凡人到此来。

凝晖钟瑞（薛宝钗）

芳园筑向帝城西，华日祥云笼罩奇。

高柳喜迁莺出谷，修篁时待凤来仪。

文风已著宸游夕，孝化应隆归省时。

睿藻仙才瞻仰处，自惭何敢再为辞？

世外仙源（林黛玉）

宸游增悦豫，仙境别红尘。

借得山川秀，添来气象新。

香融金谷酒，花媚玉堂人。

何幸邀恩宠，宫车过往频。

有凤来仪（贾宝玉）

秀玉初成实，堪宜待凤凰。

竿竿青欲滴，个个绿生凉。

迸砌防阶水，穿帘碍鼎香。

莫摇清碎影，好梦正初长。

蘅芷清芬（贾宝玉）

蘅芜满净苑，萝薜助芬芳。

软衬三春草，柔拖一缕香。

轻烟迷曲径，冷翠湿衣裳。

谁咏池塘曲，谢家幽梦长。

怡红快绿(贾宝玉)

深庭长日静,两两出婵娟。

绿蜡春犹卷,红妆夜未眠。

凭栏垂绛袖,倚石护青烟。

对立东风里,主人应解怜。

杏帘在望(贾宝玉)

杏帘招客饮,在望有山庄。

菱荇鹅儿水,桑榆燕子梁。

一畦春韭熟,十里稻花香。

盛世无饥馁,何须耕织忙。

赏析

元春写了匾额和对联之后,又为大观园题写了一首绝句,之后她请诸姐妹们也分别题写一个匾额、一首诗。为了考验宝玉的才华,元春又命宝玉为"潇湘馆"、"蘅芜苑"、"怡红院"和"浣葛山庄"四个地方分别写一首律诗。

《大观园题咏》共十一首,内容大都与"颂圣"有关。尽管内容一样,诗的风格却因人的不同而有所差异。黛玉的诗分明带着敷衍的味道,而宝钗的诗则从用词造句到整体布局皆谨守规范。另外,匾额及诗的内容,也暗中契合了所写之人的性格及命运。例如,迎春总是委曲求全、顺从忍受,因此自题"旷性怡情";探春聪明精干，她的"惭"和迎春的"羞"、宝钗的"惭"各不冲突；李纨题写的"文采风流"四个字，则又使人不禁联想到后来贾兰的荣华富贵。《红楼梦》里的诗词，其精致巧妙之处由此可见一斑。

第二十一回　贤袭人娇嗔箴宝玉
　　　　　　俏平儿软语救贾琏

续《庄子·胠箧》

　　焚花散麝，而闺阁始人含其劝矣；戕宝钗之仙姿，灰黛玉之灵窍，丧灭情意，而闺阁之美恶始相类矣。彼含其劝，则无参商之虞矣；戕其仙姿，无恋爱之心矣；灰其灵窍，无才思之情矣。彼钗、玉、花、麝者，皆张其罗而穴其邃，所以迷惑缠陷天下者也。

赏析

　　庄子为道家学派的代表人物，其代表作品是《庄子》。《胠箧》是《庄子》里的一篇文章，此篇宣扬"绝圣弃智"，主张返回至上古"民结绳而用之"的"至德之世"。胠箧，原来是撬开箱子之意，后来也泛指盗窃。
　　在小说中，袭人对宝玉和黛玉的过度亲近感到不满。她一面对宝钗说道："姐妹们和气，也有个分寸礼节，也没个黑家白日闹的！凭人怎么劝，都是耳旁风。"一面又对宝玉使性子撒娇，对其不理不睬。宝玉在无奈之余，读了《庄子·胠箧》一篇，颇有感触，于是在此文后面续写了这样一段文字，觉得自己只有将所有人皆抛弃不理，方可过得安适愉快。

题宝玉续庄子文后

无端弄笔是何人？作践南华庄子因。
不悔自家无见识，却将丑语诋他人！

赏析

黛玉来到宝玉的房间，翻看桌案上的书，见到了宝玉所题写的续《庄子·胠箧》文，不由得"又气又笑"，就提起笔在文章后面续写了上面这首小诗。

袭人为了不让宝玉与黛玉过度亲密，就对他使性子撒娇，忽冷忽热，令宝玉感到痛苦和烦恼。宝玉阅读《庄子》来排忧解闷，并由庄子的思想出发，觉得自己只有将所有人皆抛弃不理，才能怡然自得。可以说，宝玉的这些话是任性使气、不辨是非之语。因此黛玉便写诗来讥笑他，言其"无见识"，不懂得人心方才说出这番"丑语"，应当"自悔"才是。也许作者有意安排黛玉出来反驳宝玉，正是要让黛玉替自己申辩。

第二十二回　听曲文宝玉悟禅机
　　　　　　制灯谜贾政悲谶语

参禅偈

你证我证，心证意证。

是无有证，斯可云证。

无可云证，是立足境。

（黛玉续）无立足境，方是干净。

寄生草

　　无我原非你，从他不解伊。肆行无碍凭来去。茫茫着甚悲愁喜，纷纷说甚亲疏密。从前碌碌却因何？到如今，回头试想真无趣！

赏析

　　宝玉与众姐妹看戏的时候，性情直爽的湘云无意间说了一句那个演戏的孩子"倒象林姐姐的模样儿"。宝玉担心黛玉生气，就马上朝湘云使了个眼色，不料却惹得湘云生气了。宝玉对湘云解释，解释的话正好被黛玉听到，致使黛玉又朝宝玉发起了脾气。在两头受气的情况下，宝玉不禁想起了庄子的无为思想，又想到自己也像《寄生草》曲子里所说得那样"赤条条，来去无牵挂"，因此十分悲伤，便写下了《参禅偈》与《寄生草》。次日，黛玉言《参禅偈》的最后两句"还未尽善"，于是又续写了"无立足境，方是干净"两句。作者在《红楼梦》的前半部分便让宝玉思索"无为"与"万事皆空"的思想，为后文宝玉出家为僧作好了铺垫。

贾环灯谜

大哥有角只八个，二哥有角只两根。

大哥只在床上坐，二哥爱在房上蹲。

赏析

元春制灯谜命人拿回大观园让众人猜，同时也让众人制了灯谜送回宫去。贾环未猜出元春的灯谜，自己送过去的那个灯谜也被太监带了回来。

太监道："三爷所作这个不通，娘娘也没猜，叫我带回问三爷是个什么。"

众人看罢他的灯谜皆笑了，贾环非常窘迫。根据贾环所说，他这个灯谜的谜底，一为枕头，一为房脊上面的兽头。

通过这个灯谜，不但可以看出贾环的才学平庸，还可看出作者卓越的模拟本领及风趣幽默的笔调。

贾政灯谜

身自端方，体自坚硬。
虽不能言，有言必应。

（打一用物）

赏析

此灯谜的谜底为砚台。贾政读出灯谜后，马上将谜底告知宝玉，并暗示宝玉告知贾母，因此贾母一"猜"就中。

这个灯谜与贾政的身份及性格皆十分相符。在贾家第三代里，贾政算得上是一个比较出众的人物。他为人公正刚直，恪守"忠孝"之道，可谓"身自端方"，他认真谨慎地保护着这一贵族大家庭的荣誉、名声及地位，是贾家最后的支撑力量。但恰恰由于他是这样一个人，因此对宝玉这个"不求上进"的混世魔王管束教导得非常严格，对宝玉"叛逆"的言行举止也极端厌恶。而对于贾家的日渐衰落，他虽然想要尽力补救，却已经是心有余而力不足了。

元春灯谜

能使妖魔胆尽摧,身如束帛气如雷。

一声震得人方恐,回首相看已化灰。

（打一玩物）

赏析

  此灯谜的谜底为爆竹。曹雪芹让元春说出这样一个灯谜,正是为了暗示元春显贵荣耀即将转瞬消逝的命运。在《红楼梦曲》里,元春规劝父亲趁早从官场"退步抽身",以免大难降临。由此可以看出,元春深知自己的死亡会令这一贵族大家庭失去最坚固的一座靠山,她已预先料到了贾家将来无法避免的崩裂倒塌。

  与此同时,这个灯谜亦是一首谶语诗。灯谜的前两句讲的是元春进宫曾经令贾家的政敌感到异常惊慌恐惧;灯谜的后两句则暗指贾家的繁盛已时日不多,在"烈火烹油"的盛况之后,便是衰微败落的开始。元春的灯谜恰好成了贾家衰败的预言。

迎春灯谜

天运人功理不穷,有功无运也难逢。

因何镇日纷纷乱?只为阴阳数不同。

（打一用物）

赏析

　　此灯谜的谜底为算盘，谜面中的每一句皆为双关。在这个灯谜里，以打算盘来暗喻迎春嫁给孙绍祖之后，必定会遭受打骂，惨遭残害；以"难逢"来指迎春所嫁之人品性不好。在曹雪芹看来，贾府的祖上对孙家已经仁至义尽，而迎春自身也忠诚宽厚、规规矩矩，这些皆可以说是"有功"了，但为何迎春最终却是"有功无运"呢？对于迎春嫁给孙绍祖一事，贾母感到非常不称心，贾政也曾三番两次劝阻，宝玉则跺脚叹息。这些人皆曾乱纷纷地拨动过算盘，然而他们的拨动并没有使迎春凄惨的命运发生改变。作者无从理解，最后也只好把这些皆归为上天命运的安排。但是从另一方面来说，命运多舛的作者给迎春写的这个灯谜，也可以说是其自我悲伤感怀的一首抒情诗。

探春灯谜

　　阶下儿童仰面时，清明妆点最堪宜。

　　游丝一断浑无力，莫向东风怨别离。

（打一玩物）

赏析

　　这个灯谜的谜底为风筝。此处用断线的风筝来暗示探春远嫁不归的命运。曹雪芹每一次写到探春的命运时，皆用风筝来暗喻。

探春判词前画的就是两个人在放风筝。而在小说第七十回里，探春放的"软翅子大凤凰"风筝又被风刮走了。

本为庶出的探春因投奔了王夫人，在贾府中的地位变得比其母赵姨娘还要高，赵姨娘曾骂她"攀了高枝了"，这好似风筝凭借着东风高高飞翔一般。但是一旦牵着风筝的线断了，这个聪明精干的三小姐便再也无所作为了，而曾提拔她的"东风"也不得已将其远嫁他乡。由于后四十回的散佚，我们无从知晓"断线"究竟比喻的是什么。但是，由脂砚斋的点评"使此人不远去，将来事败，诸子孙不至流散也"来判断，探春远嫁应当发生在贾府衰败之前。假如果真如此，那么在遭受不幸的诸多姐妹里，探春的结局也许算是较好的一个了。

惜春灯谜

前身色相总无成，不听菱歌听佛经。
莫道此生沉黑海，性中自有大光明。

（打一用物）

赏析

这个灯谜的谜底为"佛前海灯"。海灯是点在寺庙佛像前面的长明灯。曹雪芹在此安排惜春说出这样一个灯谜，是暗示惜春日后会出家为尼。在这个灯谜里，尽管作者借用了"色相"、"性"等佛教用语，然而其意图并非劝人们信奉佛教，而只是为了暗示惜春最终的结局。在"薄命司"的判词中，用"可怜"一词来说惜春，可以看出作者对这个人物寄予了极大的同情。尽管她最后并没有死去，也没有流落到烟花之地，然而恰如脂砚斋所言："公府千金至缁衣乞食，岂不悲夫！"

黛玉灯谜

朝罢谁携两袖烟，琴边衾里总无缘。

晓筹不用鸡人报，五夜无烦侍女添。

焦首朝朝还暮暮，煎心日日复年年。

光阴荏苒须当惜，风雨阴晴任变迁。

（打一用物）

赏析

此灯谜的谜底为更香。更香是一种标着刻度的香，古人根据其燃烧的长短来计时。

在通行版本的《红楼梦》（也就是"程乙本"）里，把这个灯谜列为黛玉所制；而在脂本里，有的（如"庚辰本"）将其列为宝钗所制，有的（如"甲

辰本")将其列为黛玉所制。假如把这个灯谜理解为日后宝钗守寡独居的悲苦境况,也无不可。然而由"焦首"、"煎心"等语句来看,似乎更符合黛玉的语言风格。

此灯谜每句讲的皆为更香,但是每句也都是在讲人。"琴边衾里两无缘"一句,暗示黛玉与宝玉最后无缘结为夫妻。"晓筹不用鸡人报"一句,也好像是在说黛玉日夜忧虑、难以成眠。而末两句则表达了作者对黛玉的深切同情与爱护:让她珍视青春,不要总是愁肠百结。

这类诗,猜灯谜时是精致巧妙的谜语,倘若抛开谜底来领略它们,便又是颇有韵味的诗了。

宝玉灯谜

南面而坐,北面而朝。
"象忧亦忧,象喜亦喜。"

(打一用物)

赏析

此灯谜的谜底为镜子。在早期的《石头记》抄本中并无这个灯谜,是后人根据古镜谜(冯梦龙在《桂枝儿咏镜》里曾经引用到)而补充的。此灯谜不长,但却意蕴深刻。《红楼梦》题名之一的"风月宝鉴",《红楼梦曲·枉凝眉》里的"一个是水中月,一个是镜中花"两句,还有小说中贾宝玉对镜梦到甄宝玉的情节等等,皆和"镜子"有关。这个灯谜的末两句,不仅暗示了宝玉日后同宝钗的结缘之喜,也暗示了他同黛玉的离别之忧。而安排宝玉把镜子的灯谜说出来,恰是对其最终遁入空门、出家为僧的预言。

宝钗灯谜

有眼无珠腹内空,荷花出水喜相逢。
梧桐叶落分离别,恩爱夫妻不到冬。

（打一用物）

赏析

此灯谜的谜底为"竹夫人",是一种用竹篾编制而成的夏天抱着纳凉的用具。宋朝诗人黄庭坚认为它不够格叫夫人,便将其唤为"青奴",于是后人又称其为"竹奴"。这个灯谜在一些脂本中也没有,其内容及用语并不像出自宝钗之口,所以有人觉得它是后人添补上去的。谜底没有非常深刻的含意,然而谜面中的字句皆为"不吉利"之语。因此贾政看过之后,心中暗自思忖道:"此物倒还有限,只是小小年纪,作此等言语,更觉不祥。看来皆非福寿之辈。"

第二十三回　西厢记妙词通戏语
　　　　　牡丹亭艳曲警芳心

四时即事四首

春夜即事

霞绡云幄任铺陈，隔巷蛙声听未真。
枕上轻寒窗外雨，眼前春色梦中人。
盈盈烛泪因谁泣，点点花愁为我嗔。
自是小鬟娇懒惯，拥衾不耐笑言频。

夏夜即事

倦绣佳人幽梦长，金笼鹦鹉唤茶汤。
窗明麝月开宫镜，室霭檀云品御香。
琥珀杯倾荷露滑，玻璃槛纳柳风凉。
水亭处处齐纨动，帘卷朱楼罢晚妆。

秋夜即事

绛芸轩里绝喧哗，桂魄流光浸茜纱。

苔锁石纹容睡鹤,井飘桐露湿栖鸦。

抱衾婢至舒金凤,倚槛人归落翠花。

静夜不眠因酒渴,沉烟重拨索烹茶。

冬夜即事

梅魂竹梦已三更,锦罽鹴衾睡未成。

松影一庭惟见鹤,梨花满地不闻莺。

女奴翠袖诗怀冷,公子金貂酒力轻。

却喜侍儿知试茗,扫将新雪及时烹。

赏析

　　即事诗,就是以眼前事物为题材的诗。《四时即事》这四首诗是宝玉住进大观园后所作的。通过这四首诗,宝玉描绘了自己在全年的四个季节中同众多姐妹丫鬟们彼此亲近的生活情景。宝玉是一个反叛世俗的叛逆者,亦是一个贵族大家庭中娇生惯养、锦衣玉食的公子哥。他刚到大观园的时候,整天同众姐妹们嬉笑打闹,顿时产生了"心满意足,再无别项可生贪求之心"的念头。《四时即事》就是他这个阶段生活的真实写照。诗中所描绘的生活情景,是宝玉的人生历程中的一个阶段。也许,曹雪芹安排宝玉自己写诗来总结这段生活,是为了在情节和结构上省笔墨。而诗里令宝玉难以忘怀的从容闲适的生活情景,同后来贾家衰落后众人悲苦凄惨的状况又形成了鲜明的对比。

第二十五回　魇魔法叔嫂逢五鬼　通灵玉蒙蔽遇双真

癞和尚赞

鼻如悬胆两眉长，目似明星蓄宝光。
破衲芒鞋无住迹，腌臜更有满头疮。

跛道人赞

一足高来一足低，浑身带水又拖泥。
相逢若问家何处，却在蓬莱弱水西。

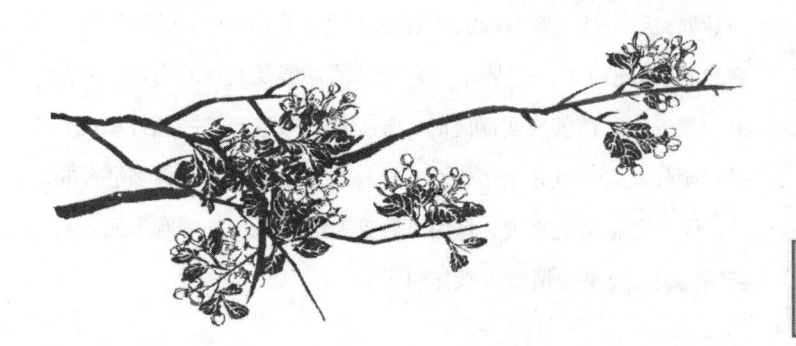

叹通灵玉二首

其一

天不拘兮地不羁,心头无喜亦无悲,
只因锻炼通灵后,便向人间觅是非。

其二

粉渍脂痕污宝光,绮栊日夜困鸳鸯。
沉酣一梦终须醒,冤债偿清好散场!

赏析

宝玉和凤姐二人被魇住,生命垂危,贾府特意请来了一僧一道,施法解救。《癞和尚赞》与《跛道人赞》便是描写这一僧一道的。癞和尚先解释了通灵玉不见奇效的缘故,之后便将玉拿在手中道出了《叹通灵玉》这两首诗。前一首诗讲通灵玉当初在青埂峰下的妙处,后一首诗则慨叹其现在的遭遇。《红楼梦》里只要是提及癞和尚和跛道人之处,皆暗示着情节的发展及人物的命运。正在宝玉和黛玉的爱情就要明朗之时,宝玉却忽然遭遇这一意外祸患,被巫术魇住,差一点儿丢了性命。这样"乐极生悲,好事多磨"的意外,从一定意义上来说,是为日后更大的意外——贾府事败、宝玉穷困失意、宝黛爱情毁灭来作引子的。

第二十六回　蜂腰桥设言传心事
　　　　　　潇湘馆春困发幽情

黛玉哭花阴

花魂默默无情绪，鸟梦痴痴何处惊。

哭花阴诗

颦儿才貌世应稀，独抱幽芳出绣闺。
呜咽一声犹未了，落花满地鸟惊飞。

赏析

黛玉在怡红院外叫人开门，却没有人来开，不禁心生难过，后又伤感起来，便站在墙角的花阴下面暗自垂泪。之后，书中插进上述对句及诗来烘托气氛。在此处，曹雪芹把黛玉描写得娇弱动人、惹人怜爱，将其小性儿展示得充分、透彻。

这两首诗皆为作者布置下的一个引子，是为了给下一回"埋香冢飞燕泣残红"埋下伏笔。在这一回中，黛玉对花哭泣的情节，恰是为了加强下一回"葬花"的艺术感染力。

第二十七回　滴翠亭杨妃戏彩蝶
　　　　　　　埋香冢飞燕泣残红

葬花辞

花谢花飞飞满天，红消香断有谁怜？
游丝软系飘春榭，落絮轻沾扑绣帘。
闺中女儿惜春暮，愁绪满怀无着处。
手把花锄出绣闺，忍踏落花来复去？
柳丝榆荚自芳菲，不管桃飘与李飞。
桃李明年能再发，明年闺中知有谁？
三月香巢初垒成，梁间燕子太无情！
明年花发虽可啄，却不道人去梁空巢已倾。
一年三百六十日，风刀霜剑严相逼。
明媚鲜妍能几时，一朝飘泊难寻觅。
花开易见落难寻，阶前愁杀葬花人。
独倚花锄偷洒泪，洒上空枝见血痕。
杜鹃无语正黄昏，荷锄归去掩重门。

青灯照壁人初睡，冷雨敲窗被未温。

怪侬底事倍伤神？半为怜春半恼春：

怜春忽至恼忽去，至又无言去不闻。

昨宵庭外悲歌发，知是花魂与鸟魂？

花魂鸟魂总难留，鸟自无言花自羞。

愿侬此日生双翼，随花飞到天尽头。

天尽头，何处有香丘？

未若锦囊收艳骨，一抔净土掩风流。

质本洁来还洁去，不教污淖陷渠沟。

尔今死去侬收葬，未卜侬身何日丧？

侬今葬花人笑痴，他年葬侬知是谁？

试看春残花渐落，便是红颜老死时。

一朝春尽红颜老，花落人亡两不知！

赏析

《葬花辞》是黛玉慨叹身世遭遇之作，亦是曹雪芹塑造黛玉形象、体现黛玉性情的主要作品。它与《芙蓉女儿诔》相同，是作者尽心摹写之作。此诗在风格上模仿初唐时期的歌行体，把黛玉的感情和志趣抒发得淋漓尽致。

这首诗并不是一味的哀伤和凄恻，诗里的"一抔净土掩风流"、"质本洁来还洁去"等诗句，恰是黛玉孤僻高傲性格的体现。此外，此诗还给我们提供了探寻曹雪芹笔下黛玉之死的主要线索。事实上，《葬花辞》便是黛玉为自己所写的谶诗，这一点在学术界已获得了普遍认可。诗里有"侬今葬花人笑痴，他年葬侬知是谁"一句，由此可知黛玉死去之时确实是春残花落的时候。与此同时，从这首诗里我们也可以获知，黛玉和晴雯一样，死的时候凄凉悲惨、孤单冷清。

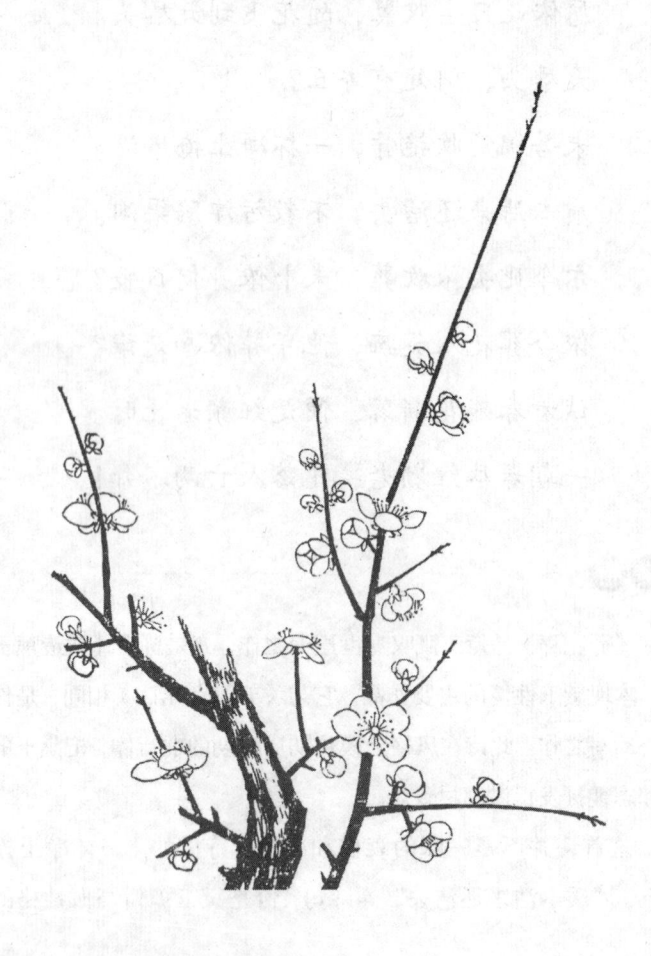

第二十八回 蒋玉菡情赠茜香罗
薛宝钗羞笼红麝串

小曲

两个冤家，都难丢下，想着你来又惦记着他。两个人，形容俊俏都难描画，想昨宵，幽期私订在荼蘼架。一个偷情，一个寻拿：拿住了三曹对案我也无回话。

赏析

小说第二十八回，冯紫英邀请宝玉到家里喝酒。席间，薛蟠在酒醉之下，拉住一个名叫云儿的歌妓，叫其唱一首新的曲子。云儿便只得弹起琵琶，唱了上述小调。此曲并无多少深意，只是娱乐而已。

酒令五首

"女儿"酒令（贾宝玉）

女儿悲，青春已大守空闺。

女儿愁，悔教夫婿觅封侯。

女儿喜,对镜晨妆颜色美。

女儿乐,秋千架上春衫薄。

滴不尽相思血泪抛红豆,开不完春柳春花满画楼。睡不稳纱窗风雨黄昏后,忘不了新愁与旧愁。咽不下玉粒金莼噎满喉,照不尽菱花镜里形容瘦。展不开的眉头,捱不明的更漏:呀!恰便似遮不住的青山隐隐,流不断的绿水悠悠。

雨打梨花深闭门。

"女儿"酒令(冯紫英)

女儿悲,儿夫染病在垂危。

女儿愁,大风吹倒梳妆楼。

女儿喜,头胎养了双生子。

女儿乐,私向花园掏蟋蟀。

你是个可人,你是个多情,你是个刁钻古怪鬼灵精,你是个神仙也不灵。我说的话儿你全不信,只叫你去背地里细打听,才知道我疼你不疼!

鸡声茅店月。

"女儿"酒令(云儿)

女儿悲,将来终身倚靠谁?

女儿愁，妈妈打骂何时休？

女儿喜，情郎不舍还家里。

女儿乐，住了箫管弄弦索。

豆蔻开花三月三，一个虫儿往里钻。钻了半日钻不进去，爬到花儿上打秋千。肉儿小心肝，我不开了你怎么钻？

桃之夭夭。

"女儿"酒令（薛蟠）

女儿悲，嫁了个男人是乌龟。

女儿愁，绣房撺出个大马猴。

女儿喜，洞房花烛朝慵起。

女儿乐，一根毛毛往里戳。

一个蚊子哼哼哼。两个苍蝇嗡嗡嗡。……

"女儿"酒令（蒋玉菡）

女儿悲，丈夫一去不回归。

女儿愁，无钱去打桂花油。

女儿喜，灯花并头结双蕊。

女儿乐，夫唱妇随真和合。

可喜你天生成百媚娇，恰便似活神仙离碧霄。度青春，年正小；配鸾凤，真也巧。呀！看天河正高，听谯楼鼓敲，剔银灯同入鸳帏悄。

花气袭人知昼暖。

赏析

上述是在冯紫英家酒席上行的令。小说中的这一情节，描绘了宝玉生活放纵的一面，亦是贵族子弟骄奢淫逸生活的体现。上述诸曲，每个曲令皆符合所作之人的身份、地位、品性及文化品德修养。由此可以看出作者卓越的摹写本领。

作者在写上述酒令的时候，运用了"诗谶"这一手法。在酒令里，"喜"、"乐"为"女儿"目前生活境况的写照；而"悲"、"愁"则与她们日后的命运有关。比如宝玉所作的酒令，第一句中的"青春已大守空闺"就成为了日后他出家为僧、宝钗寡居的预言。蒋玉菡的酒令和曲子则同宝玉的正相反，重点讲的是女儿的"喜"和"乐"，显然，这是其日后娶袭人为妻的吉谶。类似这样"诗谶"式的写作手法，在《红楼梦》里随处可见，后文的《花名签酒令》则体现得更加明显。

第三十四回　情中情因情感妹妹
　　　　　　　错里错以错劝哥哥

题帕三绝句

其一

眼空蓄泪泪空垂，暗洒闲抛更向谁？
尺幅鲛鮹劳惠赠，为君那得不伤悲！

其二

抛珠滚玉只偷潸，镇日无心镇日闲。
枕上袖边难拂拭，任他点点与斑斑。

其三

彩线难收面上珠，湘江旧迹已模糊。
窗前亦有千竿竹，不识香痕渍也无？

赏析

　　宝黛爱情的一个重要发展环节就是赠帕和题诗。这个情书发生在宝玉挨打后。宝玉被打后，宝钗和黛玉都来探望。宝钗来给宝玉送药，尽管心中满是对宝玉的怜惜，却又想"你既这样用心，何不在外头大事上做工夫，老爷也欢喜了，也不能吃这样亏"。然而此刻黛玉却单单是为了宝玉被打而万般伤悲。如此对比，将宝钗、黛玉二人的性情、个性以及她们与宝玉的关系，表现得淋漓尽致。

这三首绝句均以一个"泪"字为中心，脂砚斋说这是"还泪债"。可以说"还泪债"，是黛玉悲剧的形象写照。"眼空蓄泪泪空垂，暗洒闲抛更向谁？"诗中将这个疑问提出，为"还泪债"埋下了伏笔。与此同时，黛玉在此落泪，又似乎是在暗示她跟宝玉最终悲痛分离的结局。

第三十七回　秋爽斋偶结海棠社
　　　　　　　　萧芜苑夜拟菊花题

招宝玉结诗社帖

　　妹探谨启

　　二兄文几：前夕新霁，月色如洗，因惜清景难逢，未忍就卧。漏已三转，犹徘徊桐槛之下，竟为风露所欺，致获采薪之患。昨亲劳抚嘱，已复遣侍儿问切，兼以鲜荔并真卿墨迹见赐，抑何惠爱之深耶！今因伏几处默，忽思历来古人，处名攻利夺之场，犹置些山滴水之区，远招近揖，投辖攀辕，务结二三同志，盘桓其中，或竖词坛，或开吟社：虽因一时之偶兴，每成千古之佳谈。妹虽不才，幸叨陪泉石之间，兼慕薛林雅调。风庭月榭，惜未宴集诗人；帘杏溪桃，或可醉飞吟盏。孰谓雄才莲社，独许须眉；不教雅会东山，让余脂粉耶？若蒙造雪而来，敢请扫花以俟。谨启。

> 赏析

此帖为探春遣翠墨送给宝玉的,请宝玉去结诗社。看帖后,宝玉欣然前往。

探春是大观园中诗社的发起人,在结社之前,红楼诗卷中虽然也出现了宝玉的《四时即事》、黛玉的《葬花辞》等诗,但结社之后,园中诗人们的创作更加丰富了。可以说,诗社的成立,促进了大观园中诗歌创作的繁荣。

贾芸请安帖

不肖男芸恭请

父亲大人万福金安:男思自蒙天恩,认于膝下,日夜思一孝顺,竟无可孝顺之处。前因买办花草,上托大人洪福,竟认得许多花儿匠,并认得许多名园。前因忽见有白海棠一种,不可多得,故变尽方法,只弄得两盆。大人若视男是亲男一般,便留下赏玩。因天气暑热,恐园中姑娘们妨碍不便,故不敢面见。谨奉书恭启,并叩台安。

男芸跪书。

赏析

　　这个帖子是贾芸所作的,在这一回中,作者把探春的帖子跟贾芸的帖子放在一处,匠心独具。前面探春的请帖,全文二百余字,不紧不慢,娓娓道来,骈散夹杂,文词简短,笔法秀丽,辞藻华美。文中她先写自己生病的过程,再写感谢宝玉对自己的真诚安慰,接着慢慢谈及结社之事,最后满怀期待地诚挚相邀。探春的帖子同贾芸半文半白的帖子对比十分强烈,可见作者并不是随意将两个帖子放在一起的。

　　在小说的后半部分,尽管探春"才自清明志自高",怎奈"生于末世运偏消",最终也只得远嫁他乡。但是那个被人轻视的、常受人冷眼嘲讽的贾芸,却在后来有所作为。据曾见过后半部《红楼梦》的脂砚斋等人所言,后来贾府遭难时贾家旁系中唯有贾芸伸出援手。这生动地体现了《红楼梦》令人叹服的前后呼应之效。

咏白海棠

咏白海棠(探春)

斜阳寒草带重门,苔翠盈铺雨后盆。

玉是精神难比洁,雪为肌骨易销魂。

芳心一点娇无力,倩影三更月有痕。

莫道缟仙能羽化,多情伴我咏黄昏。

赏析

此为大观园内"海棠诗社"结成后的初次吟咏。这首诗为探春所作。

这些吟咏海棠的诗,包括此后的咏菊诗,都"诗如其人"地表现了大观园中众女儿的性情和品质。与此同时,每首诗又隐含着其作者今后的命运,是一种命运暗示。

探春所写的这首诗正是她自己的写照。"玉是精神难比洁"暗含了她"才自清明志自高"的才情,"雪为肌骨易销魂"描述了探春"俊眼修眉,顾盼神飞,文彩精华,见之忘俗"的脱俗形象。探春在这里用海棠来比喻自己的情操,借白海棠来表达心中所想。"芳心无力"让人想到风筝断线的情景;"缟仙羽化",又让人想到日后她远嫁他乡的遭遇。此诗字字描写海棠,却又字字令人联想到探春。

咏白海棠(宝钗)

珍重芳姿昼掩门,自携手瓮灌苔盆。

胭脂洗出秋阶影,冰雪招来露砌魂。

淡极始知花更艳,愁多焉得玉无痕?

欲偿白帝宜清洁,不语婷婷日又昏。

赏析

堪称大家闺秀典范的宝钗,始终坚持"非礼勿视,非礼勿听,非礼勿言,非礼勿动"的规范。尽管少时的宝钗也曾偷读过《西厢记》等书,可在人前却从不轻易流露。当黛玉在行酒令时说到《西厢记》中的用词时,宝钗立刻悄悄善意提醒她;当大观园中发生"绣春囊"事件后,她就借母亲生病之由搬离了大观园。以上这些情节都说明宝钗"珍重芳姿"至极,将自己的身份、名节看得很重。"淡极始知花更艳"一句则将宝钗冷淡的性情表现得淋漓尽致。李纨称"宝钗这诗有身份",此处所说的"身份"就是指贵族小姐的自重和自持。

咏白海棠(宝玉)

秋容浅淡映重门,七节攒成雪满盆。
出浴太真冰作影,捧心西子玉为魂。
晓风不散愁千点,宿雨还添泪一痕。
独倚画栏如有意,清砧怨笛送黄昏。

赏析

在这首诗里,宝玉将宝钗和黛玉这两个同自己关系最密切的人一起写进诗句。"出浴太真冰作影"一句,宝玉借海棠比喻宝钗,夸奖宝钗"肌肤丰泽",且有贵妃风姿。"冰作影"暗指宝钗所服的"冷香丸",也暗含了宝钗冷漠的性格。"捧心西子玉为魂"一句,借海棠比喻黛玉。"行动如弱柳扶风"的黛玉,拥有西施般的病态之美。而"晓风结愁"、"宿雨添痕"则描述了宝玉心中永生难忘的对黛玉的美好记忆。曹雪芹为宝玉所写的这首诗,不仅描绘了宝玉心中的宝钗、黛玉,还为三人的悲剧结局埋下了伏笔。

咏白海棠（黛玉）

半卷湘帘半掩门,碾冰为土玉为盆。

偷来梨蕊三分白,借得梅花一缕魂。

月窟仙人缝缟袂,秋闺怨女拭啼痕。

娇羞默默同谁诉？倦倚西风夜已昏。

赏析

其他人都已交卷,唯有黛玉还没有写。于是在李纨的催促下,黛玉一气呵成,尽显其敏捷才思。

首句黛玉就写到"半卷湘帘半掩门",完全不同于宝钗的"珍重芳姿昼掩门",表现了黛玉的任性,她从不以小姐身份自恃。接下来的"碾冰为土玉为盆",将黛玉冰清玉洁、一尘不染的气质描绘出来。诗社的成员都觉得黛玉的诗为所有诗作中最好的,李纨却评道:"若论风流别致,自是这首;若论含蓄浑厚,终让蘅（宝钗）稿。"李纨的话既概括了两首诗的不同韵味,也概括了宝钗、黛玉二人的性格特点。"风流

别致"即构思巧妙,潇洒飘逸;"含蓄浑厚"即敦厚含蓄,哀而不伤。以大家闺秀的标准去衡量,李纨自然会将宝钗所作的雅致、庄重之诗推为上品。

咏白海棠两首(湘云)

其一

神仙昨日降都门,种得蓝田玉一盆。
自是霜娥偏爱冷,非关倩女亦离魂。
秋阴捧出何方雪?雨渍添来隔宿痕。
却喜诗人吟不倦,肯令寂寞度朝昏?

其二

蘅芷阶通萝薜门,也宜墙角也宜盆。
花因喜洁难寻偶,人为悲秋易断魂。
玉烛滴干风里泪,晶帘隔破月中痕。
幽情欲向嫦娥诉,无那虚廊月色昏。

赏析

海棠诗社结社的时候湘云不在,后来她才被宝玉专门请来。她到了以后,马上依韵作了上面这两首诗。作为十二钗中重要人物之一的湘云,不仅有宝钗的才学,还兼有黛玉的聪颖,可以说她是《红楼梦》中与宝钗、黛玉不相上下的人物。

湘云第一首诗中的"自是霜娥偏爱冷"、"秋阴捧出何方雪"，暗指宝钗吃"冷香丸"；"非关倩女亦离魂"、"雨渍添来隔宿痕"，则暗指黛玉弱柳扶风、多愁善感。湘云在第二首诗里，又用生存能力极强的"蘅芷"比喻宝钗，而用"悲秋"、"断魂"来比喻黛玉。湘云在诗里既写到宝钗，也写到了黛玉，相当于同时也写了自己。尽管曹雪芹笔下湘云的最终结局已经无从可考，但是从"湘江水逝楚云飞"、"云散高唐、水涸湘江"等句我们可以推断，湘云的结局应该是悲惨的，或者如黛玉般泪尽而逝，或者如宝钗般孤独终老。

第三十八回　林潇湘魁夺菊花诗　薛蘅芜讽和螃蟹咏

藕香榭联语

芙蓉影破归兰桨，菱藕香深泻竹桥。

赏析

贾母来藕香榭观赏桂花时见此对联。藕香榭位于池中，四面开窗，左右有曲廊。

这副对联，上联以造句见胜，下联以炼字见长。上联模仿了唐代山水田园诗人王维《山居秋暝》中的诗句——"竹喧归浣女，莲动下渔舟"，但如若改成"兰桨归时莲影破"，那就显得非常平庸了。而"影破"在前，"兰桨"随后，莲舟归晚之景便跃然浮现。下联中"香"、"深"、"泻"三字使得此句意境深远。世人都说菱藕不香，却只有作者独以为它是香的；而一个"深"字则写尽此处景物的独幽；至于用"泻"字来描述竹桥，更显得新颖而别致。

咏菊(十二首)

忆菊(蘅芜君——宝钗)

怅望西风抱闷思,蓼红苇白断肠时。

空篱旧圃秋无迹,冷月清霜梦有知。

念念心随归雁远,寥寥坐听晚砧痴。

谁怜我为黄花瘦,慰语重阳会有期。

赏析

第一首《忆菊》诗由宝钗所作,用的是"四支"韵。贾母和众女眷在藕香榭赏桂花、吃螃蟹,一时间热闹非凡。宝玉和众姐妹头一日刚结了诗社,作了白海棠诗,此时诗兴正浓。待贾母走后,他们分题作了十二首咏菊诗。与咏白海棠诗不同的是,咏菊诗不限韵,各人可随意选择韵脚。

宝钗在这首咏菊诗中,将菊花拟人化了,因此所谓忆菊,其实是忆人。《红楼梦》中的很多诗都带有谶语的成分,此诗也不例外。它以"闷思"和"断肠"之语暗示了宝钗将来的寡居生活。照此推断,宝钗所忆之人应当就是遁入空门的宝玉。探春评价此诗说:"到底要算蘅芜君沉着,'秋无迹'、'梦有知',把个'忆'字竟烘染出来了。"

访菊（怡红公子——宝玉）

闲趁霜晴试一游，酒杯药盏莫淹留。
霜前月下谁家种？槛外篱边何处秋？
蜡屐远来情得得，冷吟不尽兴悠悠。
黄花若解怜诗客，休负今朝挂杖头。

赏析

第二首《访菊》诗由宝玉所作，用的是"十一尤"韵。全诗借主人公访菊时的兴致盎然，映衬了宝玉此时怡然自得的心境。

贾政外出离家后，因无人管教，宝玉成日与众姐妹在大观园内嬉笑打闹，这是他生活中最惬意的时刻。因此这首诗中也充满了宝玉"富贵闲人"的情趣。而"蜡屐远来情得得，冷吟不尽兴悠悠"二句，更是尽显他轻松闲怡的心情。

种菊（怡红公子——宝玉）

携锄秋圃自移来，篱畔庭前处处栽。
昨夜不期经雨活，今朝犹喜带霜开。
冷吟秋色诗千首，醉酹寒香酒一杯。
泉溉泥封勤护惜，好和井径绝尘埃。

赏析

第三首《种菊》诗同样出自宝玉，用的是"十灰"韵。在《红楼梦》第五回中,警幻仙姑曾经说宝玉"在闺阁中,固可为良友"。这是指宝玉同那些纨绔子弟戏弄女子不同,他尊重、关心、爱护、怜惜女孩子。不论是大家闺秀还是小家碧玉,不论是丫鬟还是戏子,他都一视同仁,对她们爱惜备至。如果将此处的菊花看成是女子的话,那么诗中所描述的种植菊花、浇灌菊花、爱护菊花,则体现了宝玉对女子的呵护。

至此,宝玉已作了《访菊》、《种菊》两首诗,他认为自己的诗作已形象地描绘了访菊、种菊之景,但同时他也承认,自己的诗作的确不如黛玉、宝钗和湘云等人的出色。

对菊(枕霞旧友——湘云)

别圃移来贵比金,一丛浅淡一丛深。

萧疏篱畔科头坐,清冷香中抱膝吟。

数去更无君傲世,看来惟有我知音!

秋光荏苒休辜负,相对原宜惜寸阴。

赏析

第四首《对菊》诗由湘云所作,用的是"十二侵"韵。此诗在众多咏菊诗中被评为第五,属上乘之作。诗的首联写菊,颔联写诗人自己,而颈联和尾联则表达了诗人与菊相知相惜的情感。

湘云在诗中将自己写成一个不拘礼法的男性,这一方面与她自小喜爱男装的嗜好相符,另一方面也将她的"英豪阔大宽宏量"的性情展露无遗。而湘云的命运,从她的判词上看,虽然后来一度"来新梦",但终究"梦也空",未能"淹留"于"春风桃李"的美满生活。脂砚斋评价说,湘云是因自爱误身,这也与此诗中的"傲世"相合。

供菊(枕霞旧友——湘云)

弹琴酌酒喜堪俦,几案婷婷点缀幽。
隔坐香分三径露,抛书人对一枝秋。
霜清纸帐来新梦,圃冷斜阳忆旧游。
傲世也因同气味,春风桃李未淹留。

赏析

第五首《供菊》诗,仍由湘云所作。此诗在众咏菊诗中排名第六,用的是"十一尤"韵。"供菊",就是将菊花插入瓶中以供玩赏。

湘云赏菊吟诗、弹琴饮酒、视富贵如粪土,此等狂放行为颇似魏晋名士。黛玉非常欣赏湘云的这首诗,她说:"据我看来,头一句好的是'圃冷斜阳忆旧游',这句背面傅粉。'抛书人对一枝

秋'已经妙绝,将供菊说完,没处再说,故翻回来想到未折未供之先,意思深透。"黛玉所说的"背面傅粉"就是倒插笔的写作手法。湘云在诗中先描绘了插在瓶中的菊花,而后转到此花未折之前诗作主人公在园内赏菊的情景,从而丰富了诗的内容,拓展了诗的意境。

咏菊（潇湘妃子——黛玉）

无赖诗魔昏晓侵,绕篱欹石自沉音。
毫端蕴秀临霜写,口角噙香对月吟。
满纸自怜题素怨,片言谁解诉秋心？
一从陶令评章后,千古高风说到今。

赏析

第六首《咏菊》诗是黛玉所作的一首七言律诗。这首诗以"咏菊"为题,描述的是写菊花诗的过程,被推为咏菊诗之冠。首联"无赖诗魔昏晓侵,绕篱欹石自沉音",紧扣诗题,描述了主人公为写菊花诗着魔般地思索和推敲的情景。颔联"毫端蕴秀临霜写,口角噙香对月吟",其中"临霜写"、"对月吟"生动地描摹了主人公吟诵菊花诗的情景。颈联"满纸自怜题素怨,片言谁解诉秋心",是黛玉借"咏菊"来抒发自己不被世人理解的情怀。而在尾联"一从陶令评章后,千古高风说到今"中,黛玉将陶潜引入诗句,既歌颂了菊花的高风亮节,也暗示了自己高洁的品格。整首诗深婉、秀美,只有聪慧灵秀之人才能写出如此精彩的诗篇。

画菊（蘅芜君——宝钗）

诗馀戏笔不知狂，岂是丹青费较量？
聚叶泼成千点墨，攒花染出几痕霜。
淡浓神会风前影，跳脱秋生腕底香。
莫认东篱闲采掇，粘屏聊以慰重阳。

赏析

第七首《画菊》诗由宝钗所作，整首诗庄重、矜持，而又不落俗套。一如宝钗其人。"攒花染出几痕霜"、"跳脱秋生腕底香"等句，构思新颖，不但描述了画菊的过程，还描绘了浓淡相宜的菊画。而此诗末句更是别出心裁，"莫认东篱闲采掇，粘屏聊以慰重阳"，既借用陶潜诗句"采菊东篱下，悠然见南山"的意境，又将画饼充饥的含义植入诗句。此外，这似乎还暗示了宝钗同宝玉日后那名存实亡的夫妻关系。

问菊（潇湘妃子——黛玉）

欲讯秋情众莫知，喃喃负手叩东篱。
孤标傲世偕谁隐？一样开花为底迟？

囿露庭霜何寂寞？雁归蛩病可相思？
莫言举世无谈者，解语何妨话片时？

赏析

第八首《问菊》诗被李纨评为咏菊诗第二，它同样出自黛玉之手，用的是"四支"韵。

这首诗是黛玉三首咏菊诗中最能代表其性情的一首。菊的"孤标傲世"、花开独迟，正是她清高孤傲、目下无尘的性格的写照。而"囿露庭霜何寂寞"一句中也可见到黛玉日常生活的影子。至于"莫言举世无谈者"，正是她苦闷之情无人可诉的情感流露。

论新颖别致、构思绝妙，此诗才是十二首之冠。全诗除了首联之外，颔联、颈联、尾联全用问句，问得巧妙且深刻，难怪连湘云都说"真把个菊花问的无言可对"。因为无人能比黛玉的身世和气质更与菊花契合，故而她的诗比别人的更真实、更自然。

簪菊（蕉下客——探春）

瓶供篱栽日日忙，折来休认镜中妆。
长安公子因花癖，彭泽先生是酒狂。
短鬓冷沾三径露，葛巾香染九秋霜。
高情不入时人眼，拍手凭他笑路旁。

赏析

第九首《簪菊》诗出自探春之手，用的是"七阳"韵。"簪菊"就是把菊花戴在头上。在诗中,探春以男子自居,而男子簪菊,并非为了打扮,而是为了表明情志。"才自清明志自高"的探春,在此处以"簪菊"来表明自己希望同男子一样能有番作为的志向。探春对贾府内的腐败和堕落看得很清楚,可是她无力去改变这一切,于是只好选择洁身自好。末句"高情不入时人眼,拍手凭他笑路旁"正是她绝不随同流俗的宣言。

菊影(枕霞旧友——湘云)

秋光叠叠复重重,潜度偷移三径中。
窗隔疏灯描远近,篱筛破月锁玲珑。
寒芳留照魂应驻,霜印传神梦也空。
珍重暗香踏碎处,凭谁醉眼认朦胧。

赏析

第十首《菊影》诗乃湘云所作,用的是"一冬"韵。

湘云此诗也颇为新颖。她从写爱菊到写爱上菊的影子,层层推进,极力描绘了日光、灯光、月光下菊影的不同形象。从内容上看,此诗与一般文士吟风弄月的作品并无太大区别,然而作者赋予湘云这样一首色彩黯淡、风格凄清的诗,是别有深意的。"寒芳留照魂应驻,霜印传神梦也空"两句,明显是在预示湘云日后孤独、凄惨的命运。

菊梦(潇湘妃子——黛玉)

篱畔秋酣一觉清,和云伴月不分明。

登仙非慕庄生蝶，忆旧还寻陶令盟。

睡去依依随雁断，惊回故故恼蛩鸣。

醒时幽怨同谁诉：衰草寒烟无限情！

赏析

第十一首《菊梦》诗被李纨评为咏菊诗第三，仍然出自黛玉之手，用的是"八庚"韵。

此首诗谶语的成分甚浓，黛玉用拟人的手法写菊花的梦境，其实是在暗喻自己梦幻般的情思。

此诗格调沉郁，情感悲凉，诗中"和云伴月"和"登仙"都是不祥之词，而"登仙非慕庄生蝶，忆旧还寻陶令盟"两句似乎又有些只羡鸳鸯不羡仙的意味。

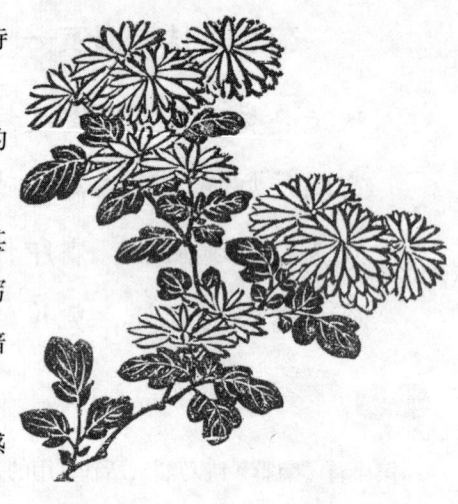

至于颈联、尾联所描绘的凄凉颓废之象，正是对黛玉凄惨结局的暗示。

残菊（蕉下客——探春）

露凝霜重渐倾欹，宴赏才过小雪时。

蒂有馀香金淡泊，枝无全叶翠离披。

半床落月蛩声切,万里寒云雁阵迟。

明岁秋风知再会,暂时分手莫相思!

赏析

咏菊诗以内容排序,第一首是《忆菊》,然后分别是《访菊》、《种菊》、《对菊》、《供菊》、《咏菊》、《画菊》、《问菊》、《簪菊》、《菊影》,紧接着是《梦菊》两首,最后以《残菊》压轴。宝钗说这些题目是"三秋的妙景妙事都有了"。

《残菊》是咏菊诗的收尾之作,由探春所作,用的是"四支"韵。此诗描写了菊花凋残时的衰败之景,展现了一幅花残人去的颓伤画面。

宝钗在为菊花诗排序时就曾经说过:"……末卷便以《残菊》总收前题之盛。"可见,"盛"终将要以"残"作结。十二首咏菊诗并不对应十二金钗的命运,但纵观咏菊诗整体却与十二金钗的总体命运相符——她们同样从繁花似锦的盛况,归向叶落花残的境地。这种盛衰对比的手法为《红楼梦》所惯用,也是作者构思精妙的体现。

螃蟹咏(三首)

其一(贾宝玉)

持螯更喜桂阴凉,泼醋擂姜兴欲狂。

饕餮王孙应有酒,横行公子竟无肠!
脐间积冷馋忘忌,指上沾腥洗尚香。
原为世人美口腹,坡仙曾笑一生忙。

其二（林黛玉）

铁甲长戈死未忘,堆盘色相喜先尝。
螯封嫩玉双双满,壳凸红脂块块香。
多肉更怜卿八足,助情谁劝我千觞?
对兹佳品酬佳节,桂拂清风菊带霜。

其三（薛宝钗）

桂霭桐阴坐举觞,长安涎口盼重阳。
眼前道路无经纬,皮里春秋空黑黄!
酒未涤腥还用菊,性防积冷定须姜。
于今落釜成何益?月浦空馀禾黍香。

赏析

《螃蟹咏》是菊花诗的余音。菊花诗作完后,众人吃螃蟹。此时宝玉先吟成一首《螃蟹咏》,黛玉于是随作一首,后宝钗又续一首。此处,作者是以宝、黛之诗为宝钗之诗做引。

宝钗的这首《螃蟹咏》不仅被宝玉和众姐妹们所称道,长久以来,也被观《红楼梦》之人所称道。此诗的精华集中在颔联:"眼前道路无经纬，皮里春秋空黑黄"这两句正是宝钗对忘恩负义、心狠手辣、腐败堕落之人的辛辣讽刺。此句出自宝钗之手极为恰当，与她的性格和气质非常吻合。宝钗温厚平和，但却绝不软弱迷糊。她精通人情世故、处事圆滑、心机颇深，偶尔也会流露出口角锋芒的一面。可以说，正是由于此诗出自宝钗之手，它的谴责和讽刺意味便又加深了一层。

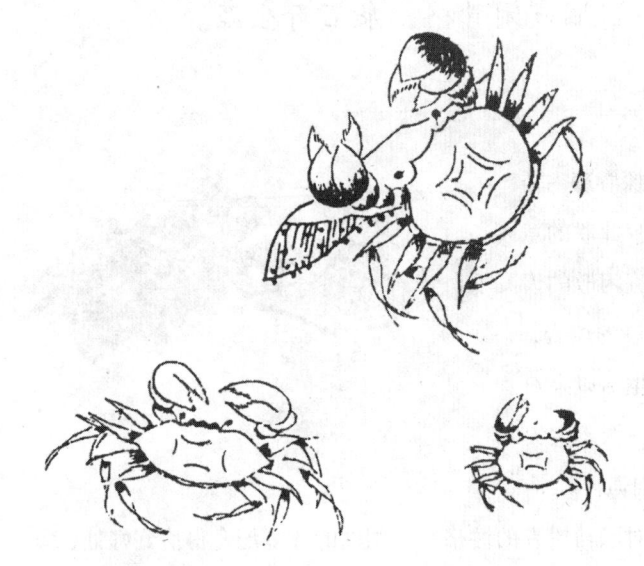

第四十回　史太君两宴大观园　金鸳鸯三宣牙牌令

探春房内联语

烟霞闲骨格，泉石野生涯。

赏析

这是探春房内挂置的对联。此联的意思是，风流闲散的天性好像舒展的烟云，山野人的生活以泉石为伴。好一派士大夫的清高与自傲！

这副对联与探春的性格和其闺阁的环境配合得恰到好处，体现了探春"风雅清高"的性情。《红楼梦》第三十七回探春给宝玉的请帖中曾有"真卿墨迹见赐"之语，也有"幸叨陪泉石之间，兼慕薛林雅调"的句子。可见，这副对联的意思和旨趣乃至文风，都与前文紧密相切。这正是《红楼梦》较之其他小说突出的地方，也是曹雪芹构思精密的表现，而这也是高鹗所续的后四十回中比较少见的。

牙牌令（七首）

牙牌令（贾母）

左边是张"天"。

——头上有青天。

当中是"五合六"。

——六桥梅花香彻骨。

剩了一张"六合幺"。

——一轮红日出云霄。

凑成却是个"蓬头鬼"。

——这鬼抱住钟馗腿。

牙牌令（薛姨妈）

左边是个"大长五"。

——梅花朵朵风前舞。

右边是个"大五长"。

——十月梅花岭上香。

当中"二五"是"杂七"。

——织女牛郎会七夕。

凑成"二郎游五岳"。

——世人不及神仙乐。

牙牌令（史湘云）

左边"长幺"两点明。

——双悬日月照乾坤。

右边"长幺"两点明。

——闲花落地听无声。

中间还得"幺四"来。

——日边红杏倚云栽。

凑成一个"樱桃九熟"。

——御园却被鸟衔出。

牙牌令（薛宝钗）

左边是"长三"。

——双双燕子语梁间。

右边是"三长"。

——水荇牵风翠带长。

当中"三六"九点在。

——三山半落青天外。

凑成"铁锁练孤舟"。

——处处风波处处愁。

牙牌令(林黛玉)

左边一个"天"。

——良辰美景奈何天。

中间"锦屏"颜色俏。

——纱窗也没有红娘报。

剩了"二六"八点齐。

——双瞻玉座引朝仪。

凑成"篮子"好采花。

——仙杖香挑芍药花。

牙牌令(贾迎春)

左边"四五"成"花九"。

——桃花带雨浓。

....

牙牌令(刘姥姥)

左边"四四"是个人。

——是个庄家人[罢]。

中间"三四"绿配红。

——大火烧了毛毛虫。

右边"幺四"真好看。

——一个萝卜一头蒜。

凑成便是"一枝花"。

——花儿落了结个大倭瓜。

赏析

　　牙牌令是一种酒令，它是饮酒、赌博、文字游戏三者的结合，是古代上层贵族的一种休闲方式。同《红楼梦》中的众多诗词一样，在此处作者借牙牌令来刻画人物的不同性格，同时也以牙牌令来预示后文的某些情节。

　　这些令语都符合人物各自的身份。贾母、薛姨妈所说的令语，大多是常言，不考究其出处。而众姐妹则喜引诗词曲子。如黛玉的令语，一句出自于《牡丹亭》，一句出自于《西厢记》，由此可见，黛玉喜读这些至情至性的作品。而刘姥姥出口便是萝卜、蒜头、毛毛虫，实为农村妇女的本色表现。

第四十五回　金兰契互剖金兰语
　　　　　　　风雨夕闷制风雨词

秋窗风雨夕

秋花惨淡秋草黄，耿耿秋灯秋夜长。
已觉秋窗秋不尽，那堪风雨助凄凉！
助秋风雨来何速？惊破秋窗秋梦续。
抱得秋情不忍眠，自向秋屏挑泪烛。
泪烛摇摇爇短檠，牵愁照恨动离情。
谁家秋院无风入？何处秋窗无雨声？
罗衾不奈秋风力，残漏声催秋雨急。
连宵脉脉复飕飕，灯前似伴离人泣。
寒烟小院转萧条，疏竹虚窗时滴沥。
不知风雨几时休，已教泪洒纱窗湿。

赏析

　　黛玉秋夜翻看《乐府杂稿》，"不觉心有所感，亦不禁发于章句，遂成《代别离》一首，拟《春江花月夜》之格，乃名其词为

《秋窗风雨夕》。"

这首诗与《葬花辞》风格相似,都是黛玉伤悼身世的作品。全诗共20个句子,却用了15个"秋"字,将秋天的肃杀、凄清描绘得淋漓尽致。联系书中的其他诗词,我们就不难理解此处"秋"的深意了。《红楼梦曲》中有"勘破三春景不长"和"说什么天上夭桃盛,云中杏蕊多,到头来谁见把秋捱过"等句,咏菊诗中也有"露凝霜重"、"衰草寒烟"等句,这些句子极写秋之凄凉,谶语的意味甚浓。而众女儿在大观园生活的时期,正是贾家开始衰落的"秋季"。此时只需一场暴风雪,就能使这个家族的大厦瞬间倒塌。因此,此处吟秋,实为悲剧上演之前的哀曲。

第四十八回　滥情人情误思游艺
　　　　　慕雅女雅集苦吟诗

香菱咏月诗三首

其一

月桂中天夜色寒，清光皎皎影团团。
诗人助兴常思玩，野客添愁不忍观。
翡翠楼边悬玉镜，珍珠帘外挂冰盘。
良宵何用烧银烛，晴彩辉煌映画栏。

其二

非银非水映窗寒，试看晴空护玉盘。
淡淡梅花香欲染，丝丝柳带露初干。
只疑残粉涂金砌，恍若轻霜抹玉栏。
梦醒西楼人迹绝，馀容犹可隔帘看。

其三

精华欲掩料应难，影自娟娟魄自寒。

一片砧敲千里白,半轮鸡唱五更残。

绿蓑江上秋闻笛,红袖楼头夜倚栏。

博得嫦娥应借问,何缘不使永团圆?

赏析

香菱学诗在《红楼梦》里只是一个小插曲,然而学诗的这段时期却是她一生中最幸福的时光。这个由小姐沦为丫鬟的灵秀女子,在大观园众女儿的感染下,不禁也对诗产生了兴趣。于是她拜黛玉为老师,苦心学习,终于写出了比较成功的诗作。

此三首诗代表了她学诗的三个阶段。第一首诗,语言浅白;第二首诗,比附过多;至第三首时,众人看了笑道:"这首不但好,而且新巧有意趣。可知俗话说'天下无难事,只怕有心人'。"

而此三首诗的真实作者为曹雪芹,他仿效初学者的笔调,将不同学习阶段的诗作真实地演绎出来,其深厚的写作功底可见一斑。

第五十回　芦雪庵争联即景诗
　　　　　暖香坞雅制春灯谜

芦雪庵争联即景诗

（凤姐）一夜北风紧，

（李纨）开门雪尚飘。

入泥怜洁白，（香菱）匝地惜琼瑶。

有意荣枯草，（探春）无心饰萎苕。

价高村酿熟，（李绮）年稔府梁饶。

葭动灰飞管，（李纹）阳回斗转杓。

寒山已失翠，（岫烟）冻浦不生潮。

易挂疏枝柳，（湘云）难堆破叶蕉。

麝煤融宝鼎，（宝琴）绮袖笼金貂。

光夺窗前镜，（黛玉）香粘壁上椒。

斜风仍故故，（宝玉）清梦转聊聊。

何处梅花笛？（宝钗）谁家碧玉箫？

鳌愁坤轴陷，（湘云）龙斗阵云销。

野岸回孤棹，（宝琴）吟鞭指灞桥。

赐裘怜抚戍，（湘云）加絮念征徭。

坳垤审夷险，（宝钗）枝柯怕动摇。

皑皑轻趁步，（黛玉）剪剪舞随腰。

苦茗成新赏，（宝玉）孤松订久要。

泥鸿从印迹，（宝琴）林斧或闻樵。

伏象千峰凸，（湘云）盘蛇一径遥。

花缘经冷结，（探春）色岂畏霜凋。

深院惊寒雀，（岫烟）空山泣老鸮。

阶墀随上下，（湘云）池水任浮漂。

照耀临清晓，（黛玉）缤纷入永宵。

诚忘三尺冷，（湘云）瑞释九重焦。

僵卧谁相问，（宝琴）狂游客喜招。

天机断缟带，（湘云）海市失鲛绡。

（黛玉）寂寞封台榭，

（湘云）清贫怀箪瓢。

（宝琴）烹茶水渐沸，

（湘云）煮酒叶难烧。

（黛玉）没帚山僧扫，

（宝琴）埋琴稚子挑。

（湘云）石楼闲睡鹤，

（黛玉）锦罽暖亲猫。

（宝琴）月窟翻银浪，

（湘云）霞城隐赤标。

（黛玉）沁梅香可嚼，

（宝钗）淋竹醉堪调。

（宝琴）或湿鸳鸯带，

（湘云）时凝翡翠翘。

（黛玉）无风仍脉脉，

（宝琴）不雨亦潇潇。

（李纨）欲志今朝乐，

（李绮）凭诗祝舜尧。

赏析

这首诗是宝玉和众姐妹们在芦雪庵饮酒赏雪时所作的即景诗，也是一首联句诗。

此联句诗与书中其他诗词不同，它充斥着富贵享乐的情趣，很少有哀伤沉吟的调子，诗中甚至还有"颂圣"的内容，如"年稔府粮饶"、"赐裘怜抚戍"、"瑞释九重焦"、"凭诗祝舜尧"等。其实，这是曹雪芹为了避免作品有"伤时骂世"的嫌疑而做的"称功颂德"的表面功夫。从另一方面看，曹雪芹写这些"良辰美景，赏心乐事"，也是在极力渲染贾府的"盛"，从而为此后的"衰"作铺垫和映衬联系前文，这种盛极而衰也就是秦可卿所说的"登高必跌重"。

赋得红梅花三首

咏红梅花得红字（邢岫烟）

桃未芳菲杏未红，冲寒先喜笑东风。

魂飞庾岭春难辨，霞隔罗浮梦未通。

绿萼添妆融宝炬，缟仙扶醉跨残虹。

看来岂是寻常色，浓淡由他冰雪中。

咏红梅花得梅字（李纹）

白梅懒赋赋红梅，逞艳先迎醉眼开。

冻脸有痕皆是血，醉心无恨亦成灰。

误吞丹药移真骨，偷下瑶池脱旧胎。

江北江南春灿烂，寄言蜂蝶漫疑猜。

咏红梅花得花字（薛宝琴）

疏是枝条艳是花，春妆儿女竞奢华。

闲庭曲槛无馀雪,流水空山有落霞。

幽梦冷随红袖笛,游仙香泛绛河槎。

前身定是瑶台种,无复相疑色相差。

赏析

参看《访妙玉乞红梅》诗赏析。

访妙玉乞红梅

酒未开樽句未裁,寻春问腊到蓬莱。

不求大士瓶中露,为乞嫦娥槛外梅。

入世冷挑红雪去,离尘香割紫云来。

槎枒谁惜诗肩瘦,衣上犹沾佛院苔。

赏析

在芦雪庵联句中,宝玉的联句最少,于是他被罚去栊翠庵折红梅。众姐妹让新入贾府的邢岫烟、李纹、薛宝琴每人作一首七律,而且诗必须依次用"红"、"梅"、"花"三字做韵。而宝玉则被命令做一首《访妙玉乞红梅》诗。

邢岫烟、李纹、宝琴都是刚进贾府,不能喧宾夺主,因此作者在写芦雪庵联句诗时仍然突出了湘云。但正因此三人刚进贾府,应当作些描绘和渲染,所以这三首诗其实是作者的补笔,目的是利用诗作对她们的身份和性格特点加以暗示。

大观园中的众女子除了个别人喜爱作诗外，大多数人只是将作诗当成一种休闲和娱乐的方式。而她们贵族小姐的身份，又将其诗歌内容限定在了吟诵"风花雪月"的狭小范围内。于是众女子便只能从限题、限韵等技巧上来竞逐才能。

点绛唇

溪壑分离，红尘游戏，真何趣？

名利犹虚，后事终难继。

赏析

作者赋予湘云此谜语，并让宝玉猜中，这绝不是随心所欲的安排。从谜面上看，此谜句句适合宝玉，所谓"溪壑分离，红尘游戏"，正是说青埂峰的顽石，幻化成人形，来到尘世变成了怡红公子。而"真何趣"一语与宝玉《寄生草·解偈》中所说的"到如今，回头试想真无趣"又相互吻合。至于"名利犹虚"一句

正是宝玉蔑视"仕途经济"的真实写照。末句"后事终难继",也应和了他遁入空门的结局。

此谜语不但应和宝玉的命运,也暗示了贾府的命运。"后事终难继"又何尝不是在说贾府最终的"树倒猢狲散"呢?

灯谜诗(三首)

其一(宝钗)

镂檀镌梓一层层,岂系良工堆砌成?
虽是半天风雨过,何曾闻得梵铃声?

其二(宝玉)

天上人间两渺茫,琅玕节过谨提防。
鸾音鹤信须凝睇,好把唏嘘答上苍。

其三(黛玉)

騄駬何劳缚紫绳?驰城逐堑势狰狞。
主人指示风云动,鳌背三山独立名。

赏析

在《红楼梦》的诗作中,作者常借书中人之语来暗示他们的结局或突显他们的性格。

如宝钗的谜语,前两句是形容她的精明和干练,她随分从时、八面玲珑;后两句用唐明皇和杨贵妃的故事来暗示她和宝玉的凄凉结局。宝玉的谜语,从谜面看,有对黛玉早夭的哀悼之意。黛玉之死,佚稿回目叫"证前缘",因此此处借用了鸾鹤迎归仙境之说来暗合回目。而黛玉的谜语,正是她自身性格的真实写照。她才华横溢、聪慧灵秀、口角锋利、目下无尘。诗中以不需紫绳的千里马来比喻她不拘封建礼教的性格,真是再合适不过了。

这些灯谜,看似逢场点缀之作,其实句句都蕴含深意。

第五十一回 薛小妹新编怀古诗
胡庸医乱用虎狼药

薛宝琴怀古诗

赤壁怀古

赤壁沉埋水不流,徒留名姓载空舟。
喧阗一炬悲风冷,无限英魂在内游。

赏析

书中薛宝琴说:"我从小儿走过的地方的古迹不少,我今捡了十个地方的古迹,作了十首怀古的诗……暗隐俗物十件,姐姐们请猜一猜。"此为第一首《赤壁怀古》诗,全诗强调一个"名"字。

自古以来,"怀古"总是免不了要"伤今"。宝琴在此诗中借赤壁古战场的悲凉,感叹富贵功名终将成空。其中"赤壁沉埋水不流"一句,作者让宝琴用彻悟的眼光看待人生,并似以宝琴之口来问:谁见赤壁还在?水还流?原来建立再多的功业伟绩也只是空留虚名而已。

从这首诗渲染的凄凉氛围看,此诗应当是在暗指贾家这个繁花似锦的盛势之家,最终也逃不过变成一片茫茫白地的结局。

有人说此谜暗指纸船。古代以烧纸船来祭奠亡灵,纸船最终灰飞烟灭,只留空名。

交趾怀古

铜柱金城振纪纲,声传海外播戎羌。

马援自是功劳大,铁笛无烦说子房。

赏析

此为第二首《交趾怀古》诗,全诗强调一个"功"字。

东汉时马援因平定交趾被封为伏波将军,宝琴此诗就是在称颂他的功绩。马援的经历同贾家人立功受封的过程类似。贾家先祖也是因为"护圣"有功才被封为"宁国公"、"荣国公",贾家也因此一跃成为金陵四大家族之首。宝琴此诗是在借马援功成名就的事迹来影射贾家的兴盛史。

有人说此谜谜底是"喇叭"。喇叭在古代是军中的吹器,用来传达号令。诗中作者赞美喇叭建功甚大,也是对贾家先祖的一种褒扬。

钟山怀古

名利何曾伴汝身，无端被诏出凡尘。
牵连大抵难休绝，莫怨他人嘲笑频。

赏析

此为第三首《钟山怀古》诗，全诗强调一个"利"字。

南朝齐代的孔稚珪曾作《北山移文》。文中说，周颙曾在建康的北山——"钟山"隐居，清高不仕，后来他出任海盐令，当他再次经过钟山时，遭到钟山山灵的讥笑和谩骂。其实，孔稚珪这篇文章，不过是一篇游戏之作，历史上的周颙并没有经历这些事。宝琴此诗是对《北山移文》内容的进一步发挥。这首怀古诗的用意也很明显，就是讥讽那些自命清高的"隐士"和"名流"。

有人说此谜谜底是"拔不倒"，也就是我们现在所说的"不倒翁"。《清稗类钞》对其有描绘："头锐能钻，腹空能受。冠带尊严，面和心垢。状似易倒，实立不仆。"好一副贪利负义的嘴脸。

淮阴怀古

壮士须防恶犬欺，三齐位定盖棺时。
寄言世俗休轻鄙，一饭之恩死也知。

赏析

此为第四首《淮阴怀古》诗，全诗强调一个"欺"字。

此诗选取了韩信一生中两件重要的事情作为内容：一个是受

胯下之辱，一个是受漂母一饭之恩。诗中"寄言世俗休轻鄙"一句，将诗作主题讲得很明白：奉劝世人不要欺负、轻视落魄之人，因为人生枯荣难料。

有人说此谜谜底是人死后的一种祭祀之物——"打狗棒"。据记载："灵前供饭一盂，集秫秸七枝，面裹其头，插盂上，曰'打狗棒'。"而清代也有种迷信说法认为人死后，魂魄要经过所谓的"恶狗村"，到时会有许多恶狗出来扑噬，如果有了以上所说的那种"打狗棒"，就可以顺利通过。从此诗中的"恶犬"、"三齐"、"一饭"等词可见，"打狗棒"为谜底的说法还是比较可信的。

广陵怀古

蝉噪鸦栖转眼过，隋堤风景近如何？

只缘占尽风流号，惹得纷纷口舌多。

赏析

此为第五首《广陵怀古》诗，全诗强调一个"转"字。

此诗表面上是宝琴在吟咏京杭大运河两岸的隋堤，实际上是作者在暗讽贾府。"蝉噪鸦栖转眼过"，作者借隋堤两岸蝉噪鸦栖、繁花似锦日子的很快流逝，来暗指贾府的盛世

也即将要成为过眼烟云。"只缘占尽风流号,惹得纷纷口舌多",贾府繁荣时,其子弟们多风流堕落;当贾府败落时,那些子弟们的风流往事必将成为人们谈论不止的话题。

有人说此谜谜底是"垂柳",也有人说是"以柳木制成的牙签",从"占"和"口舌"等词来看,似乎"牙签"更贴切。

桃叶渡怀古

衰草闲花映浅池,桃枝桃叶总分离。

六朝梁栋多如许,小照空悬壁上题。

赏析

此为第六首《桃叶渡怀古》诗,全诗强调一个"离"字。

此诗讲述了王献之与爱妾桃叶在桃叶渡分离的故事。全诗格调低沉、伤感。贾府败落后众人生离死别的情形,与此诗所描绘的情景颇为相似。

有人说此谜谜底是"秋桐",也有人说是"油灯"。从诗中的"映"、"照"二字看,"油灯"似乎更可信。

青冢怀古

黑水茫茫咽不流,冰弦拨尽曲中愁。

汉家制度诚堪笑,樗栎应惭万古羞。

赏析

此为第七首《青冢怀古》诗,全诗强调一个"羞"字。

此诗以"青冢"为题材，描述了王昭君身不由己远嫁塞外的悲怨，同时也谴责了汉元帝的无能。而联想到贾家的衰败，大观园群芳的悲惨命运也是由贾府无能的男人们造成的。如此一来，此诗又隐晦地讥讽了贾府中那些峨冠博带的"须眉浊物"，他们才是应当羞惭之人。

有人说此谜谜底是"墨斗"，墨斗是工匠师傅用来规划木材的器具，它代表了一种约束。而贾府子弟正是因为缺少管束，胡作非为、腐败堕落，才导致了家族最终的衰败。

马嵬怀古

寂寞脂痕积汗光，温柔一旦付东洋。

只因遗得风流迹，此日衣裳尚有香。

赏析

此为第八首《马嵬怀古》诗。全诗强调"付东洋"三字，而这三字的意思分明就是"死"。

此诗以杨贵妃的故事为题材，影射荣、宁二府的风流、堕落。而杨贵妃被缢死于马嵬坡，又似乎是在暗示贾府必然衰亡的结局。

有人认为此谜谜底是"香皂"。诗的一、二句是说沾染了脂痕汗渍的衣物要先用香皂揉搓，然后再用水漂洗："柔"谐音"揉"，"付东洋"，即用水冲洗的意思。而三、四句是说衣服晾

干后，上面还留有余香。

蒲东寺怀古

小红骨贱一身轻，私掖偷携强撮成。

虽被夫人时吊起，已经勾引彼同行。

赏析

此为第九首《蒲东寺怀古》诗，咏叹了《西厢记》中机智勇敢的红娘。严格说来，此诗不能叫做"怀古诗"，因为《西厢记》的故事本来就是虚构的。但是连黛玉都说大可不必"胶柱鼓瑟"，那就姑且将它归入"怀古诗"吧！从"勾引"二字分析，此诗应是影射了荣、宁二府的风流韵事。

有人说此谜谜底是"爆竹"，也有人说是"红天灯"。从意思上看来二者皆可，然而从诗中"强撮成"一词来看，"爆竹"为谜底还是比较恰当的。

梅花观怀古

不在梅边在柳边，个中谁拾画婵娟？

团圆莫忆春香到，一别西风又一年。

赏析

此为第十首《梅花观怀古》诗。同上首诗一样，此诗咏叹的也是戏剧中虚构的人物——《牡丹亭》中的杜丽娘。杜丽娘和柳梦梅生死不离的爱情，与宝、黛的爱情颇为相似。但杜、柳二人最终得到了美满姻缘，而宝、黛最后却天人永隔。

有人说此谜谜底是"纨扇"，与诗句十分吻合。首句说纨扇上的花木衬景多画杨柳，不画梅花，因为梅花是冬景，与纨扇不协调。次句说画中常常绘有仕女，这也符合实际情况的。而第三句中的"团圆莫忆"是说中秋佳节时天气已凉，人们不用扇子了。至于末句的意思是，待春日重新取用纨扇时，已经又是新的一年了。

第五十二回　俏平儿情掩虾须镯
　　　　　　　勇晴雯病补雀金裘

真真国女儿诗

　　昨夜朱楼梦，今宵水国吟。
　　岛云蒸大海，岚气接丛林。
　　月本无今古，情缘自浅深。
　　汉南春历历，焉得不关心？

赏析

　　薛宝琴说自己八岁时曾经跟随父亲到西海沿岸买洋货，见过一个真真国的漂亮女子。她芳龄十五，会讲"五经"，能作中国诗词。宝琴说此首五律就是这个女子作的。其实这个女子便是宝琴自己，而这首诗的内容又正好暗示了她的未来。

　　诗作中，主人公流落于云雾缭绕、山峦迭起的海岛，而她昨日的红楼生活都已成为梦境，现在的她只能对月怀想，空悲叹过去。书中前文，宝琴所作的《咏红梅花》一诗与此诗可以相互印证，而只有将两诗相互印证，咏梅诗中各种设喻的含义才能得到合理的解释。

宝琴是已经许给了梅翰林家做媳妇的人,她最后的境遇也非常凄凉。可见,败落的并不仅仅是贾府,许多的封建大家族都在走向衰落,因为这是历史的必然,谁也不能阻挡。

第六十二回 憨湘云醉眠芍药茵
呆香菱情解石榴裙

酒令三首

酒令（林黛玉）

落霞与孤鹜齐飞,风急江天过雁哀,
却是一只折足雁,叫得人九回肠。
——这是鸿雁来宾。
榛子非关隔院砧,何来万户捣衣声?

酒令（史湘云）

奔腾而澎湃,江间波浪兼天涌,
须要铁索缆孤舟,既遇着一江风。
——不宜出行。
这鸭头不是那丫头:头上那讨桂花油?

酒令（史湘云）

泉香而酒洌,玉碗盛来琥珀光,

直饮到梅梢月上,醉扶归。
——却为宜会亲友。

赏析

这是在大观园红香圃内为宝玉等四人摆寿酒时,众人在席上行的酒令。曹雪芹此处依然将人物的性格和命运植入了酒令的词句中。黛玉的诗悲怨,湘云的诗豪放。黛玉就像她酒令中的"折足雁",失伴哀鸣;而湘云也如她酒令中的江上孤舟,几经风浪。

此回中,曹雪芹描写了湘云醉酒的憨态,将湘云酣醉的场面写得唯美动人,"四面芍药花飞了一身,满头脸衣襟上皆是红香散乱,手中的扇子在地下,也半被落花埋了,一群蜂蝶闹穰穰的围着她"。紧接着曹雪芹又细致地描写了湘云的"睡语说酒令",将她的憨态渲染得真实可感,宛若眼前,突出了她与宝钗、黛玉截然不同的豪放不羁的一面。据红学家分析,此处情节构思当来自唐代卢纶的诗句"醉眠芳树下,半补落花埋"。

第六十四回　幽淑女悲题五美吟　浪荡子情遗九龙佩

五美吟

西施

一代倾城逐浪花，吴宫空自忆儿家。
效颦莫笑东村女，头白溪边尚浣纱。

虞姬

肠断乌骓夜啸风，虞兮幽恨对重瞳。
黥彭甘受他年醢，饮剑何如楚帐中？

明妃

绝艳惊人出汉宫，红颜命薄古今同。
君王纵使轻颜色，予夺权何畀画工？

绿珠

瓦砾明珠一例抛，何曾石尉重娇娆？
都缘顽福前生造，更有同归慰寂寥。

红拂

长楫雄谈态自殊，美人巨眼识穷途。

尸居馀气杨公幕，岂得羁縻女丈夫？

赏析

黛玉说"曾见古史中有才色的女子，终身遭际令人可欣、可羡、可悲、可叹者甚多……胡乱凑几首诗，以寄感慨。"宝玉看见了这些诗，将其题名为《五美吟》。

这几首诗，黛玉表面上是在咏五美，实际却是在咏叹自己。她在《西施》诗中借西施的"空自忆儿家"，来述说自己寄身贾府无家可归的凄惨。在《虞姬》诗中，她借"饮剑"于楚帐的虞姬，来表明自己"质本洁来还洁去，不教污淖陷渠沟"的心愿。在《明妃》诗中，她对汉元帝的讥讽，显示了她性格中清高孤傲的一面。而在《绿珠》诗中，黛玉认为，石崇的荣华富贵比不上绿珠临危时的以死相报，这又可见黛玉重情的一面。至于在《红拂》诗中，红拂勇敢去追求自己所爱的行为，又何尝不是黛玉敢恨敢爱的真实写照呢？

第七十回　林黛玉重建桃花社
　　　　　　史湘云偶填柳絮词

桃花行

桃花帘外东风软，桃花帘内晨妆懒。

帘外桃花帘内人，人与桃花隔不远。

东风有意揭帘栊，花欲窥人帘不卷。

桃花帘外开仍旧，帘中人比桃花瘦。

花解怜人花亦愁，隔帘消息风吹透。

风透帘栊花满庭，庭前春色倍伤情。

闲苔院落门空掩，斜日栏杆人自凭。

凭栏人向东风泣，茜裙偷傍桃花立。

桃花桃叶乱纷纷，花绽新红叶凝碧。

雾裹烟封一万株，烘楼照壁红模糊。

天机烧破鸳鸯锦，春酣欲醒移珊枕。

侍女金盆进水来，香泉饮蘸胭脂冷。

胭脂鲜艳何相类，花之颜色人之泪。

若将人泪比桃花,泪自长流花自媚。
泪眼观花泪易干,泪干春尽花憔悴。
憔悴花遮憔悴人,花飞人倦易黄昏。
一声杜宇春归尽,寂寞帘栊空月痕。

赏析

海棠诗社结成后,众人只做了几次诗,后来由于种种原因,诗社散了一年。黛玉的这首诗,重燃起大家作诗的兴趣。于是众人决定重建诗社,改称桃花社。

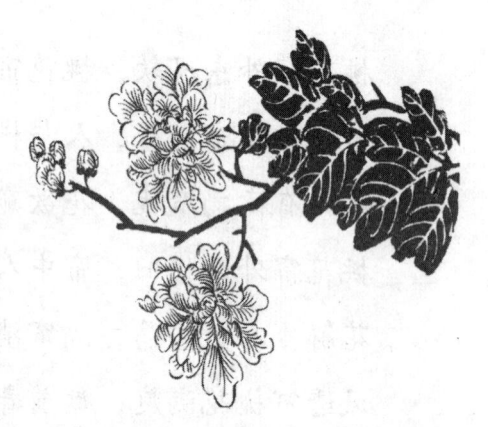

黛玉的这首诗为歌行体,形式比较自由,是她又一首借花自怜的诗作。宝琴对宝玉开玩笑说此诗为自己所作,宝钗也用杜甫诗的风格多样来给宝琴作证明。然而宝玉是断然不信的,他说:"固然如此说,但我知道姐姐断不许妹妹有此伤悼语句,妹妹虽有此才,是断不肯作的。比不得林妹妹曾经离丧,作此哀音。"

《桃花行》的确处处充斥着哀伤,书中说:"宝玉看了并不称赞,却滚下泪来。"此诗出现在《红楼梦》第七十回,此时距离贾府衰败和黛玉早夭已经不远了。这首诗可以说是为贾府败落和黛玉之死预先吟唱的哀曲。

如梦令

岂是绣绒残吐。卷起半帘香雾。纤手自拈来,空使鹃啼燕妒。且住,且住。莫使春光别去。

赏析

重建桃花诗社之后,一日湘云因见飞舞的柳絮,有感而发,作成此小令,后拿去给宝钗、黛玉等人看。

此诗流露出湘云对春光的留恋和对春光易逝的惋惜之情。《红楼梦曲·乐中悲》有"厮配得才貌仙郎,博得个地久天长,准折得幼年时坎坷形状。终久是云散高唐,水涸湘江"的句子,可知湘云后来将会有一段幸福却短暂的婚姻,而后等待她的就是漫长的孤独和凄凉。于是此诗的寓意便清楚明白了,诗中美好的春光正象征着湘云那转瞬即逝的幸福时光。

南柯子

空挂纤纤缕,徒垂络络丝。也难绾系也难羁,一任东西南北各分离。

落去君休惜,飞来我自知。莺愁蝶倦晚芳时,纵是明春再见——隔年期。

赏析

湘云的《如梦令》引起了宝钗、黛玉等人填词的兴趣,于是她们"便拟了柳絮之题,又限出几个调来",叫来宝玉和其他姐妹抓阄选择词牌名填词。探春拈得《南柯子》这个词牌,只填了上半阕,由宝玉将下半阕补齐。

探春在上半阕中描写了和柳枝分离的柳絮,它们随风飘扬,四处离散,让人不禁联想起《分骨肉》曲中"一帆风雨路三千,把骨肉家园,齐来抛闪"的句子。可见,这首词预示着探春终将离家远嫁,落得个与亲人生离的悲剧结局。而探春只写了上半阕便搁笔,也正是她无法掌控自己命运的表现。宝玉所作的下半阕中有"落去君休惜"的句子,应是他对探春的安慰之词。

唐多令

粉堕百花洲,香残燕子楼。一团团逐队成球。漂泊亦如人命薄,空缱绻,说风流。

草木也知愁,韶华竟白头。叹今生谁舍谁收。嫁与东风春不管,凭尔去,忍淹留。

赏析

众人看完探春和宝玉所作的《南柯子》后,接着便看了黛玉的这首《唐多令》。

此词缠绵悱恻，词作中，黛玉从飘荡不定的柳絮，联想到自己孤苦无依的身世和爱情的无奈，倍感凄凉。于是她以曾经游历百花洲的西施、居住在燕子楼的关盼盼自比，来抒发自己的伤感之情，因为她们都是红颜薄命之人。至于词中柳絮的随风而飞，恰恰隐喻着黛玉对命运的无可奈何。众人看了此诗后，一致认为"缠绵悲戚，让潇湘妃子"。

西江月

汉苑零星有限，隋堤点缀无穷。三春事业付东风。明月梅花一梦。

几处落红庭院，谁家香雪帘栊？江南江北一般同。偏是离人恨重。

赏析

众人看完黛玉的《唐多令》，接着便看了此词。宝琴丧父后，寄居在亲戚家，她的身份与游子相近，因此她的词中充斥着"离人"的感慨和叹息。原来连宝琴这样似乎毫无烦忧的女子，也有着自己的不如意。至于词中"三春事业付东风"一句，似乎暗示着大观园群芳快乐时光的行将结束。

在《红楼梦》前文中，宝琴被"许了梅翰林的儿子"，而这首词中"梅花"、"香雪"等词都与"梅"相关，可见"明月梅花一梦"应是暗指着宝琴未来命运的凄惨。

临江仙

白玉堂前春解舞,东风卷得均匀。蜂团蝶阵乱纷纷:几曾随逝水,岂必委芳尘?

万缕千丝终不改,任他随聚随分。韶华休笑本无根:好风凭借力,送我上青云!

赏析

与前面的几首格调哀婉的词相反,宝钗这首词浸满欢愉和乐观的情绪。一方面这同她"行为豁达,随分从时"的性格有关,另一方面这也是作者为了让她"登高跌重"而作的铺垫。宝钗在词中说"好风凭借力,送我上青云",但无根的柳絮就算飞上了云霄,最终也不免要落下来"随流水"、"委芳尘"。她把未来想象得很美好,然而她的结局却是无比的凄惨,作者的这种安排更加深了人物命运的悲剧性。至于让黛玉悲伤之词和宝钗欢快之词形成鲜明对比,应当又是作者刻画两人不同思想性格的手段之一。

第七十六回　凸碧堂品笛感凄清
　　　　　　　凹晶馆联诗悲寂寞

中秋夜大观园即景联句

（黛玉）三五中秋夕，（湘云）清游拟上元。

撒天箕斗灿，（黛玉）匝地管弦繁。

几处狂飞盏？（湘云）谁家不启轩？

轻寒风剪剪，（黛玉）良夜景暄暄。

争饼嘲黄发，（湘云）分瓜笑绿媛。

香新荣玉桂，（黛玉）色健茂金萱。

蜡烛辉琼宴，（湘云）觥筹乱绮园。

分曹尊一令，（黛玉）射覆听三宣。

骰彩红成点，（湘云）传花鼓滥喧。

晴光摇院宇，（黛玉）素彩接乾坤。

赏罚无宾主，（湘云）吟诗序仲昆。

构思时倚槛，（黛玉）拟景或依门。

酒尽情犹在，（湘云）更残乐已谖。

渐闻语笑寂,(黛玉)空剩雪霜痕。

阶露团朝菌,(湘云)庭烟敛夕楣。

秋湍泻石髓,(黛玉)风叶聚云根。

宝婺情孤洁,(湘云)银蟾气吐吞。

药经灵兔捣,(黛玉)人向广寒奔。

犯斗邀牛女,(湘云)乘槎访帝孙。

虚盈轮莫定,(黛玉)晦朔魄空存。

壶漏声将涸,(湘云)窗灯焰已昏。

寒塘渡鹤影,(黛玉)冷月葬花魂。

(妙玉)香篆销金鼎,冰脂腻玉盆。

箫憎嫠妇泣,衾倩侍儿温。

空帐悬文凤,闲屏设彩鸳。

露浓苔更滑,霜重竹难扪。

犹步萦纡沼,还登寂历原。

石奇神鬼搏,木怪虎狼蹲。

赑屃朝光透,罘罳晓露屯。

振林千树鸟,啼谷一声猿。

歧熟焉忘径?泉知不问源。

钟鸣栊翠寺,鸡唱稻香村。

有兴悲何继？无愁意岂烦？

芳情只自遣，雅趣向谁言！

彻旦休云倦，烹茶更细论。

赏析

这次联句，是黛玉和湘云两人在寂静的秋夜中进行的，后来被妙玉听到，于是将它截住续完。此诗用"十三元"韵。诗的开头一派热闹欢腾的景象，如"匝地管弦繁"、"良夜景暄暄"，但实际上酒席并没有诗中描写的那么热闹，宝钗、宝琴、李纨、凤姐的缺席，宝玉的中途离席，都让酒席冷清了许多。黛、湘这样写，不免让人觉得她们是在强颜欢笑。

在描绘了欢笑的场景后，此诗格调突然转凉。"寒塘渡鹤影，冷月葬诗魂"等句，让人倍觉凄凉和不祥。中秋联句发生在抄检大观园之后，而联句诗中凄清的景象又何尝不是在暗指衰颓的大观园呢？后来妙玉的续诗在夜尽晓来上大做文章，想把"颓败凄楚"的调子"翻转过来"，也不过是徒劳而已。

第七十八回　老学士闲征姽婳词　痴公子杜撰芙蓉诔

姽婳词三首

其一（贾兰）

姽婳将军林四娘，玉为肌骨铁为肠，
捐躯自报恒王后，此日青州土尚香。

其二（贾环）

红粉不知愁，将军意未休。
掩啼离绣幕，抱恨出青州。
自谓酬王德，谁能复寇仇？
谁题忠义墓，千古独风流。

其三（贾宝玉）

恒王好武兼好色，遂教美女习骑射。
秾歌艳舞不成欢，列阵挽戈为自得。
眼前不见尘沙起，将军俏影红灯里。

叱咤时闻口舌香,霜矛雪剑娇难举。
丁香结子芙蓉绦,不系明珠系宝刀。
战罢夜阑心力怯,脂痕粉渍污鲛绡。
明年流寇走山东,强吞虎豹势如蜂。
王率天兵思剿灭,一战再战不成功。
腥风吹折陇头麦,日照旌旗虎帐空。
青山寂寂水澌澌,正是恒王战死时。
雨淋白骨血染草,月冷黄昏鬼守尸。
纷纷将士只保身,青州眼见皆灰尘。
不期忠义明闺阁,愤起恒王得意人。
恒王得意数谁行?姽婳将军林四娘。
号令秦姬驱赵女,秾桃艳李临疆场。
绣鞍有泪春愁重,铁甲无声夜气凉。
胜负自难先预定,誓盟生死报前王。
贼势猖獗不可敌,柳折花残血凝碧。
马践胭脂骨髓香,魂依城郭家乡隔。
星驰时报入京师,谁家儿女不伤悲!
天子惊慌愁失守,此时文武皆垂首。
何事文武立朝纲,不及闺中林四娘?

我为四娘长叹息,歌成馀意尚傍徨!

赏析

书中在晴雯之死一节中,突兀地插入了《姽婳词》的情节。

贾政与众幕友谈及恒王与林四娘的故事,称其事"风流隽逸,忠义感慨"。于是贾政便命贾兰、贾环和宝玉各吊一首诗,而此时的宝玉刚吊晴雯扑了空回来。作者这样安排显然是有其用意的,这些诗与后来宝玉为晴雯所作的《芙蓉女儿诔》形成了鲜明的对比。前者描写的是平日里备受恩宠、死后亦显贵的贵族姬妾,而后者却描写了一个遭驱逐后凄惨死去的女奴。两相对比之下,晴雯的死便愈发显得悲惨和凄凉。

芙蓉女儿诔

维太平不易之元,蓉桂竞芳之月,无可奈何之日,怡红院浊玉谨以群花之蕊、冰鲛之縠、沁芳之泉、枫露之茗:四者虽微,聊以达诚申信,乃致祭于白帝宫中抚司秋艳芙蓉女儿之前曰:

窃思女儿自临人世,迄今凡十有六载。其先之乡籍姓氏,湮沦而莫能考者久矣。而玉得于衾枕栉沐之间,栖息宴游之夕,亲昵狎亵,相与共处者,仅五年八月有畸。忆女曩生之昔,其为质则金玉不足喻其贵，其为体则冰雪不足喻其洁。其为神则星日不足喻其精，其为貌则花月不足喻其色。姊娣悉慕媖娴，妪媪咸仰慧德。

孰料鸠鸩恶其高，鹰鸷翻遭罦罬；薋葹妒其臭，茝兰竟被芟菹。花原自怯，岂奈狂飙？柳本多愁，何禁骤雨！偶遭蛊虿之谗，遂抱膏肓之疾。故樱唇红褪，韵吐呻吟；杏脸香枯，色陈颦颔。诼谣謑诟，出自屏帏；荆棘蓬榛，蔓延窗户。既怀幽沉于不尽，复含冤屈于无穷。高标见嫉，闺闱恨比长沙；贞烈遭危，巾帼惨于雁塞。自蓄辛酸，谁怜夭折？仙云既散，芳趾难寻。洲迷聚窟，何来却死之香？海失灵槎，不获回生之药。眉黛烟青，昨犹我画；指环玉冷，今倩谁温？鼎炉之剩药犹存，襟泪之馀痕尚渍。镜分鸾影，愁开麝月之奁；梳化飞龙，哀折檀云之齿。委金钿于草莽，拾翠盒于尘埃。楼空鳷鹊，徒悬七夕之针；带断鸳鸯，谁续五丝之缕？况乃金天属节，白帝司时；孤衾有梦，空室无人。桐阶月暗，芳魂与倩影同消；蓉帐香残，娇喘共细腰俱绝。连天衰草，岂独蒹葭；匝地悲声，无非蟋蟀。露阶晚砌，穿帘不度寒砧；雨荔秋垣，隔院希闻怨笛。芳名未泯，檐前鹦鹉犹呼；艳质将亡，槛外海棠预萎。捉迷屏后，莲瓣无声；斗草庭前，兰芳枉待。抛残绣线，银笺彩缕谁裁？折断冰丝，金斗御香未熨。昨承严命，既趋车而远陟芳园；今犯慈威，复拄杖而遣抛孤柩。及闻櫘棺被燹，顿违共穴之情；石椁成灾，愧逮同灰之诮。尔乃西风古寺，淹滞青磷；落日荒丘，零星白骨。楸榆飒飒，蓬艾萧萧。隔雾圹以啼猿，绕烟塍而泣鬼。岂道红绡帐里，公子情深；始信黄土陇中，女儿命薄！汝南斑斑泪血，洒向西风；梓泽默默馀衷，诉凭冷月。呜呼！固鬼蜮之为灾，岂神灵之有妒！毁诐奴之口，讨岂从宽？剖悍妇之心，忿犹未释。在卿之尘缘虽浅，然玉之鄙意尤深。因蓄惓惓之思，不禁谆谆之问。始知上帝垂旌，花宫待诏。生侪兰蕙，死辖芙蓉。听小婢之言，似涉无稽；据浊玉之思，深为有据。何也？昔叶法善摄魂以撰碑，李长吉被诏而为记：事虽殊，其理则一也。故相物以配才，苟非其人，恶乃滥乎？始信上帝委托权衡，可谓至洽至协，庶不负其所秉赋也。因希其不昧之灵，或陟降于兹，特不揣鄙俗之词，有污慧听。乃歌而招之曰：

天何如是之苍苍兮，乘玉虬以游乎穹窿耶？地何如是之茫茫兮，驾瑶象以降乎泉壤耶？望伞盖之陆离兮，抑箕尾之光耶？列羽葆而为前导兮，卫危虚于傍耶？驱丰隆以为庇从兮，望舒月以临耶？听车轨而伊轧兮，御鸾鹥以征耶？闻馥郁而飘然兮，纫蘅杜以为纕耶？斓裙裾之烁烁兮，镂明月以为珰耶？借葳蕤而成坛畤兮，檠莲焰以烛兰膏耶？文瓠匏以为觯斝兮，漉醽醁以浮桂醑耶？瞻云气而凝眸兮，仿佛有所觇耶？俯波痕而属耳兮，恍惚有所闻耶？期汗漫而无际兮，忍捐弃予于尘埃耶？倩风廉之为余驱车兮，冀联辔而携归耶？余中心为之慨然兮，徒嗷嗷而何为耶？卿偃然而长寝兮，岂天运之变于斯耶？既窀穸且安稳兮，反其真而又奚化耶？余犹桎梏而悬附兮，灵格余以嗟来耶？来兮止兮，卿其来耶？

若夫鸿蒙而居，寂静以处，虽临于兹，余亦莫睹。搴烟萝而为步障，列苍蒲而森行伍。警柳眼之贪眠，释莲心之味苦，素女约于桂岩，宓妃迎于兰渚。弄玉吹笙，寒簧击敔。征嵩岳之妃，启骊山之姥。龟呈洛浦之灵,兽作咸池之舞。潜赤水兮龙吟,集珠林兮凤翥。爰格爰诚,匪簠匪筥。发轫乎霞城,还旌乎玄圃。既显微而若通,复氤氲而倏阻。离合兮烟云,空蒙兮雾雨。尘霾敛兮星高,溪山丽兮月午。何心意之怦怦,若寤寐之栩栩?余乃歔欷怅怏,泣涕彷徨。人语兮寂历,天籁兮篔筜。鸟惊散而飞,鱼唼喋以响。志哀兮是祷,成礼兮期祥。呜呼哀哉!尚飨!

赏析

晴雯因遭人陷害,被王夫人赶出了大观园,最后凄惨地病死在其兄家里。宝玉闻讯,悲不自胜,写了这篇情意深长的祭文来哀悼她。因小丫鬟信口胡诌说晴雯死后做了专管芙蓉花的花神,这正好称了宝玉的心,于是宝玉就把晴雯当做芙蓉花神来祭奠。宝玉在此文中用最美好的语言去形容晴雯,给予这个"心比天高,身为下贱,风流灵巧"的女子以最高的赞美。脂砚斋评说,此诔文"明是为与阿颦作谶","知虽诔晴雯,实乃诔黛玉也"。这从作者在小说中安排芙蓉花丛里出现黛玉影子,让宝、黛二人作不吉祥的对话等情节中,也可看出此文实为宝玉为黛玉所作。同时芙蓉花正是黛玉在前文中所抽花名签上的花。可见,曹雪芹此处是在以晴雯的惨死来暗喻黛玉日后的不幸结局。

第七十九回　薛文起悔娶河东狮
　　　　　　　贾迎春误嫁中山狼

紫菱洲歌

池塘一夜秋风冷，吹散芰荷红玉影。
蓼花菱叶不胜悲，重露繁霜压纤梗。
不闻永昼敲棋声，燕泥点点污棋枰。
古人惜别怜朋友，况我今当手足情！

赏析

　　迎春被其父嫁给了孙绍祖，于是就被接出了大观园，她在大观园的住处紫菱洲便闲置了下来。对此，喜聚不喜散的宝玉惆怅万分，每日去紫菱洲一带徘徊，见"轩窗寂寞，屏帐翛然"，"那岸上的蓼花苇叶，也都觉摇摇落落"，不禁伤怀，遂吟诵此歌。

　　此时迎春尚未和孙绍祖拜堂成亲，婚后的生活还祸福难料。宝玉此时发出悲吟，似乎表明他已经有了不祥之感。正如鲁迅先生所说："悲凉之雾，遍被华林，然呼吸而领会之者，独宝玉而已。"

第八十五回　贾存周报升郎中任　薛文起复惹放流刑

亲友庆贺贾政升官

花到正开蜂蝶闹，月逢十足海天宽。

赏析

续文作者以此句来形容贾政升官后，贾府门前宾客盈门的景象。

此句一派热闹欢腾的气象，作为喜庆之语来说还是很好的。然而就全书情节的发展来看，曹雪芹原拟的贾政命运似乎被续文作者改变了。因为在《红楼梦·恨无常》中元春曾哭谏父亲要抽身早退。而此时贾政却官运亨通，这完全与曹雪芹的本意背道而驰。

第八十七回　感秋声抚琴悲往事
　　　　　　　坐禅寂走火入邪魔

黛玉见帕伤感

　　失意人逢失意事，新啼痕间旧啼痕。

赏析

　　黛玉从毡包中找衣服，发现了宝玉病时送来的旧手帕，手帕上面还有自己所题之诗，不禁"触物伤情，感怀旧事"，"簌簌泪下"，于是引出这两句话。其中，"新啼痕间旧啼痕"一句出自宋代秦观的《鹧鸪天》。

　　续文作者此处的描写颇遭后人后病，因为这两句话不仅内容空泛，而且与曹雪芹的原意相去甚远。宝玉赠帕是对黛玉真情的流露，而黛玉情重，感宝玉之用心才题诗寄情，黛玉见帕想起往事是可以理解的，但这与"失意人逢失意事"有何相干？

琴曲四章

　　风萧萧兮秋气深，美人千里兮独沉吟。望故乡兮何处？倚栏杆兮涕沾襟。

山迢迢兮水长，照轩窗兮明月光。耿耿不寐兮银河渺茫，罗衫怯怯兮风露凉。

子之遭兮不自由，予之遇兮多烦忧。之子与我兮心焉相投，思古人兮俾无尤。

人生斯世兮如轻尘，天上人间兮感夙因。感夙因兮不可惙，素心如何天上月！

赏析

黛玉得宝钗书、诗后，赋四章，翻入琴谱。妙玉与宝玉走近潇湘馆，听到琴声，于是便坐在馆外石头上，听黛玉弹唱此曲。

在曹雪芹所写的前八十回中，黛玉的诗词多描写环境的冷酷和凄凉，如春花遭风雨摧残等才与黛玉的性格和身世相契合。而此曲内容却为秋思闺怨，且风格上颇似宝钗。不得不说，

这是由于续文作者未能透彻领悟曹雪芹创作精神的原因。诗的后两章实写宝钗,暗指宝玉,但二人思想观念截然不同,互作表里非常不恰当,兼又用了"不自由"和"心相投"等语,这就模糊了原作的思想倾向。而妙玉听"君弦"崩断起身便走,宝玉问其缘由,她说:"日后自知,你也不必多说。"这未免将一个现实的妙玉写得过于神秘了。

悟禅偈

大造本无方,云何是应住?
既从空中来,应向空中去。

赏析

惜春听说妙玉坐禅中了"邪魔",认为这是由于妙玉"尘缘未断"所致。而后她便想,如果自己出家,定是"一念不生,万缘俱寂",不会有"邪魔缠绕",紧接着她就占了这一偈。

此处续文作者脱离了贾府衰败的过程,孤立地描写了妙玉和惜春的思想、遭遇。他借惜春的想法来预示她日后的出家为尼,已经落入俗套;而将妙玉日后悲剧的原因归结为"尘缘未断",更是牵强。

第八十九回　人亡物在公子填词
　　　　　　蛇影杯弓颦卿绝粒

望江南·祝祭晴雯二首

其一

随身伴，独自意绸缪。谁料风波平地起，顿教躯命即时休。孰与话轻柔？

其二

东逝水，无复向西流。想像更无怀梦草，添衣还见翠云裘。脉脉使人愁！

赏析

天气变凉，焙茗去学房给宝玉送衣服，拿来的却是晴雯缝补过的雀金裘。宝玉见此物，想起晴雯，不免伤感。第二日，宝玉在晴雯先前住过的屋内写了这两首词。

曹雪芹"勇晴雯病补雀金裘"一回写得极为出色，续文作者想用前后呼应的方式增加续文的艺术效果。可惜，有了前面《芙蓉女儿诔》这样酣畅淋漓的文章后，这两首小令就显得过于单薄了。可见,锦上添花并非易事。

黛玉照镜

瘦影正临春水照,卿须怜我我怜卿!

赏析

病中的黛玉对镜自照,顾影自怜。这句话正是对这一情景的描绘。

这两句诗出自明代风流故事《小青传》,是小青临池自照瘦影后所作。小青是冯生之姬妾,聪慧秀巧,长于诗词。她十六岁时嫁给冯生,因被冯生正妻嫉妒,别居孤山,凄婉成疾,后自奠而卒,葬于西湖孤山。死时年仅十八。

续文作者引用这两句诗入文,意图再塑黛玉之美,却弄巧成拙,将黛玉写成了庸脂俗粉。

第九十回　失绵衣贫女耐嗷嘈
　　　　　　送果品小郎惊叵测

叹黛玉病

> 心病终须心药治，解铃还是系铃人。

赏析

　　一次，黛玉听到紫鹃与雪雁的交谈，以为宝玉即将和宝钗成亲，于是万念俱灰，故意糟蹋自己的身体，一心求死，后来得知此事纯属一场误会，她的身体便渐渐好转。这句话就是续文作者对黛玉的感叹。

根据脂砚斋的评语可知，曹雪芹原稿中黛玉"泪尽"在先，宝玉与宝钗成亲在后。可见，续文中将黛玉之死归结为宝玉成亲，并不是曹雪芹的原意。《红楼梦》虽然写了很多儿女情事，但它并不是一本言情小说，它的思想和主旨要比言情小说深广得多。续文作者将黛玉描写成只为爱情而肝肠寸断的女子，将黛玉的死完全归结为爱情的破灭，这在某种程度上降低了续文的思想境界。

感怀

蛟龙失水似枯鱼，两地情怀感索居。
同在泥涂多受苦，不知何日向清虚！

赏析

邢岫烟家境清贫，寄居贾府期间的生活也非常困窘。她的未婚夫婿薛蝌对此颇为不满，于是便作了此诗发发牢骚。

续文作者将邢岫烟、薛蝌与夏金桂、宝蟾对立来写。前者是品质、才气俱佳之人，后者则为淫邪之人。但作者将淫邪之人刻画得生动异常，却仅以此平庸之诗来雕琢薛蝌，可见他的写作功力尚有欠缺。将此诗和《红楼梦》第一回中贾雨村对月吟咏的诗作对比，可以发现，薛蝌与贾雨村的思想竟然如此相似。但他们一个是还未走上仕途的野心政客，一个却是"秉性忠厚"的正人君子。这种前后矛盾的情况，我们也只好将其归结为续文作者和曹雪芹思想观念的不同了。

第九十三回　甄家仆投靠贾家门　水月庵掀翻风月案

荐包勇与贾政书

世交夙好，气谊素敦，遥仰檐帷，不胜依切。弟因菲材获谴，自分万死难偿，幸邀宽宥，待罪边隅。迄今门户雕零，家人星散。所有奴子包勇，向曾使用，虽无奇技，人尚悫实。倘使得备奔走，糊口有资，屋乌之爱，感佩无涯矣！专此奉达，馀容再叙，不宣。年家眷弟甄应嘉顿首。

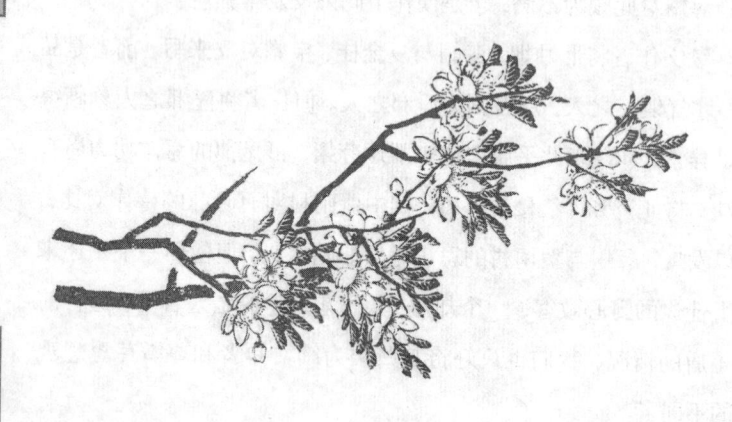

赏析

甄宝玉之父乃贾政世交。甄家被抄后，他被贬至边地，于是写了这封信给贾政，目的是推荐奴仆包勇前来投靠贾府。这封信和后面的《周琼议婚书》因为同是出自官场中人——甄应嘉、周琼之手，所以都是典型的官场文字。

匿名揭帖儿

西贝草斤年纪轻，水月庵里管尼僧。
一个男人多少女，窝娼聚赌是陶情。
不肖子弟来办事，荣国府内好名声。

赏析

此张匿名揭帖贴在贾府门口，另外还有一张封好的无头榜是写给贾琏的，二者内容一样，都是揭发贾芹的放荡行为。贾政看后，非常生气。

后文中并未写明此帖出自谁之手。而帖文中除运用了拆字法外，并无其他更高超的写作技巧。"西贝草斤"的拆字法是模仿《后汉书·五行志》中的："献帝践祚之初，京师童谣曰：'千里草，何青青；十日卜，不得生。'"其中"千里草"是指"董"，"十日卜"是指"卓"。

此帖帖文内容直指贾芹的淫乱生活，除此之外并无深意。

第九十四回　宴海棠贾母赏花妖　失宝玉通灵知奇祸

赏海棠花妖诗三首

赏海棠（贾宝玉）

海棠何事忽摧颓？今日繁花为底开？
应是北堂增寿考，一阳旋复占先梅。

赏海棠（贾环）

草木逢春当茁芽，海棠未发候偏差。
人间奇事知多少，冬月开花独我家。

赏海棠（贾兰）

烟凝媚色春前萎，霜浥微红雪后开。
莫道此花知识浅，欣荣预佐合欢杯。

赏析

在《红楼梦》前八十回中，曹雪芹让大观园内的海棠花在晴雯死时枯萎了,这与大观园群芳的命运是暗合的。然而,在续文中,海棠花却惊人地起死回生。这与理应彻底衰败的贾府又重新兴盛一样,都是续文作者没能秉承曹雪芹创作思路的缘故。因为,续文作者更多地考虑了现实的利害关系,最终选择了让贾家再次兴起。

贾母喜欢听吉利之言,所以她认为贾兰的诗好,贾环的诗不好。其实这三首诗都写得很笨拙,尤其是宝玉的。这个"古今不肖无双"的叛逆之人,现在竟然为了讨贾母的欢心而说尽吉利之言,真是令人匪夷所思。

第九十五回　因讹成实元妃薨逝
以假混真宝玉疯癫

寻玉乩书

噫！来无迹，去无踪，青埂峰下倚古松。欲追寻，山万重，入我门来一笑逢。

赏析

宝玉的通灵玉不见了，翻遍了贾府上上下下也没能寻着。于是邢岫烟便请妙玉扶乩，这就是仙乩写的话。从脂砚斋在《红楼梦》第八回、第十七回、第十八回、第二十三回的评语中我们可以得知，在曹雪芹的原稿中，通灵玉应当是被人从宝玉的枕头下"误窃"的，而送还通灵玉之人应是甄宝玉而不是癞和尚。续文作者在此处利用离奇的情节来描写失玉一事，不免降低了《红楼梦》现实主义写作手法的力度。

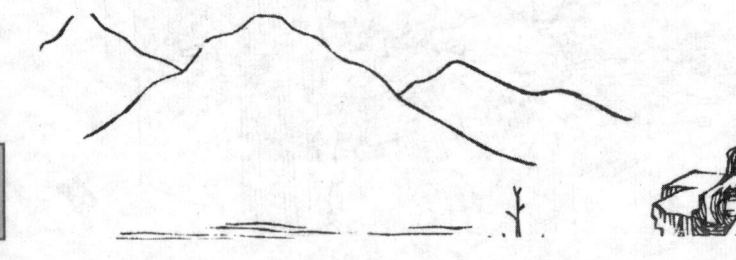

第九十八回 苦绛珠魂归离恨天 病神瑛泪洒相思地

叹黛玉死

香魂一缕随风散,愁绪三更入梦遥!

赏析

这是作者描写黛玉之死的两句诗。

续文中,作者对黛玉之死的描写过于杂碎,如"回光返照"、"攥着不肯松手"、"手已经凉了,连目光也都散了"、"叫人端水来给黛玉擦洗"、"浑身冷汗"等,这些语句一改前八十回中黛玉的可爱可怜之情态,破坏了黛玉这个人物整个形象的美感。在续文中,黛玉是含恨而死的,她死之前心里满怀对宝玉的怨恨之情。这与前文她欲报"甘露之惠"的诺言相违背,同时也否定了黛玉是宝玉的心灵知己。

第九十九回　守官箴恶奴同破例　阅邸报老舅自担惊

与贾政议探春婚事书

金陵契好，桑梓情深。昨岁供职来都，窃喜常依座右；仰蒙雅爱，许结朱陈，至今佩德勿谖。只因调任海疆，未敢造次奉求，衷怀歉仄，自叹无缘。今幸荣戟遥临，快慰平生之愿。正申燕贺，先蒙翰教，边帐光生，武夫额手。虽隔重洋，尚叨樾荫。想蒙不弃卑寒，希望茑萝之附。小儿已承青盼，淑媛素仰芳仪。如蒙践诺，即遣冰人。途路虽遥，一水可通，不敢云百辆之迎，敬备仙舟以俟。兹修寸幅，恭贺升祺，并求金允。临颖不胜待命之至。世弟周琼顿首。

赏析

这封信是贾政外任江西粮道衙门时收到的。写信之人周琼过去与贾政一起在京任职，且曾经与贾政谈起过儿女婚事，现在以书信正式相求。

　　从书信的内容和小说的情节来看，对于探春的远嫁，贾政是赞同的，王夫人是默许的。这与《红楼梦曲·分骨肉》中的曲词完全不一致。如果探春与众人离别时并无惦念，又何必"掩面泣涕"呢？续文作者在后文中还写到了探春的衣锦还乡，仿佛探春的远嫁并不是一件悲伤的事情，却反倒是喜事，是幸事。这不但与探春的判词相违背，更是与大观园群芳的整体命运不符。

第一百零一回　大观园月夜警幽魂　散花寺神签惊异兆

散花寺签

王熙凤衣锦还乡——

去国离乡二十年，于今衣锦返家园。

蜂采百花成蜜后，为谁辛苦为谁甜？

行人至。音信迟。讼宜和。婚再议。

赏析

　　王熙凤夜间在大观园里撞了鬼，心中恐惧，于是就到散花寺祝告抽签，竟抽了一支上上签。

　　在前八十回中，凤姐是个"从来不信什么是阴司地狱报应的；凭是什么事，我说要行就行"的人物，而续文中却让她因恐惧而迷信，因迷信而忏悔。这完全是续文作者为了宣扬因果报应而进行惩恶劝善的说教，背离了曹雪芹原稿中凤姐形象的塑造原则。

　　至于此签的写作技巧更是低劣，四句诗错成"先"、"元"、"盐"三部韵。且全诗就字面来看并非都是吉祥之言，又如何能算作"上上大吉"之签呢？这些都暴露了续文作者写作功力的欠缺。

第一百零八回　强欢笑蘅芜庆生辰
　　　　　　　死缠绵潇湘闻鬼哭

骰子酒令四首

商山四皓（薛姨妈掷）

（薛姨妈）临老入花丛。

——（贾母）将谓偷闲学少年。

刘阮入天台（李纹掷）

（李纹）二士入桃源。

——（李纨）寻得桃花好避秦。

江燕引雏（贾母掷）

（贾母）公领孙。

——（李绮）闲看儿童捉柳花。

浪扫浮萍（鸳鸯掷）

（贾母）秋鱼入菱窠。

——（湘云）白萍吟尽楚江秋。

赏析

宝钗婚后，贾府接二连三地出事，因此她没有办过生日酒席。此次贾母决定亲自为她过生日，这些就是众人在宝钗生日酒席上所行的酒令。行令之人是鸳鸯，行令方法是用四个骰子"大家掷个曲牌名赌输赢酒"。也就是说由各人轮流掷骰子，然后先说骰子名，再说曲牌名，最后附加一句《千家诗》，说不出来的人罚酒。

此处是续文作者对曹雪芹"金鸳鸯三宣牙牌令"的效仿，而这些曲牌和诗句并无深意。续文作者在应当描写贾府败落之处却插入了如此欢乐的场景，不得不说其创作构思与曹雪芹相去甚远。

第一百一十六回　得通灵幻境悟仙缘　　送慈柩故乡全孝道

重游幻境所见联额三副

真如福地

假去真来真胜假，无原有是有非无。

福善祸淫

过去未来，莫谓智贤能打破；

前因后果，须知亲近不相逢。

引觉情痴

喜笑悲哀都是假，贪求思慕总因痴。

赏析

因为丢失了通灵玉，宝玉病危，幸亏癞和尚及时送来玉将他救活。同时，癞和尚施法让宝玉灵魂再次出窍，使他又游历了一次幻境。这一次，宝玉终于领悟了"世上的情缘，都是那些魔障"的禅机。而这三副对联就是宝玉游幻境时所见，它们的内容分别照应了书中第五回的"太虚幻境对联"、"孽海情天对联"和"薄命司对联"。

续文作者在此处引入了《红楼梦》楔子和第五回的内容,让宝玉又翻册子又看绛珠草,与前文重复过多。除此之外,他还将第五回的三副对联在主题思想上都做了改动。如"太虚幻境对联",曹雪芹笔下的"真、假"与"有、无"之间是相互对立的关系,而续文作者却将这些联系割断,用"真胜假"、"有非无"取而代之,完全改变了曹雪芹所要表达的思想主旨。

第一百一十七回　阻超凡佳人双护玉　欣聚党恶子独承家

酒令

（贾蔷）飞羽觞而醉月。

（贾环）冷露无声湿桂花。

（贾环）天香云外飘。

赏析

这是邢大舅王仁和贾环、贾蔷等在贾府外房喝酒时所行的酒令。

续文作者对那些变卖家业、饮酒作乐的浪荡败家子生活并不熟悉，因此无法细致描绘他们酒席间的场景，更无法创作出适合此时情景的酒令。即使前八十回中有冯紫英、云儿的新样小调可供续书者模仿，但是对于一个毫无此类生活经历的续书者来说，模仿并不是一件容易的事情。所以，续文作者只好引用几句现成的诗文，于是书中便出现了贾蔷等近于白丁之人也引用唐诗、古文的可笑场面。

第一百一十八回　记微嫌舅兄欺弱女　惊谜语妻妾谏痴人

吟句

内典语中无佛性，金丹法外有仙舟。

赏析

宝钗搬出尧、舜、禹、汤、周、孔等人来训导宝玉，宝玉"理屈词穷"。于是宝钗乘机劝宝玉说："但能博得一第，便是从此而止，也不枉天恩祖德了！"宝玉赞同道："倒是你这个'从此而止'，'不枉天恩祖德'，却还不离其宗！"见此情景袭人也在一旁要宝玉尽"孝道"，宝玉也默许了她的说法。接着，宝玉让下人将《庄子》和佛书全部搬走，口中吟了这两句话后，从此便一心一意地攻读起八股文、应制诗来了。

续文作者既想把宝玉写成一个不排斥高官厚禄的人，又想让自己的续文不脱离原作太远，于是就作了这样一个折中处理：让宝玉在自我安慰中走向仕途。

第一百一十九回　中乡魁宝玉却尘缘
　　　　　　　　沐皇恩贾家延世泽

离家赴考赞

走求名利无双地，打出樊笼第一关。

赏析

此为宝玉赴考前的赞语。这句话的意思就是说，追求名利就是为了抛弃名利，欲逃出樊笼就要先走进樊笼。其实，续文作者让宝玉逃出樊笼是假，让他追名逐利是真。

第一百二十回　甄士隐详说太虚情
贾雨村归结红楼梦

离尘歌

我所居兮，青埂之峰。

我所游兮，鸿蒙太空。

谁与我逝兮，吾谁与从？

渺渺茫茫兮，归彼大荒！

赏析

　　贾政在金陵安葬母亲时得知宝玉中举后失踪的消息，而后他又得知自己已被"恩赦"复职，于是便赶路回京，雪夜泊舟毗陵驿，忽见一人光头赤脚披大红猩猩毡斗篷向他倒身下拜，仔细一看竟是宝玉。贾政正欲和宝玉对话，忽有一僧一道而至，他们挟住宝玉飘然离去，其中一人唱出此歌。

　　鲁迅认为续文中宝玉出家"未必与作者本意大相悬殊。惟披了大红猩猩毡斗篷来拜他的父亲，却令人觉得诧异"，又说"和尚多矣，但披这样阔斗篷的能有几个，已经是'入圣超凡'无疑了"。这些话，一方面可见鲁迅对宝玉出家结局的赞同，另一方面又可见鲁迅对续文作者描写手法的不满。整首《离尘歌》歌词空洞，翻来覆去地说顽石回到了青埂峰，除了渲染神秘的氛围外，艺术价值并不高。

咏桃花庙句

> 千古艰难惟一死，伤心岂独息夫人！

赏析

　　这两句诗出自于邓汉仪的《息夫人庙》一诗。桃花庙，即息夫人（息夫人，即息妫，春秋时息国某诸侯的夫人，后被楚文王掳去，并为文王生二子，但并不与文王讲话，问其缘故，曰："一女嫁二夫，只差一死，无可说。"）庙。宝玉出家后，袭人嫁给了蒋玉菡，续文作者借这两句诗来讥讽她不从一而终。

　　袭人原本应在宝玉落魄前就出嫁，而续文作者却选择了在宝玉出家后才让她嫁给蒋玉菡。他这样做的目的是为了能从"贞烈"的角度对袭人进行贬斥，从而宣扬女子的贞烈观。除此之外，续文作者还将袭人之所以被列入"又副册"的原因归结为未能贞烈，这完全颠覆了曹雪芹的艺术构思。实际上，袭人的可悲之处在于她的奴性，并不在于她妇德的高下。

顽石重归青埂峰

> 天外书传天外事,两番人作一番人。

赏析

文中写一僧一道将通灵玉带至青埂峰下,把它安放在女娲炼石补天之处,而后便各自云游去了。续文作者在此处插入了这两句话。其意为:这部从顽石上抄录的天外书写的是天外石头的事。顽石在青埂峰的经历与宝玉在人间的经历本属一人,现在合二为一了。

顽石归于青埂峰下,应当是它在红尘碰壁后"悟"的象征。续文作者难以明了曹雪芹的用心,所以在此处只能写一些内容空泛、含义不明的话。

结红楼梦偈

> 说到辛酸处,荒唐愈可悲。
> 由来同一梦,休笑世人痴!

赏析

续文作者假托"后人见了这本传奇,亦曾题过四句偈语,为作者缘起之言更进一竿",而后便以此诗作为全书的结束。

诗的前两句看起来还不错，因为它对原作者借"荒唐言"来写"辛酸泪"表示理解。但是由后两句可知，续文作者对此书的理解与原作者存在很多分歧。此偈中的"痴"与《好了歌》中的"痴"意义相同，都是指对富贵荣华、娇妻宠儿的追求。这些都是原作者所否定的内容，怎么可以"休笑"呢？

续文作者对整部《红楼梦》的贡献不容小觑，正是因为他，我们现在才能读到一部完整的《红楼梦》。然而，他对曹雪芹思想的歪曲，以及他自身写作功力的欠缺，都让后半部《红楼梦》无法与前半部相融合，更不用说与其争辉了。

附录

《红楼梦》评论　王国维

第一章　人生及美术之概观

　　《老子》曰："人之大患在我有身。"《庄子》曰："大块载我以形，劳我以生。"忧患与劳苦之与生相对待也久矣。夫生者，人人之所欲；忧患与劳苦者，人人之所恶也。然则讵不人人欲其所恶，而恶其所欲欤？将其所恶者，固不能不欲，而其所欲者终非可欲之物欤？人有生矣，则思所以奉其生。饥而欲食，渴而欲饮，寒而欲衣，露处而欲宫室：此皆所以维持一人之生活者也。然一人之生，少则数十年，多则百年而止耳。而吾人欲生之心，必以是为不足。于是于数十年百年之生活外，更进而图永远之生活。时则有牝牡之欲，家室之累；进而育子女矣，则有保抱扶持饮食教诲之责，婚嫁之务。百年之间，早作而夕思，穷老而不知所终。问有出于此保存自己及种姓之生活之外者乎？无有也。百年之后，观吾人之成绩，其有逾于此保存自己及种姓之生活之外者乎？无有也。又人人知侵害自己及种姓之生活者之非一端也，于是相集而成一群，相约束而立一国，择其贤且智者以为之君，为之立法律以治之，建学校以教之，为之警察以防内奸，为之陆海军以御外患，使人人各遂其生活之欲而不相侵害：凡此皆欲生之心之所为也。夫人之于生活也，欲之如此其切也，用力如此其勤也，设计如此其周且至也，固亦有其真可欲者存欤？吾人之忧患劳苦，固亦有所以偿之者欤？则吾人不得不就生活之本质，熟思而审考之也。

生活之本质何？欲而已矣。欲之为性无厌，而其原生于不足。不足之状态，苦痛是也。既偿一欲，则此欲以终。然欲之被偿者一，而不偿者什伯。一欲既终，他欲随之。故究竟之慰藉，终不可得也。即使吾人之欲悉偿，而更无所欲之对象，倦厌之情，即起而乘之。于是吾人自己之生活，若负之而不胜其重。故人生者如钟表之摆，实往复于苦痛与倦厌之间者也。夫倦厌固可视为苦痛之一种，有能除去此二者，吾人谓之曰"快乐"。然当其求快乐也，吾人于固有之苦痛外，又不得不加以努力，而努力亦苦痛之一也。且快乐之后，其感苦痛也弥深。故苦痛而无回复之快乐者有之矣，未有快乐而不先之或继之以苦痛者也。又此苦痛与世界之文化俱增，而不由之而减。何则？文化愈进，其知识弥广，其所欲弥多，又其感苦痛亦弥甚故也。然则人生之所欲，既无以逾于生活，而生活之性质，又不外乎苦痛，故欲与生活与苦痛。三者一而已矣。

吾人生活之性质，既如斯矣，故吾人之知识，遂无往而不与生活之欲相关系，即与吾人之利害相关系。就其实而言之，则知识者，固生于此欲，而示此欲以我与外界之关系，使之趋利而避害者也。常人之知识，止知我与物之关系，易言以明之。止知物之与我相关系者；而于此物中，又不过知其与我相关系之部分而已。及人知渐进，于是始知欲知此物与我之关系，不可不研究此物与彼物之关系。知愈大者，其研究愈远焉。自是而生各种之科学。如欲知空间之一部之与我相关系者，不可不知空间全体之关系，于是几何学兴焉（按：西洋几何学Geometry之本义，系量地之意，可知古代视为应用之科学，而不视为纯粹之科学也。）欲知力之一部之与我相关系者，不可不知力之全体之关系，于是力学兴焉。吾人既知一物之全体之关系，又知此物与彼物之全体之关系，而立一法则焉，以应用之。于是物之现于吾前者，其与我之关系，及其与他物之关系，粲然陈于目前而无所遁。夫然后吾人得以利用此物，有其利而无其害，以使吾人生活之欲，增进于无穷。此科学之功效也。故科学上之成功，虽若层楼杰观，高严巨丽，然其基址则筑乎生活之欲之上，与政治上之系统立于生活之欲之上无以异。然则吾人理论与实际之二方面，皆此生活之欲之结果也。

由是观之，吾人之知识与实践之二方面，无往而不与生活之欲相关系，即与苦痛相关系，兹有一物焉，使吾人超然于利害之外，而忘物与我之关系。此时也，吾人之心无希望，无恐怖，非复欲之我，而但知之我也。此犹积阴弥月，而旭日杲杲也，犹覆舟大海之中，浮沉上下，而飘著于故乡之海岸也；犹阵云惨淡，而插翅之天使，赉平和之福音而来者也；犹鱼之脱于罾网，鸟之自樊笼出，而游于山林江海也。然物之能使吾人超然于利害之外者，必其物之于吾人无利害之关系而后可。易言以明之，必其物非实物而后可。然则非美术何足以当之乎？夫自然界之物，无不与吾人有利害之关系，纵非直接，亦必间接相关系者也。苟吾人而能忘物与我之关系而观物，则大自然界之山明水媚，鸟飞花落，固无往而非华胥之国，极乐之土也。岂独自然界而已？人类之言语动作，悲欢啼笑，孰非美之对象乎？然此物既与吾人有利害之关系，而吾人欲强离其关系而观之，自非天才，岂易及此？于是天才者出，以其所观于自然人生中者，复现之于美术中，而使中智以下之人，亦因其物之与己无关系，而超然于利害之外。是故观物无方，因人而变。濠上之鱼，庄、惠之所乐也，而渔父袭之以网罟；舞雩之木，孔、曾之所憩也，而樵者继之以斤斧。若物非有形，心无所住，则虽殉财之夫，贵私之子，宁有对曹霸、韩干之马，而计驰骋之乐；见毕宏、韦偃之松，而思栋梁之用；求好逑于雅典之偶，思税驾于金字之塔者哉！故美术之为物，欲者不观，观者不欲。而艺术之美，所以优于自然之美者，全存于使人易忘物我之关系也。

而美之为物有二种：一曰优美，一曰壮美。苟一物焉，与吾人无利害之关系,而吾人之观之也,不观其关系,而但观其物。或吾人之心中,无丝毫生活之欲存,而其观物也,不视为与我有关系之物,而但视为外物,则今之所观者,非昔之所观者也。此时吾心宁静之状态,名之曰优美之情,而谓此物曰优美。若此物大不利于吾人,而吾人生活之意志,为之破裂,因之意志遁去,而知力得为独立之作用,以深观其物,吾人谓此物曰壮美,而谓其感情曰壮美之情。普通之美,皆属前种。至于地狱变相之图,决斗垂死之像,庐江小吏之诗,雁门尚书之曲,其人固氓庶之所共怜,其遇虽戾夫为之流涕,讵有子颓乐祸之心,宁无尼父反袂之戚?而吾人观之,不厌千复。格代之诗曰:

> What in life doth only grieve us.
> That in art we gladly see.

凡人生中足以使人悲者,于美术中则吾人乐而观之。

此之谓也。此即所谓壮美之情;而其快乐存于使人忘物我之关系,则固与优美无以异也。

至美术中之与二者相反者,名之曰眩惑。夫优美与壮美,皆使吾人离生活之欲,而入于纯粹之知识者。若美术中而有眩惑之原质乎,则又使吾人自纯粹之知识出,而复归于生活之欲。如粔籹蜜饵,《招魂》、《启》、《发》之所陈;玉体横陈,周昉、仇英之所绘;《西厢记》之《酬柬》,《牡丹亭》之《惊梦》,伶元之传《飞燕》,杨慎之赝《秘辛》,徒讽一而劝百,欲止沸而益薪。所以子云有"靡靡"之消,法秀有"绮语"之诃。虽则梦幻泡影,可作如是观,而拔舌地狱,专为斯人设者矣。故眩惑之于美,如甘之于辛,火之于水,不相并立者也。吾人欲以眩惑之快乐,医人世之苦痛,是犹欲航断港而至海,入幽谷而求明,岂徒无益,而又增之,则岂不以其不能使人忘生活之欲及此欲与物之关系,而反鼓舞之也哉!眩惑之与优美及壮美相反对,其故实存于此。

今既述人生与美术之概略如左，吾人且持此标准，以观我国之美术。而美术中以诗歌，戏曲，小说为其顶点，以其目的在描写人生故。吾人于是得一绝大著作，曰《红楼梦》。

第二章 《红楼梦》之精神

哀伽尔之诗曰：

"Ye wise men, highly, deeply learned,

Who think it out and know,

How, when and where do all things pair?

Why do they kiss and love?

Ye men of lofty wisdom say,

What happened to me then?

Search out and tell me where, how, when,

And why it happened thus."

嗟汝哲人，靡所不知，靡所不学，既深且跻。粲粲生物，罔不匹俦。各嚣厥唇，而相厥攸。匪汝哲人，孰知其故？自何时始，来自何处？嗟汝哲人，渊渊其知。相彼百昌，奚而熙熙？愿言哲人，诏余其故，自何时始，来自何处？（译文）

哀伽尔之问题，人人所有之问题，而人人未解决之大问题也。人有恒言，曰："饮食男女，人之大欲存焉。"然人七日不食则死，一日不再食则饥。若男女之欲，则于一人之生活上，宁有害无利者也，而吾人之欲之也如此，何哉？吾人自少壮以后，其过半之光阴，过半之事业，所计画所勤动者为何事？汉之成、哀，曷为而丧其生？殷辛、周幽，曷为而亡其国？励精如唐元宗，英武如后唐庄宗，曷为而不善其终？且人生苟为数十年之生活计，则其维持此生活，亦易易耳，曷为而其忧劳之度，倍蓰而未有已？《记》曰："人不婚宦，情欲失半。"人苟能解此问题，则于人生之知识，思过半矣。而蚩蚩者乃日用而不知,岂不可哀也欤?其自哲学上解此问题者,则二千年间,仅有叔本华之《男女之爱之形而上学》耳。诗歌小说之描写此事者,通古今东西,殆不能悉数,然能解决之者鲜矣!

《红楼梦》一书,非徒提出此问题,又解决之者也。彼于开卷即下男女之爱之神话的解释。其叙此书之主人公贾宝玉之来历曰:

> 却说女娲氏炼石补天之时,于大荒山无稽崖,炼成高十二丈见方二十四丈大的顽石三万六千五百零一块。那娲皇只用了三万六千五百块,单单剩下一块未用,弃在青埂峰下。谁知此石自经锻炼之后,灵性已通,自去自来,可大可小。因见众石俱得补天,独自己无才,不得入选,遂自怨自艾,日夜悲哀。(第一回)

此可知生活之欲之先人生而存在,而人生不过此欲之发现也。此可知吾人之堕落,由吾人之所欲,而意志自由之罪恶也。夫顽钝者,既不幸而为此石矣,又幸而不见用,则何不游于广莫之野,无何有之乡,以自适其适,而必欲入此忧患劳苦之世界,不可谓非此石之大误也。由此一念之误,而遂造出十九年之历史,与百二十回之事实,与茫茫大士渺渺真人何与?又于第百十七回中,述宝玉与和尚之谈论曰:

> "弟子请问师父,可是从'太虚幻境'而来?"那和尚

道:"什么幻境!不过是来处来,去处去罢了。我是送还你的玉来的。我且问你那玉是从那里来的?"宝玉一时对答不来。那和尚笑道:"你的来路还不知,便来问我。"宝玉本来颖悟,又经点化,早把红尘看破,只是自己的底里未知,一闻那僧问起玉来,好像当头一棒,便说:"你也不用银子了,我把那玉还你罢。"那僧笑道:"早该还我了。"

所谓"自己的底里未知"者,未知其生活乃自己之一念之误,而此念之所自造也。及一闻和尚之言,始知此不幸之生活,由自己之所欲,而其拒绝之也,亦不得由自己,是以还还玉之言。所谓玉者,不过生活之欲只代表而已矣。故携之红尘者,非彼二人之所为,顽石自己而已。此岂独宝玉一人然哉?人类之堕落与解脱,亦视其意志而已。而此生活之意志,其于永远之生活,比个人之生活为尤切。易言以明之,则男女之欲,尤强于饮食之欲。何则?前者无尽的,后者有限的也;前者形而上的,后者形而下的也。又如上章所说,生活之于苦痛,二者一而非二,而苦痛之度,与主张生活之欲之度为比例。是故前者之苦痛,尤倍蓰于后者之苦痛。而《红楼梦》一书,实示此生活此苦痛之由于自造,又示其解脱之道,不可不由自己求之者出。

而解脱之道,存于出世,而不存于自杀。出世者,拒绝一切生活之欲者也。彼知生活之无所逃于苦痛,而求入于无生之域。当其终也,垣干虽存,固已形如槁木,而心如死灰矣。若生活之欲如故,但不满于现在之生活,而求主张之于异日,则死于此者,固不得不复生于彼,而苦海之流,又将与生活之欲而无穷。故金钏之堕井也,司棋之触墙也,尤三姐、潘又安之自刎也,非解脱也,求偿其欲而不得者也。彼等之所不欲者,其特别之生活,而对生活之为物,则固欲之而不疑也。故此书中真正解脱,仅贾宝玉、惜春、紫鹃三人耳。而柳湘莲之入道,有似潘又安;芳官之出家,略同于金钏。故苟有生活之欲存乎，则虽出世而无与于解脱；苟无此欲，则自杀亦未始非解脱之一者也。如鸳鸯之死，彼固有不得已之境遇在。不然，则惜春紫鹃之事，固亦其所优为者也。

而解脱之中，又自有二种之别：一存于观他人之苦痛，一存于觉自己之苦痛。然前者之解脱，唯非常之人为能。其高百倍于后者，而其难亦百倍，但由其成功观之，则二者一也。通常之人，其解脱由于苦痛之阅历，而不由于苦痛之知识。唯非常之人，由非常之知力，而洞观宇宙人生之本质，始知生活与苦痛之不能相离，由是求绝其生活之欲，而得解脱之道。然于解脱之途中，彼之生活之欲，犹时时起而与之相抗，而生种种之幻影。所谓恶魔者，不过此等幻影之人物化而已矣。故通常之解脱，存于自己之苦痛，彼之生活之欲，因不得其满足而愈烈，又因愈烈，而愈不得其满足，如此循环，而陷于失望之境遇，遂悟宇宙人生之真相，遽而求其息肩之所。彼全变其气质，而超出乎苦乐之外，举昔之所执著者，一旦而舍之。彼以生活为炉，苦痛为炭，而铸其解脱之鼎。彼以疲于生活之欲故，故其生活之欲，不能复起而为之幻影，此通常之人解脱之状态也。前者之解脱，如惜春紫鹃，后者之解脱，如宝玉。前者之解脱，超自然的也，神明的也；后者之解脱，自然的也，人类的也。前者之解脱，宗教的；后者美术的也。前者平和的也；后者悲感的也，壮美的也，故文学的也，诗歌的也，小说的也。此《红楼梦》之主人公所以非惜春、紫鹃而为贾宝玉者也。

呜呼！宇宙一生活之欲而已！而此生活之欲之罪过，即以生活之苦痛罚之，此即宇宙之永远的正义也。自犯罪，自加罚，自忏悔，自解脱。美术之务，在描写人生之苦痛于其解脱之道，而使吾侪冯生之徒，于此桎梏之世界中，离此生活之欲之争斗，而得其暂时之平和。此一切美术之目的也。夫欧洲近世之文学中，所以推格代之《法斯德》为第一者，以其描写少女额垒亨之苦痛，

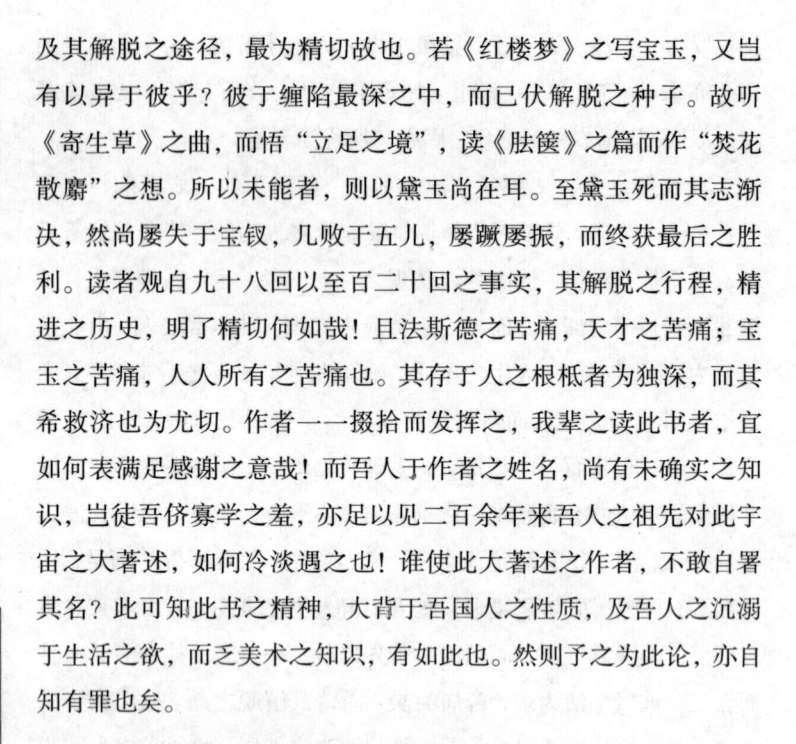

及其解脱之途径,最为精切故也。若《红楼梦》之写宝玉,又岂有以异于彼乎?彼于缠陷最深之中,而已伏解脱之种子。故听《寄生草》之曲,而悟"立足之境",读《胠箧》之篇而作"焚花散麝"之想。所以未能者,则以黛玉尚在耳。至黛玉死而其志渐决,然尚屡失于宝钗,几败于五儿,屡蹶屡振,而终获最后之胜利。读者观自九十八回以至百二十回之事实,其解脱之行程,精进之历史,明了精切何如哉!且法斯德之苦痛,天才之苦痛;宝玉之苦痛,人人所有之苦痛也。其存于人之根柢者为独深,而其希救济也为尤切。作者一一掇拾而发挥之,我辈之读此书者,宜如何表满足感谢之意哉!而吾人于作者之姓名,尚有未确实之知识,岂徒吾侪寡学之羞,亦足以见二百余年来吾人之祖先对此宇宙之大著述,如何冷淡遇之也!谁使此大著述之作者,不敢自署其名?此可知此书之精神,大背于吾国人之性质,及吾人之沉溺于生活之欲,而乏美术之知识,有如此也。然则予之为此论,亦自知有罪也矣。

第三章 《红楼梦》之美学上之精神

如上章之说,吾国人之精神,世间的也,乐天的也。故代表其精神之戏曲小说,无往而不着此乐天之色彩:始于悲者终于欢,始于离者终于合,始于困者终于亨,非是而欲餍阅者之心,难矣!若《牡丹亭》之返魂,《长生殿》之重圆,其最著之一例也。《西厢记》之以《惊梦》终也,未成之作也,此书若成,吾乌知其不为《续西厢》之浅陋也?有《水浒传》矣,曷为而又有《荡寇志》?有《桃花扇》矣,曷为而又有《南桃花扇》?有《红楼梦》矣,彼《红楼复梦》、《补红楼梦》、《续红楼梦》者曷为而作也?又曷为而有反对《红楼梦》之《儿女英雄传》?故吾国之文学中,其具厌世解脱之精神者,仅有《桃花扇》与《红楼梦》耳。而《桃花扇》之解脱,非真解脱也。沧桑之变,目击之而身历之,不能自悟,而悟于张道士之一言;且以历数千里冒不测之险投缧绁之中所索女子,才得一面,而以道士之言,一朝而舍之,自非三尺童子,其谁信之哉?故《桃花扇》之解脱,他律的也;而《红楼梦》之解脱,自律的也。且《桃花扇》之作者,但借侯李之事,以写故国之戚,而非以描写人生为事。故《桃花扇》,政治的也,国民的也,历史的也;《红楼梦》,哲学的也,宇宙的也,文学的也。此《红楼梦》之所以大背于吾国人之精神,而其价值亦即存乎此。彼《南桃花扇》、《红楼复梦》等,正代表吾国人乐天之精神者也。

《红楼梦》一书,与一切喜剧相反,彻头彻尾之悲剧也。其大宗旨如上章所述,读者既知之矣。除主人公不计外,凡此书中之人,有与生活之欲相关系者,无不与苦痛相终始。以视宝琴、岫烟、李纹、李绮等,若藐姑射神人,复乎不可及矣。夫此数人者,曷尝无生活之欲?曷尝无苦痛,而书中既不及写其生活之欲,则其苦痛自不得而写之。足见二者如骖之靳,而永远的正义,无往不逞其权力也。又吾国之文学,以挟乐天的精神故,故往往说诗歌的正义,善人必令其终,而恶人必离其罚,此亦吾国戏剧小说之特质也。《红楼梦》则不然,赵姨凤姊之死,非鬼神之罚,彼良心自己之苦痛也。若李纨之受封,彼于《红楼梦》十四曲中,固已明说之曰:

[晚韶华]镜里恩情,更那堪梦里功名!那韶华去之何迅!再休提绣帐鸳衾。只这戴珠冠,披凤袄,也抵不了无常性命。虽说是人生莫受老来贫,也须要阴骘积儿孙。气昂昂头戴簪缨,光灿灿胸悬金印,威赫赫爵禄高登,昏惨惨黄泉路近。问古来将相可还存?也只是虚名儿与后人钦敬。(第五回)

此足以知其非诗歌的正义，而既有世界人生以上，无非永远的正义之所统辖也。故曰《红楼梦》一书，彻头彻尾的悲剧也。

由叔本华之说，悲剧之中，又有三种之别。第一种之悲剧，由极恶之人，极其所有之能力，以交构之者。第二种由于盲目的运命者。第三种之悲剧，由于剧中之人物之位置及关系，而不得不然者，非必有蛇蝎之性质，与意外之变故也，但由普通之人物，普通之境遇，逼之不得不如是。彼等明知其害，交施之而交受之，各加以力而各不任其咎。此种悲剧，其感人贤于前二者远甚。何则？彼示人生最大之不幸，非例外之事，而人生之所固有故也。若前二种之悲剧，吾人对蛇蝎之人物，与盲目之命运，未尝不悚然战栗，然以其罕见之故，犹倖吾生之可以免，而不必求息肩之地也。但在第三种，则见此非常之势力，足以破坏人生之福祉者，无时而不可坠于吾前。且此等惨酷之行，不但时时可受诸己，而或可以加诸人。躬丁其酷，而无不平之可鸣。此可谓天下之至惨也。若《红楼梦》，则正第三种之悲剧也。兹就宝玉黛玉之事言之，贾母爱宝钗之婉嫕，而惩黛玉之孤僻，又信金玉之邪说，而思压宝玉之病；王夫人固亲于薛氏；凤姐以持家之故，忌黛玉之才，而虞其不便于己也；袭人惩尤二姐香菱之事，闻黛玉"不是东风压西风，就是西风压东风"之语（第八十一回），惧祸之及而自同于凤姐，亦自然之势也。宝玉之于黛玉，信誓旦旦，而不能言之于最爱之之祖母，则普通之道德使然，况黛玉一女子哉？由此种种原因，而金玉以之合，木石以之离，又岂有蛇蝎之人物，非常之变故，行于其间哉？不过通常之道德，通常之人情，通常之境遇为之而已。由此观之，《红楼梦》者，可谓悲剧中之悲剧也。

由此之故，此书中壮美之部分，较多于优美之部分，而眩惑之原质殆绝焉。作者于开卷即申明之曰：

更有一种风月笔墨，其淫秽污臭，最易坏人子弟。至于才子佳人等书,则又开口文君,满篇子建,千部一腔,千人一面,且终不能不涉淫滥,在作者不过欲写出自己两首情诗艳赋来,故假捏出男女二人名姓,又必旁添一小人拨乱其间,如剧中小丑一般。(此又上节所言之一证)

兹举其最壮美者之一例,即宝玉与黛玉最后之相见一节,曰:

那黛玉(听着傻大姐说宝玉娶宝钗的话)此时心里竟是油儿、酱儿、糖儿、醋儿倒在一处的一般,甜苦酸咸,竟说不上什么味儿来了。……自己转身,要回潇湘馆去,那身子竟有千百斤重的,两只脚却像踏着棉花一般,早已软了。只得一步一步慢慢的走将下来。走了半天,还没到沁芳桥畔,脚下愈加软了。走的慢,且又迷迷痴痴,信着脚从那边绕过来,更添了两箭地路。这时刚到沁芳桥畔,却又不知不觉的顺着堤往回里走起来。紫鹃取了绢子来,却不见黛玉。正在那里看时,只见黛玉颜色雪白,身子恍恍荡荡的,眼睛也直直的,在那里东转西转。……只得赶过来轻轻的问道:"姑娘怎么又回去?是要往那里去?"黛玉也只模糊听见,随口答道:"我问问宝玉去!"……(紫鹃)只得搀他进去。那黛玉却又奇怪了,这时不似先前那样软了,也不用紫鹃打帘子,自己掀起帘子进来……见宝玉在那里坐着,也不起来让坐,只瞅着嘻嘻的呆笑。黛玉自己坐下,却也瞧着宝玉笑。两个人也不问好,也不说话,也无推让,只管对着脸呆笑起来。……忽然听着黛玉说道:"宝玉,你为什么病了?"宝玉笑道:"我为林姑娘病了。"袭人紫鹃两个,吓得面目改色,连忙用言语来岔。两个却又不答言,仍旧呆笑起来。……紫鹃搀起黛玉,那黛玉也就站起来,瞧着宝玉只管笑,只管点头儿。紫鹃又催道:"姑娘回家去歇歇罢。"黛玉道:"可不

是，我这就是回去的时候儿了。"说着，便回身笑着出来了，仍旧不用丫头们搀扶，自己却走得比往常飞快。（第九十六回）

如此之文，此书中随处有之，其动吾人之感情何如！凡稍有审美的嗜好者，无人不经验之也。

《红楼梦》之为悲剧也如此。昔雅里大德勒于《诗论》中，谓悲剧者，所以感发人之情绪，而高上之。殊如恐惧与悲悯之二者，为悲剧中固有之物，由此感发，而人之精神于焉洗涤。故其目的，伦理学上之目的也。叔本华置诗歌于美术之顶点，又置悲剧于诗歌之顶点；而于悲剧之中，又特重第三种，以其示人生之真相，又示解脱之不可已故。故美学上最终之目的，与伦理学上最终之目的合。由是《红楼梦》之美学上之价值，亦与其伦理学上之价值相联络也。

第四章 《红楼梦》之伦理学上之价值

自上章观之，《红楼梦》者，悲剧中之悲剧也。其美学上之价值，即存乎此。然使无伦理学上之价值以继之，则其于美术上之价值，尚未可知也。今使为宝玉者，于黛玉既死之后，或感愤而自杀，或放废以终其身，则虽谓此书一无价值可也。何则？欲达解脱之域者，固不可不尝人世之忧患，然所贵乎忧患者，以其为解脱之手段故，非重忧患自身之价值也。今使人日日居忧患，言忧患，而无希求解脱之勇气，则天国与地狱，彼两失之。其所领之境界，除阴云蔽天，沮洳弥望外，固无所获焉。黄仲则《绮怀》诗曰：

如此星辰非昨夜，为谁风露立中宵？

又其卒章曰：

结束铅华归少作，屏除丝竹入中年。茫茫来日愁如海，寄语羲和快著鞭。

其一例也。《红楼梦》则不然,其精神之存于解脱,如前二章所说,兹固不俟喋喋也。

然则解脱者,果足为伦理学上最高之理想否乎?自通常之道德观之,夫人知其不可也。夫宝玉者,固世俗所谓绝父子弃人伦,不忠不孝之罪人也。然自太虚中有今日之世界,自世界中有今日之人类,乃不得不有普通之道德,以为人类之法则。顺之者安,逆之者危;顺之者存,逆之者亡。于今日之人类中,吾固不能不认普通之道德之价值也。然所以有世界人生者,果有合理的根据欤?抑出于盲目的动作,而别无意义存乎其间欤?使世界人生之存在,而有合理的根据,则人生中所有普通之道德,谓之绝对的道德可也。然吾人从各方面观之,则世界人生之所以存在,实由吾人类之祖先一时之误谬。诗人之所悲歌,哲学者之所瞑想,与夫古代诸国民之传说,若出一揆。若第二章所引《红楼梦》第一回之神话的解释,亦于无意识中暗示此理,较之《创世记》所述人类犯罪之历史,尤为有味者也。夫人之有生,既为鼻祖之误谬矣,则夫吾人之同胞,凡为此鼻祖之子孙者,苟有一人焉,未入解脱之域,则鼻祖之罪,终无时而赎,而一时之误谬,反覆至数千万年而未有已也。则夫绝弃人伦如宝玉其人者,自普通之道德言之,固无所辞其不忠不孝之罪,若开天眼而观之,则彼固可谓干父之蛊者也。知祖父之误谬,而不忍反覆之以重其罪,顾得谓之不孝哉?然则宝玉"一子出家,七祖升天"之说,诚有见乎所谓孝者,在此不在彼,非徒自辩护而已。

然则举世界之人类而尽入于解脱之域,则所谓宇宙者,不诚无物也欤?然有无之说,盖难言之矣。夫以人生之无常,而知识之不可恃,安知吾人之所谓有,非所谓真有者乎?则自其反而言之,又安知吾人之所谓无,非所谓真无者乎?即真无矣,而使吾人自空乏与满足、希望与恐怖之中出,而获永远息肩之所,不犹愈于世之所谓有者乎？然则吾人之畏无也，与小儿之畏暗黑何以异？自已解脱者观之，安知解脱之后，山川之美，日月之华，不有过于今日之世界者乎？读《飞鸟各投林》之曲，所谓"片白茫茫大地真干净"者，有欤？无欤？吾人且勿问，但立乎今日之人生而观之，彼诚有味乎其言之也。

难者又曰：人苟无生，则宇宙间最可宝贵之美术，不亦废欤？曰：美术之价值，对现在之世界人生而起者，非有绝对的价值也。其材料取诸人生，其理想亦视人生之缺陷逼仄，而趋于其反对之方面。如此之美术，唯于如此之世界，如此之人生中，始有价值耳。今设有人焉，自无始以来，无生死，无苦乐，无人世之挂碍，而惟有永远之知识，则吾人所宝为无上之美术，自彼视之，不过蛩鸣蝉噪而已。何则？美术上之理想，彼之所自有，而其材料，又彼之所未尝经验故也。又设有人焉，备尝人世之苦痛，而已入于解脱之域，则美术之于彼也，亦无价值。何则？美术之价值，存于使人离生活之欲，而入于纯粹之知识。彼既无生活之欲矣，而复进之以美术，是犹馈壮夫以药石，多见其不知量而已矣！然而超今日之世界人生以外者，于美术之存亡，固自可不必问也。

夫然，故世界之大宗教，如印度之婆罗门教及佛教，希伯来之基督教，皆以解脱为唯一之宗旨。哲学家如古代希腊之柏拉图，近世德意志之叔本华，其最高之理想，亦存于解脱。殊如叔本华之说，由其深邃之知识论、伟大之形而上学出，一扫宗教之神话的面具，而易以名学之论法，其真挚之感情，与巧妙之文字，又足以济之。故其说精密确实，非如古代之宗教及哲学说，徒属想像而已。然事不厌其求详，姑以生平所疑者商榷焉。夫由叔氏之哲学说，则一切人类及万物之根本一也。故充叔氏拒绝意志之说，非一切人类及万物各拒绝其生活之意志，则一人之意志，亦不得而拒绝。何则？生活之意志之存于我者，不过其一最小部分，而其大部分之存于一切人类及万物者，皆与我之意志同。而此物我之差别，仅由于吾人知力之形式，故离此知力之形式，而反其根本而观之，则一切人类及万物之意志，而姝姝自悦曰解脱，是何异决蹄踦之水，而注之沟壑，而曰天下皆得平土而居之哉！佛之言曰："若不尽度众生，誓不成佛。"其言犹若有能之而不欲之意。然自吾人观之，此岂徒能之而不欲哉？将毋欲之而不能也！故如叔本华之言一人之解脱，而未言世界之解脱，实与其意志同一之说，不能两立者也。叔氏于无意识中亦触此疑问，故于其《意志及观念之世界》之第四编之末，力护其说曰：

人之意志，于男女之欲，其发现也为最著。故完全之贞操，乃拒绝意志即解脱之第一步也。大自然中之法则，固自最确实者。使人人而行此格言，则人类之灭绝，自可立而待。至人类以降之动物，其解脱与坠落，亦当视人类以为准。《吠陀》之经典曰："一切众生之待圣人，如饥儿之望慈父母也。"基督教中亦有此思想，珊列休斯于其《人持一切物归于上帝》之小诗中曰："嗟汝万物灵，有生皆爱汝。总总环汝旁，如儿索母乳。携之适天国，惟汝力是怙。"德意志之神秘学者马斯太·哀克赫德亦云："《约翰福音》云：'余之离世界也，将引万物而与我俱，基督岂欺我哉！'夫善人，固将持万物而归之于上帝，即其所从出之本者也。今夫一切生物，皆为人而造，又各自相为用，牛羊之于水草，鱼之于水，鸟之于空气，野兽之于林莽皆是也。一切生物，皆上帝所造，以供善人之用，而善人携之以归上帝。"彼意盖谓人之所以有用动物之权利者，实以能救济之之故也。

于佛教之经典中，亦说明此真理。方佛之尚为菩提萨埵也，自王宫逸出而入深林时，彼策其马而歌曰："汝久疲于生死兮，今将息此任载。负余躬以遐举兮，继今日而无再。苟彼岸其余达兮，余将徘徊以汝待。"（《佛国记》）此之谓也。（英译《意志及观念之世界》第一册第四百九十二页）

然叔氏之说，徒引据经典，非有理论的根据也。试问释迦示寂以后，基督尸十字架以来，人类及万物之欲生奚若？其痛苦又奚若？吾知其不异于昔也。然则所谓持万物而归之上帝者，其尚有所待欤？抑徒沾沾自喜之说，而不能见诸实事者欤？果如后说，则释迦基督自身之解脱与否，亦尚在不可知之数也。往者作一律曰：

　　生平颇忆挚卢敖，东过蓬莱浴海涛。何处云中闻犬吠，至今湖畔尚乌号。

　　人间地狱真无间，死后泥洹枉自豪。终古众生无度日，世尊只合老尘嚣。

何则？小宇宙之解脱，视大宇宙之解脱以为准故也。赫尔德曼人类涅槃之说，所以起而补叔氏之缺点者以此。要之，解脱之足以为伦理学上最高之理想与否，实存于解脱之可能与否。若失普通之论难，则固如楚楚蜉蝣，不足以撼十围之大树也。

今使解脱之事终不可能，然一切伦理学上之理想，果皆可能也欤？今夫与此无生主义相反者，生生主义也。夫世界有限，而生人无穷。以无穷之人，生有限之世界，必有不得遂其生者矣。世界之内，有一人不得遂其生者，固生生主义之理想之所不许也。故由生生主义之理想，则欲使世界生活之量，达于极大限，则人人生活之度，不得不达于极小限。盖度与量二者，实为一精密之反比例。所谓最大多数之最大福祉者，亦仅归于伦理学者之梦想而已。夫以极大之生活量，而居于极小之生活度，则生活之意志之拒绝也奚若？此生生主义与无生主义相同之点也。苟无此理想，则世界之内，弱之肉，强之食，一任诸天然之法则耳，奚以伦理为哉？然世人日言生生主义，而此理想之达于何时，则尚在不可知之数。要之，理想者可近而不可即，亦终古不过一理想而已矣。人知无生主义之理想之不可能，而自忘其主义之理想之何若，此则大不可解者也。

夫如是，则《红楼梦》之以解脱为理想者，果可菲薄也欤？夫以人生忧患之如彼，而劳苦之如此，苟有血气者，未有不渴慕救济者也。不求之于实行，犹将求之于美术，独《红楼梦》者，同时与吾人以二者之救济。人而自绝于救济则已耳，不然，则对此宇宙之大著述，宜如何企踵而欢迎之也！

第五章　余论

自我朝考证之学盛行，而读小说者，亦以考证之眼读之。于是评《红楼梦》者，纷然索此书之主人公之为谁：此又甚不可解者也。夫美术之所写者，非个人之性质，而人类全体之性质也。惟美术之特质，贵具体而不贵抽象，于是举人类全体之性质，置诸个人之名字之下。譬诸"副墨之子"、"洛诵之孙"，亦随吾人之所好，名之而已。善于观物者，能就个人之事实，而发见人类全体之性质；今对人类之全体，而必规规焉求个人以实之，人之知力相越，岂不远哉？故《红楼梦》之主人公，谓之贾宝玉可，谓之"子虚""乌有"先生可，即谓之纳兰容若，谓之曹雪芹，亦无不可也。

综观评此书者之说，约有二种：一谓述他人之事，一谓作者自写其生平也。第一说中，大抵以贾宝玉为即纳兰性德。其说要非无所本。案性德《饮水诗集·别意》六首之三曰：

独拥余香冷不胜，残更数尽思腾腾。今宵便有随风梦，知在红楼第几层。

又《饮水词》中《于中好》一阕云：

别绪如丝睡不成,那堪孤枕梦边城。因听紫塞三更雨,却忆红楼半夜灯。

又《减字木兰花》一阕咏新月云:

莫教星替,守取团圆终必遂。此夜红楼,天上人间一样愁。

"红楼"之字凡三见,而云"梦红楼"者一。又其亡妇忌日,作《金缕曲》一阕,其首三句云:

此恨何时已?滴空阶、寒更雨歇,葬花天气。

"葬花"二字,始出于此。然则《饮水集》与《红楼梦》之间,稍有文字之关系,世人以宝玉为即纳兰侍卫者,殆由于此。然诗人与小说家之用语,其偶合者故不少,苟执此例以求《红楼梦》之主人公,吾恐其可以傅合者,断不止容若一人而已。若夫作者之姓名(遍考各书,未见曹雪芹何名),与作书之年月,其为读此书者所当知,似更比主人公之姓名为尤要。顾无一人为之考证者,此则大不可解者也。

至谓《红楼梦》一书,为作者自道其生平者,其说本于此书第一回"竟不如我亲见亲闻的几个女子"一语。信如此说,则唐旦之《天国喜剧》,可谓无独有偶者矣。然所谓亲见亲闻者,亦可自旁观者之口言之,未必躬为剧中之人物。如谓书中种种境界,种种人物,非局中人不能道,则是《水浒传》之作者,必为大盗,《三国演义》之作者,必为兵家。此又大不然之说也。且此问题,实为美术之渊源之问题相关系。如谓美术上之事,非局中人不能道,则其渊源必全存于经验而后可。夫美术之源,出于先天,抑由于经验,此西洋美学上至大之问题也。叔本华之论此问题也,最为透辟,兹援其说,以结此论。其言(此论本为绘画及雕刻发,然可通之于诗歌小说)曰:

人类之美之产于自然中者,必由下文解释之:即意志于其客观化之最高级（人类）中，由自己之力与种种之情况，而打胜下级（自然力）之抵抗，以占领其物质。且意志之发现于高等之阶级也，其形式必复杂，即以一树言之，乃无数之细胞，合而成一系统者也。其阶级愈高，其结合愈复。人类之身体，乃最复杂之系统也。各部份各有一特别之生活，其对全体也，则为隶属；其互相对也，则为同僚。互相调和，以为其全体之说明，不能增也，不能减也。能如此者，则谓之美。此自然中不得多见者也。顾美之于自然中如此，于美术中则何如？或有以美术家为模仿自然者，然彼苟无美之预想存于经验之前，则安从取自然中完全之物而模仿之，又以之与不完全者相区别哉？且自然亦安得时时生一人焉，于其各部分皆完全无缺哉？或又谓美术家必先于人之肢体中，观美丽之各部分，而由之以构成美丽之全体。此又大愚不灵之说也。即令如此，彼又何自知美丽之在此部分而非彼部分哉？故美之知识，断非自经验的得之，即非后天的而常为先天的。即不然，亦必其一部分常为先天的也。吾人于观人类之美后，始认其美，但在真正之美术家，其认识之也，极其明速之度，而其表出之也，胜乎自然之为。此由吾人之自身即意志，而于此所判断及发见者，乃意志于最高级之完全之客观化也。唯如是，吾人斯得有美之预想。而在真正之天才，于美之预想外，更伴以非常之巧力。彼于特别之物中，认全体之理念，遂解自然之嗫嚅之言语而代言之，即以自然所百计而不能产出之美，现之于绘画及雕刻中，而若语自然曰："此即汝之所欲言而不得者也。"苟有判断之能力者，心将应之曰："是。"唯如是，故希腊之天才，能发见人类之美之形式，而永为万世雕刻家之模范。唯如是，故吾人对自然于特别之境遇中所偶然成功者，而得认其美。此美之预想，乃自先天中所知者，即理想的也；比其现于美术也，则为实际的。何则？此与后天中所与之自然物相合故也。如此，美术家先天中有美之预想，而批评家于后天中认识之，此由美术家及批评家，乃自然之自身之一部，而意志于此客观化者也。哀姆攀独克尔曰："同者唯同者知之。"故唯自然能知自然，唯自然能言自然，则美术家有自然之美之预想，固自不足怪也。

芝诺芬述苏格拉底之言曰："希腊人之发见人类之美之理想也，由于经验，即集合种种美丽之部分，而于此发见一膝，于彼发见一臂。"此大谬之说也。不幸而此说又蔓延于诗歌中，即以狄斯丕尔言之，谓其戏曲中所描写之种种之人物，乃其一生之经验中所观察者，而极其全力以模写之者也。然诗人由人性之预想而作戏曲小说，与美术家之由美之预想而作绘画及雕刻无以异。唯两者于其创造之途中，必须有经验以为之补助。夫然，故其先天中所已知者，得唤起而入于明晰之意识，而后表出之事乃可得而能也。（叔氏《意志及观念之世界》第一册第二百八十五页至二百八十九页）

由此观之，则谓《红楼梦》中所有种种之人物，种种之境遇，必本于作者之经验，则雕刻与绘画家之写人之美也，必此取一膝彼取一臂而后可。其是与非，不待知者而决矣。读者苟玩前数章之说，而知《红楼梦》之精神，与其美学伦理学上之价值，则此种议论自可不生。苟知美术之大有造于人生，而《红楼梦》自足为我国美术上之唯一大著述，则其作者之姓名，与其著书之年月，固当为唯一考证之题目。而我国人之所聚讼者，乃不在此而在彼；此足以见吾国人之对此书之兴味之所在，自在彼而不在此也。故为破其惑如此。

石头记索隐　蔡元培

石头记索隐（上）

　　《石头记》者，清康熙朝政治小说也。作者持民族主义甚挚，书中本事在吊明之亡，揭清之失，而尤于汉族名士仕清者寓痛惜之意。当时既虑触文网，又欲别开生面，特于本事以上加以数层障幕，使读者有"横看成岭侧成峰"之状况。最表面一层，谈家政而斥风怀，尊妇德而薄文艺。其写宝钗也几为完人，而写黛玉、妙玉则乖痴不近人情，是学究所喜也，故有王雪香评本。进一层，则纯乎言情之作，为文士所喜，故普通评本多着眼于此点。再进一层，则言情之中，善用曲笔。如宝玉中觉在秦氏房中，布种种疑阵；宝钗金锁为笼络宝玉之作用，而终未道破。又于书中主要人物设种种影子以畅写之。如晴雯、小红等均为黛玉影子，袭人为宝钗影子是也。此等曲笔，惟太平闲人评本能尽揭之。太平闲人评本之缺点，在误以前人读《西游记》之眼光读此书。乃以《大学》、《中庸》"明明德"等为作者本意所在，遂有种种可笑之傅会，如以吃饭为诚意之类。而于阐证本事一方面遂不免未达一间矣。阐证本事，以《郎潜纪闻》所述徐柳泉之说为最合，所谓"宝钗影高澹人，妙玉影姜西溟"是也。近人《乘光舍笔记》谓"书中女人皆指汉人，男人皆指满人，以宝玉曾云：男人是土做的，女人是水做的也。"尤与鄙见相合。左之札记，专以阐证本事，于所不知则阙之。

　　书中"红"字多影"朱"字，朱者，明也，汉也。宝玉有爱红之癖，言以满人而爱汉族文化也；好吃人口上胭脂，言拾汉人唾余也。清制满人不得为状元，防其同化于汉。《东华录》："顺治十八年六月，谕吏部世祖遗诏云：纪纲法度渐习汉俗，于醇朴旧制日有更张。"又云："康熙十五年十月，议政王大臣等议准礼部奏：朝廷定鼎以来虽文武并用，然八旗子弟尤以武备为急，恐专心习文以致武备废弛。现今已将每佐领下子弟一名，准在监肄业，亦自足用。除现在生员、举人、进士录用外，嗣后请将旗下子弟考试生员、举人、进士暂令停止。从之。"是知当时清帝虽躬修文学，且创开博学鸿词科，实专以笼络汉人。初不愿满人渐染汉俗，其后雍、乾诸朝亦时时申诫之。故第十九回袭人劝宝玉道："再不许吃人嘴上擦的胭脂了，与那爱红的毛病儿。"又，黛玉见宝玉腮上血渍，询知为淘澄胭脂膏子所溅，谓为带出幌子，"吹到舅舅耳里，使大家不干净惹气"，皆此意。宝玉在大观园中所居曰怡红院，即爱红之义。所谓曹雪芹于悼红轩中增删本书，则吊明之义也。本书有《红楼梦曲》，以此。书中序事托为石头所记，故名《石头记》。其实因金陵亦曰石头城而名之。余国柱（即书中之王熙凤）被参，以其在江宁置产营利，与协理宁国府、历劫返金陵等同意也。又曰《情僧录》及《风月宝鉴》者，或就表面命名，或以"情"字影"清"字；又以古人有"清风明月"语，以"风月"影"明清"亦未可知也。

《石头记》叙事自明亡始。第一回所云，这一日三月十五日葫芦庙起火，烧了一夜，甄氏烧成瓦砾场。即指甲申三月间明愍帝殉国，北京失守之事也。士隐注解"好了歌"，备述沧海桑田之变态，亡国之痛昭然若揭。而士隐所随之道人，跛足麻履鹑衣，或即影愍帝自缢时之状。甄士本影政事，甄士隐随跛足道人而去，言明之政事随愍帝之死而消灭也。

甄士隐即真事隐，贾雨村即假语存，尽人皆知。然作者深信正统之说，而斥清室为伪统，所谓贾府即伪朝也。其人名如贾代化、贾代善，谓伪朝之所谓化、伪朝之所谓善也。贾政者伪朝之吏部也，贾敷、贾敬伪朝之教育也（《书》曰"敬敷五教"）。贾赦伪朝之刑部也，故其妻氏邢（音同刑），子妇氏尤（罪尤）。贾琏为户部，户部在六部位居次，故称琏二爷，其所掌则财政也。李纨为礼部（李、礼同音）。康熙朝礼制已仍汉旧，故李纨虽曾嫁贾珠，而已为寡妇，其所居曰稻香村，稻与道同音。其初名以杏花村，又有"杏帘在望"之名，影孔子之杏坛也（《金瓶梅》以孟玉楼影当时之礼部，氏之以孟，又取"玉楼人醉杏花风"诗句为名，即《红楼梦》所本也）。

作者于汉人之服从清室而安富尊荣者，如洪承畴、范文程之类，以娇杏代表之。娇杏即侥幸。书中叙新太爷到任，即影满洲定鼎。观雨村中秋口号云"天上一轮才捧出，人间万姓仰头看"，知为代表满洲也。于有意接近而反受种种之侮辱，如钱谦益之流，则以贾瑞代表之。瑞字天祥，言其为假文天祥也（文小字宋瑞）。头上浇粪，手中落镜，言其身败名裂而至死不悟也（徐巨源编一剧，演李太虚及龚芝麓降李自成后，闻清兵入，急逃而南。至杭州，为追兵所蹑，匿于岳坟铁铸秦桧夫人胯下。值夫人方月事，追兵过而出，两人头皆血污。与本书浇粪同意）。叙姽婳将军林四娘，似以代表起义师而死者。叙尤三姐，似以代表不屈于清而死者。叙柳湘莲，似以代表遗老之隐于二氏者。

书中女子多指汉人，男子多指满人，不独"女子是水作的骨肉，男人是泥作的骨肉"，与"汉"字"满"字有关也。我国古代哲学，以阴阳二字说明一切对待之事物。《易·坤卦·象传》曰："地道也，妻道也，臣道也，是以夫妻、君臣分配于阴阳也。"《石头记》即用其义。第三十一回湘云说："比如天是阳，地就是阴"；"比如一颗树叶儿，那边向上朝阳的就是阳，这边背阴覆下的就是阴"；"走兽飞禽雄为阳，雌为阴。"翠缕道："怎么东西都有阴阳，咱们人倒没有阴阳呢？"又道："知道了，姑娘是阳，我就是阴。"又道："人家说主子为阳，奴才为阴，我连这个大道理也不懂得？"是男为阳，主于亦为阳；女为阴，奴才亦为阴。本书明明揭出。清制对于君主，满人自称奴才，汉人自称臣。臣与奴才并无二义（《说文解字》："臣"字象屈服之形，是古义亦然）。以民族之对待言之，征服者为主，被征服者为奴。本书以男女影满汉，以此。

贾宝玉言伪朝之帝系也。宝玉者，传国玺之义也，即指"胤礽"。《东华录》康熙四十八年三月，以复立皇太子告祭天坛文曰："建立嫡子胤礽为皇太子。"又曰："朕诸子中胤礽居贵。"是胤礽生而有为皇太子之资格，故曰衔玉而生。胤礽之被废也，其罪状本不甚征实。康熙四十七年九月谕曰："胤礽肆恶虐众，暴戾淫乱，难出诸口。"又曰："胤礽同伊属下人等恣行乖戾，无所不至，令朕赧于启齿。又遣使邀截外藩入贡之人，将进御马匹任意攘取，以致蒙古俱不心服。"又曰："知胤礽赋性奢侈，着伊乳母之夫凌普为内务府总管，俾伊便于取用。"又曰："朕历览史书，时深儆戒，从不令外间妇女出入宫掖，亦从不令姣好少年随侍左右……今皇太子所行若此，朕实不胜愤懑。"《石头记》三十三回叙宝玉被打，一为忠顺亲王府长史索取小旦琪官事，二为金钏儿投井。贾环谓是宝玉拉着太太的丫头金钏儿强奸不遂，打了一顿，那金钏儿便赌气投井死了。琪官事与姣好少年等语相关。忠顺王疑影外藩。长史曾揭出琪官赠红汗巾事，疑影攘取马匹事，相传名马有出汗如血者故也。曰"暴戾淫乱，难出诸口"，曰"赧于启齿"，曰"从不令外间妇女出入宫掖"，"今皇太子所行若此"，是当时罪状中颇有中冓之言，即金钏儿之事所影也。

胤礽之罪状又有曰："近观胤礽行事与人大有不同，昼多沉睡，夜半方食；饮酒数十巨觥不醉；每对越神明，则惊惧不能成礼；遇阴雨雷电，则畏沮不知所措。居处失常，语言颠倒，竟类狂易之疾，似有鬼物凭之者。"又曰："今忽为鬼魅所凭，蔽其本性，忽起忽坐，言动失常，时见鬼魅，不安寝处，屡迁其居。啖饭七八碗尚不知饱，饮酒二三十觥亦不见醉。匪特此也，细加询问，更有种种骇异之事。"又曰："胤礽居撷芳殿，其地阴黯不洁，居者辄多病亡。胤礽时常往来其间，致中鬼魅，不自知觉。以此观之，种种举动皆有鬼物使然，大是异事。"十一月谕曰："前灼见胤礽行事颠倒，以为鬼物所凭。"又曰："今胤礽之疾渐已清爽，……召见两次，询问前事，胤礽竟有全然不知者，深自愧悔。又言我幸心内略明，犹惧父皇闻知治罪。未至用刀刺人，如或不然，必有杀人之事矣。观彼虽稍清楚，其语仍略带疯狂。朕竭力调治，果蒙天佑，狂疾顿除。"又曰："十月十七日查出魇魅废皇太子之物，服侍废皇太子之人奏称：是日，废皇太子忽似疯颠，备作异状，几至自尽。诸宫侍抱持环守，过此片刻，遂复明白。废皇太子亦自惊异，问诸宫侍：'我顷者作何举动？'朕从前将其诸恶皆信为实，以今观之，实被魇魅而然，无疑也。"四十八年二月谕曰："皇太子胤礽前染疯疾，朕为国家而拘禁之。后详查被人镇魇之处，将镇魇物俱令掘出，其事乃明。今调理痊愈，始行释放。……今譬有人因染疯狂持刀砍人，安可不行拘执？若已痊愈，又安可不行释放？"四月谕曰："大阿哥镇魇皇太子及诸阿哥之事甚属明白。"又曰："见今镇魇之事发觉者如此，或和尚道士等更有镇魇之处，亦未可定。日后发觉，始知之耳。""显亲王衍潢等遵旨会议喇嘛巴汉格隆等咒魇皇太子情实，应将巴汉格隆、明佳噶卜楚、马星噶卜楚、鄂克卓特巴俱凌迟处死。……皇长子护卫蒉楞雅突，明知大逆之事，乃敢同行。又雅突将皇长子复行咒魇。……再此案内又有察苏齐引诱宗室格隆陶州胡土克图行咒魇之事。"

案《石头记》第三十三回，贾政斥室玉道："好端端的，你垂头丧气咳些什么？方才雨村来要见你，叫你半天才出来；既出来了，全无一点慷慨挥洒谈吐，仍是葳葳蕤蕤。我看你脸上一团思

宝玉

品读经典

二〇六

欲愁闷气色，这会又咳声叹气。"九十五回失玉以后，"宝玉一日呆似一日，也不发烧，也不疼痛，只是吃不像吃，睡不像睡，甚至说话都无头绪。"与胤礽罪状中之"居处失常，语言颠倒，及"言动失常，不安寝处"等语相应。第二十五回宝玉烫了脸，有宝玉寄名的干娘马道婆向贾母道："那经典佛法上说的利害，大凡王公卿相人家的子弟，只一生长下来，暗里便有许多促狭鬼跟着他。"与胤礽罪状中"鬼物凭之，时见鬼魅"等语相应。又叙宝玉被魇，有云"拿刀弄杖，寻死觅活。"叙王熙凤被魇，有云"手持一把明晃晃钢刀，砍进园来，见鸡杀鸡，见狗杀狗，见人就要杀人"周瑞媳妇忙带着几个有力量的胆壮的婆娘上去抱住，夺下刀来，抬回房去。"与胤礽所谓"未至用刀杀人"，及"服侍之人称，是日，废皇太子忽患疯颠，几至自尽，诸宫侍抱持环守"相应。八十一回，"宝玉道：'我记得病的时候儿，好好的站着，倒像背地里有人把我拦头一棍，疼得眼睛前头漆黑，看见满屋子里都是些青面獠牙、拿刀举棒的恶鬼。躺在炕上，觉在脑袋上加了几个脑箍是的。以后便疼的任什么不知道了。'凤姐道：'我也全记不得，但觉自己身子不由自主，倒像有些鬼怪拉拉扯扯，要我杀人才好。有什么拿什么。自己原觉很乏，只是不能住手。'"亦与胤礽案所谓备作异状，全然不知持刀斫人等语相应。又说："马道婆破案，为潘三保事，送到锦衣府去，问出许多官员大户家太太姑娘们的隐情事来。把他家内一抄，抄出几篇小账，上面记着某家验过，应找银若干。"与胤礽以外复有皇长子及宗室等案，及所谓和尚道士等更有魇魅等事，亦未可定等语相应。行魇魅者，巴汉格隆等皆喇嘛，故以马道婆代表之。马与嘛同音也。八十一回又称："马道婆身边搜出匣子，里面有象牙刻的一男一女，不穿衣服，光着身子的两个魇王。"亦与相传喇嘛教中之欢喜佛相等，马道婆之代表喇嘛也无疑。《东华录》康熙四十七年九月谕云："胤礽幼时，朕亲教以读书。继令大学士张英教之,又令熊赐履教以性理诸书,又令老成翰林官随从"云云。《石头记》常言贾政逼宝玉读书,第八回:秦钟因去岁业师回南,在家温习旧课。其父秦邦业知贾家塾中司塾的乃贾代儒(伪朝之儒也),现今之老儒。第九回贾政对李贵道:"你去请学里太爷的安,就道我说的,什么《诗经》、古文一概不用虚应故事,只是先把《四书》一齐讲明背熟是最要紧的。"第八十一回,"贾政道:'前儿倒有人和我提起一位先生来,学问人品都是极好的,也是南边人。'又道:'如今儒大太爷虽学问也只中平,但还弹压得住这些小孩子们。'"八十二回称贾代儒为老学究。又:"宝玉讲后生可畏一章,讲到不要弄到……说到这里向代儒一瞧。代儒说:'讲书是没有什么避忌的。'宝玉才说:'不要弄到老大无成。'"均与"性理诸书""老成翰林"等相应。又熊赐履湖北人,张英安徽人。所谓南边人,殆指张、熊等。

胤礽以康熙十四年十二月被立为皇太子,四十七年九月被废,四十八年三月复立,五十一年十一月复废。自第一次被废以至复立为时不久,而又悉归咎于魇魅,故《石头记》中仅以三十三回之笞责及二十五回之魇魔形容之。二十五回中言宝玉虽被迷污,经和尚摩弄一回,依旧灵了。即虽废旋复之义。至九十四回之失玉,乃叙其终废也。至和尚还玉事等,殆无关本事。

胤礽之被废,由于兄弟之倾轧。《东华录》所载主动者为胤禔、胤禩二人。《石头记》九十四回于失玉以前,先叙海棠既萎而复开。"贾母道:'花儿应在三月里开的,如今是十一月。'"三月及十一月与复立复废之月相应。又"黛玉说花开之因道:'当初田家有荆树一颗,三个弟兄因分了家,那荆树便枯了;后来感动了他弟兄们,仍旧归在一处,那颗树也就发了。'"既说弟兄,又说三个,与胤礽、胤禔、胤禩三人相应。

《石头记》叙巧姐事,似亦指胤礽。"巧"与"礽"字形相似也。九十二回"评女传巧姐慕贤良"即熊赐履等教胤礽以性理诸书也。一百十八回"记微嫌舅兄欺弱女",贾环贾芸欲卖巧姐于藩王,即指胤礽为胤禔胤禩所卖事。宝玉被打由贾环诉说金钏儿事,宝玉被魇由贾环之母赵姨娘主使,巧姐被卖亦由贾环主谋,与胤禔之陷胤礽相应。其事又有亲舅舅王仁与闻之。《红楼梦曲》中亦云"休似俺那爱银钱、忘骨肉的狠舅奸兄",与胤礽案中有所谓舅舅佟国维者相应。《东华录》"康熙四十八年正月,上曰:'胤禩乃胤禔之党,胤禔曾奏言请立胤禩为太子,伊当辅之。'又曰:'此事必舅舅佟国维、大学士马齐以当举胤禩默示于众。'二月,谕舅舅佟国维曰:'尔曾奏,皇上凡事断无错误之处。此事关系重大,日后易于措处则已,倘日后难于措处,似属未便,等语。'又曰:'因有舅舅所奏之言,及群下小人就中肆行捏造言词,所以大臣侍卫官员等俱终日忧虑,若无生路者。中心宽畅者,惟大阿哥、八阿哥耳。'又曰:'舅舅前启奏时,外间匪类不知其故,因盛赞尔云:如此方谓之国舅大臣,不惧死亡,敢行陈奏。今尔之情形毕露,人将谓尔为何如人耶?'"《石头记》一百十八回,王仁拍手道:"这倒是一种好事,又有银子。只怕你们不能,若是你们敢办,我是亲舅舅,做得主的。"第一百十九回,事败后,"吓得王仁等抱头鼠窜的出来。"与《东华录》之佟国维相应。康熙四十八年四月谕曰:"胤禔之党羽俱系贼心恶棍,平日斗鸡走狗,学习拳勇,不顾罪戾,惟务诱取银钱。"故《石头记》亦有爱银钱的奸兄语。

  林黛玉影朱竹垞也。绛珠影其氏也,居潇湘馆影其竹垞之号也。竹垞生于秀水,故绛珠草长于灵河岸上。"竹垞客游南北,必橐载十三经、二十一史以自随。已而游京师,孙退谷过其寓,见插架书,谓人曰:'吾见客长安者,务攀援驰逐。车尘蓬勃间不废著述者,惟秀水朱十一人而已。'"(见陈廷敬所作墓志)《石头记》第十六回,黛玉带了许多书籍来。四十回,刘老老到潇湘馆,

宝钗

品读经典

二一〇

"因见窗下案上设着笔砚,又见书架上磊着满满书,刘老老道:'这必定是那一位哥儿的书房了。'贾母笑指黛玉道:'这是我这外孙女儿的屋子。'刘老老留神打量了林黛玉一番,方笑道:'这那里像个小姐的绣房,竟比那上等的书房还好。'"以此。竹垞尝与陈其年合刻所著曰《朱陈村词》,流传入禁中。故黛玉与史湘云凹晶馆联句。竹垞入直南书房,旋被劾,镌一级罢,寻复原官。其被劾之故,全谢山谓因携仆钞《永乐大典》。竹垞所作《咏古》二首云:"汉皇将将屈群雄,心许淮阴国士风。不分后来输绛灌,名高一十八元功。""海内词章有定称,南来庾信北徐陵。谁知著作修文殿,物论翻归祖孝徵。"诗意似为人所卖。《石头记》中凤姐掉包事,疑即指此。七十回,宝钗、探春、湘云、宝琴均替宝玉临字,而于黛玉一方面,但云紫鹃送一卷小楷,疑影携仆写书事。

薛宝钗,高江村也(徐柳泉已言之)。薛者,雪也。林和靖《咏梅》有曰"雪满山中高士卧,月明林下美人来。"用"薛"字以影江村之姓名也(高士奇)。

《啸亭杂录》曰:"高江村家贫,鬻字为活。纳兰太傅爱其才,荐入内廷,仁庙亦爱之。遇巡狩出猎,皆命江村从。故江村诗曰:'身随翡翠丛中列,队入鹅黄带里行。'盖纪实也。江村性趫巧,遇事先意承旨,皆惬圣怀。一日,上出猎。马蹶,意殊不怿。江村闻之,故以潴泥污其衣,入侍。上怪问之,江村曰:'适落马坠积潴中,未及浣也。'上大笑曰:'汝辈南人,懦弱乃尔。适朕马屡蹶,竟未坠。'意乃释然。又尝从登金山,上欲题额,濡毫久之。江村拟'江天一览'四字于掌中,趋前磨墨,微露其迹,上如所拟书之。其迎合类如此。"《檐曝杂记》曰:"江村初入都,自肩襆被,进彰仪门。后为明相国司阍者课子。一日,相国急欲作书数函,仓卒无人。司阍以江村对,即呼入,援笔立就。相国大喜,遂属掌书记,后入翰林,直南书房,皆明公力也。江村才本绝人,既居势要,家日富,则结近侍,探上起居,报一事酬以金豆一颗。每入直,金豆满荷囊;日暮,率倾囊而出,以是宫廷事皆得闻。或觇知上方阅某书,即抽某书翻阅,偶天语垂问,辄能对大意,以是圣祖益爱赏之。"郑方坤《本朝诗钞》小传曰:"江村年十九之京师,以诸生就京闱试,不利,落魄羁穷,卖文自给。新岁,为人书春帖子,往往自作联句,用写其幽忧牢落之怀。偶为圣祖所见,大加击节,立召见。"案《石头记》写宝钗处处周到,得人欢心,自薛姨妈、贾母、王夫人、湘云、岫烟以至袭人辈,无不赞叹,并黛玉亦受其笼络。即所谓性趫、巧善迎合之影子也。宝钗以金锁配宝玉,谓之金玉良缘。其嫂曰夏金桂,其婢曰黄金莺,莺儿为宝玉结络,以金线配黑珠儿线,皆以金豆探起居之影子也。宝钗最博雅,二十二回点《鲁智深醉闹五台山》,为宝玉诵《寄生草》曲词,宝玉赞他无书不知;第三十回宝玉道:"姐姐通今博古,色色都知道";七十六回湘云用"楂"字,黛玉说:"亏你想得出。"湘云道:"幸而昨日看《历朝文选》,见了这个字,我不知何树,因要查一查,宝姐姐说不用查,这就是如今俗叫做朝开夜合花。我信不及,到底查了一查,果然不错,看来宝姐姐知道的竟多。"即其翻书备对之影子也。第一回称穷儒贾雨村"一身一口,在家乡无益,因进京求取功名。自前岁来此,又淹蹇住了,暂寄庙中,每日卖文作字为生。"即江村襆被进都、鬻字为活之影子也。贾雨村"高吟一联曰:'玉在椟中求善价,钗于奁内待时飞。'恰值士隐走来听见,笑道:'雨村兄真抱负不凡也,'"即联句被赏之影子也。四十六回薛蟠遭湘莲苦打,"遍身内外,滚的似泥母猪一般。";又说"那里爬的上马去。"即江村自称落马堕积潴中之影子也。

江村所作《塞北小钞》曰:"二十二年六月十二日,扈跸出东直门云云。偶患暑气,上命以冰水饮益元散二碗,方解。甲申,上曰:'尔南人,为何亦饮冰水?'士奇曰:'天气炎热,非冰莫解。'上曰：'朕闻南人殊不畏暑。'士奇曰：'南人从来畏暑，故有吴牛见月而喘之语。'上大笑。"案《石头记》第七回，宝钗对周瑞家的说，"我这是从胎里带来的一股热毒。"又说癞头和尚所说的方，叫做"冷香丸"。第三十回，宝玉道："姐姐怎么不看戏去？"宝钗道："我怕热，看了两出，热得很。要走，客又不散。我不得不推身上不好，就来了。"宝玉……笑道："怪不得他们拿姐姐比杨贵妃，原也体胖怯热。"与《塞北小钞》语相应（《庄子》"早受命而夕饮冰，我其内热欤！"所谓胎里带来热毒，亦兼热中之讽）。

《汉名臣传》云："康熙廿七年，法司逮问贪黩劾罢之巡抚张汧。因汧未被劾时，曾遣人赍报赴京，诘其行贿何人，初以分馈甚众，不能悉数抵塞。既而指出士奇，奉谕置勿问。士奇疏请归田，得旨，以原官解任。廿八年，从上南巡。至杭州，驾幸士奇之西溪山庄，赐御书'竹窗'扁额。九月，左都御史郭琇疏劾之曰：'有植党营私，招摇撞骗，如原任少詹事高士奇、左都御史王鸿绪等，表里为奸。'"又曰："高士奇出身微贱，其始也，徒步来京，觅馆为生。皇上因其字学颇工，不拘资格，擢补翰林，令入南书房供奉。"又曰："士奇日思结纳谄附大臣，揽事招权，以图分肥。凡大小臣工无不知有士奇之名。"又曰："久之羽翼既多，遂自立门户。结王鸿绪为死党，科臣何楷为义兄弟，翰林陈元龙为叔侄，鸿绪胞兄王顼龄为子女姻亲，俱寄以腹心。在外招揽，凡督抚藩臬道府厅县，以及在内之大小卿员，皆王鸿绪、何楷等为之居停哄骗。而夤缘照管者，馈至成千累万。即不属党护者，亦有常例，名曰平安钱。盖士奇供奉日久，势焰日张，人皆谓之'门路真'。而士奇遂亦自忘乎其为撞骗，亦居之不疑，曰'我之门路真。'"又曰："光棍俞子易，在京肆横有年，惟恐事发，潜通直隶天津、山东洛口地方，有虎坊桥瓦屋六十余间，价值八千金，馈送士奇求托照拂。此外，顺成门斜街并各处房屋，总令心腹出名置买，何楷代为收租。打磨场士奇之亲家、陈元龙伙计陈季芳开张缎号，寄顿贿银，资本约至四十余万。又于本乡平湖县置田产千顷，大兴土木修整花园，杭州西湖广置园宅。苏、松、淮、扬王鸿绪与之合伙生理，又不下百余万。"又曰："圣驾南巡时，上谕严诫馈送，定以军法治罪，谁敢不遵。惟士奇与王鸿绪憨不畏死，即淮、扬等处，王鸿绪招揽府厅各官约馈黄金，潜遗士奇，淮、扬如此，则他处又不知如何索诈矣"云云。得旨："高士奇、王鸿绪、陈元龙俱着休致回籍，王顼龄、何楷着留任。"《东华录》"康熙二十八年，吏部议左副都御史许三礼奏参，原任刑部尚书徐乾学与高士奇招摇纳贿。查徐乾学与高士奇招摇纳贿之处并无实据。许三礼又奏参乾学有云：乾学伊弟拜相之后，与亲家高士奇更加招摇，以致有'五方宝物归东海，万国金珠贡澹人'之对，云云。"案《石头记》第四回，门子递与雨村一张护官符，"上面皆是本地大族名宦之家的谚俗口碑，云：贾不假，白玉为堂金作马。阿房宫，三百里，住不下金陵一个史。东海缺少白玉床，龙王来请金陵王。丰年好大雪，珍珠如土金如铁。"即许三礼疏中五方万国之对之影子也。门子又道："这四家皆连络有亲，一损俱损，一荣俱荣，扶持遮饰，皆有照应。今告打死人之薛，就是丰年大雪之雪也。不单靠三家，他的世交亲友在都在外省本亦不少。"此即郭琇疏中死党义、兄弟、叔侄、子女姻亲及许疏中亲家等种种关系之影子也。第四回称："薛公子亦金陵人氏，……家中有百万之富，现领着内帑钱粮，采办杂料。……虽是皇商，一应经纪世事，全然不知，不过赖祖父旧日情分，户部挂个虚名，支领钱粮，其余事体，自有伙计老人家等措办。"又云："自薛蟠父亲死后，各省中所有的买卖承局、总管、伙计人等，便趁时拐骗起来，京都几处生意，渐亦销耗。"又云薛蟠要"亲自入都销算旧账，再计新支，……因此早已检点下行装细软,以及馈送亲友各色土物人情等类。"第十三回秦可卿死后,薛蟠表弟"因见贾珍寻好板,便说我们本店里有一付板,叫作什么樯木。"第四十八回,"各铺面伙计内有算年账要回家的,内有一个张德辉,自幼在薛蟠当铺内揽总,……说起今年纸札香扇短少,明年必是贵的。明年先打发大小儿上来当铺照管照管,赶端阳前我顺路就贩些纸札香扇来卖。"薛蟠心下忖度:"不如也打点本钱,和张德辉逛一年来。"第六十六回,薛蟠说:"我同伙计贩了货物,自春天起身往回里走,一路平安。谁知到了平安州地方,遇见一伙强盗,已将东西劫去。不想柳二弟从那边来,方把贼人赶散,夺回货物,还救了我们的性命。"第六十七回,管总的张太爷差人送了两箱子东西来,薛蟠说"特的给妈妈合妹子带来的东西","一箱都是绸绫缎锦洋货等家常应用之物。……一箱却是些笔墨纸砚、各色笺纸、香袋香珠、扇子扇坠、花粉胭脂等物,外有虎丘带来的自行人酒令儿,水银灌的打觔斗小小子,沙子灯,一出一出的泥人儿的戏,用青纱罩的匣子装着,又有在虎丘山上泥捏的薛蟠小像,……薛姨妈将箱子里的东西取出,一分一分的……送给贾母并王夫人"。宝钗"将那些玩意儿一件一件的过了目,除了自己留用之外,一分一分的配合妥当,……使莺儿同着一个老婆子跟看送往各处"。宝玉到黛玉处,"见堆着许多东西,就知道是宝钗送来的,便取笑说道:'那里这些东西,不是妹妹要开杂货铺啊?'"第五十七回,邢岫烟把绵衣服当了,宝钗问当在那里,岫烟道:"叫做甚么'恒舒'了,是鼓楼西大街。"宝钗笑道:"闹在一家去了。伙计们倘或知道了,好说'人没过来,衣裳先到了'。"岫烟听说,便知是他家的本钱。第四十五回,黛玉对宝钗道:"你如何比得我?你……这里有地土买卖,家里又仍旧有房有地。"均与郭琇疏中所谓房屋、田产、园宅、缎号资本及馈送等事相应。薛蟠在平安州遇盗,与平安钱相应。

探春影徐健庵也。健庵名乾学，乾卦作☰，故曰三姑娘。健庵以进士第三人及第，通称探花，故名探春。健庵之弟元文入阁，而健庵则否，故谓之庶出。然许三礼劾健庵，一则曰："胆恃胞弟徐元文钦点入阁"；再则曰："伊弟拜相之后，与亲家高士奇更加招摇，以致有'去了余秦桧（指余国柱），来了徐严嵩。乾学似庞涓，是他大长兄'之谣。又有'五方宝物归东海（徐氏），万国金珠贡澹人'之对。"是健庵虽不入阁，而其时亦有炙手可热之势。故《石头记》第五十五回，凤姐儿道："好个三姑娘！我说不错。只可惜他命薄，没托生在太太肚里。"平儿笑道："他便不是太太养的，难道谁敢小看他，不与别的一样看待？"又，凤姐病中，王夫人命探春合同李纨协理，又请了宝钗来，他三人一理，更觉比凤姐当权时倒更谨慎了些。因而里外下人都暗中抱怨说：'刚刚倒了一个巡海夜叉，又添了三个镇山太岁。'"此即影射"去了余秦桧，来了徐严嵩"一谣也。

韩慕庐所作《徐健庵行状》有云："吴中文社故盛公为之领袖。"又云："壬子主试顺天，以独赏为公鉴。往往怜收既落之才，即遗卷中有一佳言逈句，咨嗟吟讽，以失之为恨。"又云："公故负海内望，而勤于造进，笃于人物。一时庶几之流，奔走辐辏如不及；山林遗逸之老，不远千里乐从公。后生之才进者，延誉荐引无虚日。"案《石头记》有"秋爽斋偶结海棠社"指此。又二十七回，探春嘱宝玉道："这几个月，我又攒下有十来串钱了。你还拿了去，明儿出门逛去的时候，或是好字画，好轻巧玩意儿，替我带些来。"又道："什么像你上回买的那柳枝儿编的小篮子，整竹子根挖的香盒儿，胶泥垛的风炉儿，这就好了。"即以表其延揽文士之故事也。

《行状》又云："尝请崇节俭、辨等威，因申衣服之禁，使上下有章。"案《石头记》第二十七回，探春嘱宝玉带轻巧玩意儿，

"拣那朴而不俗、直而不拙的"。又道:"我还像上回的鞋做一双你穿,比那双还加工夫,如何呢?"宝玉道:"那回穿着,可巧遇见老爷……说:何苦来!虚耗人力,作践绫罗,……赵姨娘抱怨的了不得:正经兄弟鞋蹋攋袜蹋攋的……"探春道:"怎么我是做鞋的人么?环儿难道没有分例的?衣裳是衣裳,鞋袜是鞋袜……"盖影射此事。

《澹园集》有赐览皇太子书法奏称"皇太子历年亲写所读书本及临摹楷法,共大小八箧有奇"。案《石头记》七十回,探春"每日临一篇楚字与宝玉"影此。

健庵迭被弹劾,于康熙二十九年回里,许以书局自随,僦居洞庭东山。《石头记》一百回至一百二回历叙探春远嫁;第五回,"画着两人放风筝,一片大海,一只大船,船中有一女子,掩面泣涕之状。诗曰:……清明涕送江边望,千里东风一梦遥。"皆指此(《行状》曰:"再疏乞骸骨,上允所请。时已仲冬,命且过冬行。二十九年春抵家。"诗中"清明"字指此)。

王熙凤影余国柱也。王即"柱"字偏旁之省。"國"(国之繁体)字俗写作"国",故熙凤之夫曰琏,言二王字相连也(楷书王玉同式)。国柱曾为户部尚书,故贾琏行二,且贾氏财政由熙凤管理。国柱曾为江宁巡抚,故熙凤协理宁国府。《汉名臣传》云:"康熙二十八年三月,给事中何金蔺疏言:'凡解职解任官仍居原任地方,例有明禁。余国柱曾为

大了为王熙凤解签

江宁巡抚,浼陛大学士,不思竭忠图报,黩货无厌,秽迹彰闻,荷恩放归里。乃被黜后,挟辎重往江宁省城,购买第宅,广营生计,呼朋引类,垄断攫金,借势招摇,显违禁例。乞饬部严议。'事下,两江总督传拉搭察讯,以留恋原任地方,购买第宅,并设立钱店典铺覆奏。刑部拟杖折赎,诏免罪。趣回籍,寻卒于家。"《石头记》第五回有金陵十二钗正副册,正册中有一片冰山,上有一只雌凤,其判语有云"哭向金陵事更哀"。五十四回女先儿说书,说"残唐之时有一位乡绅,本是金陵人氏,名唤王忠(忘忠),曾做两朝宰辅。如今告老回家,膝下只有一位公子名唤王熙凤"。第一百一回,散花寺神签正面写着"王熙凤衣锦荣归"。大了道:"奶奶最是通今博古的,难道汉朝的王熙凤求官的一段事也不晓得?"签文云:"去国离乡二十年,于今衣锦返家园。蜂采百花成蜜后,为谁辛苦为谁甜!"大了道:"奶奶自幼在这里长大,何曾回南京去了?如今老爷放了外任,或者接家眷来,顺便还家,奶奶可不是'衣锦还乡'了。"宝钗道:'据我看,这'衣锦还乡'四字里头还有缘故。"第百十四回"王熙凤历劫返金陵",王夫人打发人来说,"琏二奶奶没有住嘴说些胡话,要船要轿的,说到金陵归入册子去"。皆指被黜后仍居江宁也。第一百五回"锦衣军查抄宁国府",赵堂官说:"贾赦、贾政并未分家,闻得他侄儿贾琏现在承总管家,不能不尽行查抄。"又云:"有一起人回说,东跨房查出两箱房地契文,一箱借票,都是违例取利的。"王爷道:"番役呈禀有禁用之物并重利欠票","两家王子问贾政道:'所抄家资内有借券,实系盘剥,究是谁行的?'……贾琏忙走上跪下禀道:'这一箱文书既在奴才屋内抄出来,敢说不知道么。'"第一百六回,贾政问贾琏道:"那重利盘剥究竟是谁干的?况且非咱们这样人家所为。"又凤姐对平儿说:"虽说事是外头闹的,我若不贪财,如今也没有我的事。"皆与何疏相应也。

国柱曾于康熙二十七年为御史郭琇所劾，称其"在内阁票拟，承顺大学士明珠指麾，轻重任意；与尚书佛伦等结党，把持督抚藩臬缺出，展转援引，总揽贿赂；保送学道及科道内升出差，率皆居功要索"云云。《石头记》中叙凤姐逢迎贾母、王夫人无微不至，而营私弋利等事亦层见迭出。例如三十六回，"且说王凤姐自见金钏儿死后，忽见几家仆人常来孝敬他些东西，又不时来请安奉承，自己倒生了疑惑，不知何意。这日又见人来孝敬他东西，因晚间无人时笑问平儿。平儿冷笑道：'我猜他们女儿都必是太太房里的丫头，如今太太房里有四个大的，一个月一两银子的分例，下剩的都是一个月只几百钱。如今金钏儿死了，必定他们要弄这一两银子的巧宗儿呢。'凤姐听了笑道：'……也罢了，他们几家的钱也不能容易化到我眼前，这是他们自寻的，送什么来我就收什么，横竖我有主意。'凤姐儿安下这个心，所以只管耽延着，等那些人把东西送足了，然后乘空方回王夫人"云云。十六回，贾琏的乳母赵嬷嬷替两个儿子求事情，道："……倒是来和奶奶说是正经，靠着我们爷，只怕我还饿死了呢。"又"凤姐忙向贾蔷道：'我有两个在行妥当人，你就带他们去办，这倒便宜了你呢。'贾蔷忙陪笑道：'正要和婶娘讨两个人呢，这可巧了。'……贾蓉悄悄的向凤姐道：'婶娘要什么东西，吩咐了，开个账儿给我兄弟带去，按账置办了来。'"二十四回，"贾芸见了贾琏，因打听可有什么事情。贾琏告诉他道：'前儿倒有一件事情出来，偏生你婶娘再三求了我，给了贾芹了。他许我说，明儿园里还有几处要栽花木的地方；等这个工程出来，一定该你就是了。'"又贾芸送香料后，"凤姐道：'……怪道你叔叔常提起你来。……'贾芸问道：'原来叔叔也常提我的？'凤姐见问，便要告诉给他事情管的话，一想，又恐被他看轻了，只说得了这点香料儿，便混许他管事了。因又止住，且把派他种花木工程等事，都一字不提。至次日，凤姐上车，见贾芸来，便命人唤往，隔窗子笑道：'芸儿，你竟有胆子在我跟前弄鬼。怪道你送东西给我，原来你有事求我。昨日你叔叔才告诉我，说你求他。'贾芸笑道：'求叔叔的事婶娘休提，我这里正后悔呢。早知这样，我一起头就求婶娘，这会子也就完了，谁承望叔叔竟不能的。'……凤姐冷笑道：'你们要拣远路儿走，叫我也难。早告诉我一声，什么不成了，多大点事儿，耽误到这会子。那园子里还要种树种花，我只想不出个人来，早说不早完了。'贾芸笑道：'这样明日婶娘就派我罢。'凤姐半晌道：'这个我看着不大好。等明年正月里的烟火灯烛那个大宗儿下来，再派你罢。'贾芸道：'好婶娘，先把这个派了我罢。果然这件办的好，再派我那件。'凤姐笑道：'你倒会拉长线儿。罢了，若不是你叔叔说，我不管你的事。……你到午初时候来领银子，后来就进去种花。'

又十五回，凤姐到水月庵中，老尼说张金哥退婚事，"道：'……我想如今长安节度使云老爷与府上相契，要求太太与老爷说声，发一封书，求云老爷和那守备说一声，不怕他不依。若是肯行，张家连倾家孝顺也都情愿。'凤姐笑道：'这事倒不大，只是太太再不管这样的事。'老尼道：'太太不管，奶奶可以主张了。'凤姐笑道：'我也不等银子使，也不做这样的事。'……凤姐道：'……凭说这么事，我说要行就行。你叫他送二三千两银子来，我就替他出这口气。'……'我比不得他们扯篷拉纤的图银子，这三千两银子不过是给打发去说的小厮们作盘缠，使他赚几个辛苦钱，我一个钱也不要。便是三万两，我此刻还拿得出来。'……凤姐便将昨日老尼之事，悄悄的说与来旺儿。旺儿心中早已明白，急忙进城找着主文的相公，假托贾琏所嘱，修书一封，连夜往长安县来，不过百里之遥，两日工夫俱已妥协。那节度使名唤云光，久欠贾府之情，这些小事，岂有不允之理给了回书。"皆与郭琇所劾相应也。

国柱在江宁巡抚任，曾疏请增设机房四十二间，制造宽大缎匹。得旨："宽大缎匹非常用之物，何为劳民糜费，斥所奏不行。"案《石头记》第三回，黛玉初到时，"熙凤道：'刚才带了人到后楼上找缎子，找了半日，也没见昨日太太说的那样，想是太太记错了？'王夫人道：'有没有，什么要紧。'因又说道：'该随手拿出两个来给你妹妹裁衣裳的，等晚上想着再叫人去拿罢。'熙凤道：'倒是我先料着了，知道妹妹这两日到的，我已预备下了，等太太回去过了目好送来。'"七十二回，凤姐道："昨儿晚上梦见一个人找我，说娘娘打发他来要一百匹锦。"均影此。

国柱于康熙十八年礼科掌印给事中任内，劾浙江水师提督常进功："年老耳聋，非大声高呼，不闻一语。恐秘密军机因之泄露，所关匪细。"疏下部察议，罢进功任。案《石头记》第五十四回，"凤姐儿笑道：'再说一个过正月节的。几个人拿着房子大的炮仗往城外去放，引了上万的人跟着瞧去，有一个性急的人等不得，便偷着拿香点着。只听见扑嗤的一声，众人哄然一笑都散了。这抬炮仗的人抱怨卖炮仗的干的不结实，没等放就散了。'湘云道：'难道本人没听见？'凤姐儿道：'本人原是个聋子。'……凤姐儿笑道：'咱们也该聋子放炮仗，散了罢。'"又第二十七回，"凤姐又笑道：'林之孝两口子都是锥子扎不出一声儿来的。我成日家说，他们倒是配就了的一对夫妻，一个天聋，一个地哑。'"皆影此。

国柱于顺治九年成进士，然其文辞不多见，其同时诸人著作中，惟陈其年骈文有大冶余国柱一序。案《石头记》中王熙凤不甚识字，如四十五回探春等要请凤姐做监社御史，"凤姐笑道：'我又不会做什么湿的干的，……'探春道：'你虽不会做，也不要你做。'"五十回，"凤姐儿道：'既这样说，我也说一句在上头。'……李纨将题目讲与他听。凤姐儿想了半日，笑道：'你们别笑话我，我只有一句粗话。'"七十四回，"凤姐因理家常久，每每看帖看账，也颇识得几个字了。"四十二回，宝钗笑道："幸而凤丫头不认得字，不大通，一概是市俗取笑。'"大约因国柱非文学家，故以不识字形容之。

石头记索隐（下）

史湘云，陈其年也。其年又号迦陵，史湘云佩金麒麟，当是"其"字"陵"字之借音。氏以史者，其年尝以翰林院检讨纂修明史也。名以湘云，又号枕霞旧友，当皆以其狎紫云故。蒋永修所作《陈检讨迦陵先生传》曰："尝嬖歌童云郎，云亡，睹物辄悲，若不自胜者。"又蒋景祁所作《迦陵先生外传》曰："先生寓水绘园，欲得紫云侍砚。冒母马大夫人靳之，必得梅花百咏乃可。雪窗一夕走笔遂成之。"可以见其年与紫云之关系矣。

徐健庵所作《陈检讨维崧墓志铭》："京师自公卿下，无不藉藉其年名，倾慕愿交者。然其年所居在城北市廛，庳陋才容膝。蒲帘土锉，摊书其中而观之。歠菽啖饭，沉思经籍。有余无问所从来，时时匮乏，困卧而已。……君修髯，美丰仪，风流倜傥。……君门阀清素，为人恂恂谦抑。襟怀坦率，不知人世有险巇事。"又徐健庵作《湖海楼集序》曰："其年检讨，阳羡贵公子。与余相识在戊亥之间。尝下榻澹园，流连欢剧。每际稠人广坐，伸纸援笔，意气扬扬，旁若无人。"案《石头记》常写史湘云之爽直，如第五回《红楼梦曲·乐中悲》云："幸生来英豪阔大宽宏量，从未将儿女私情略萦心上。"二十回，"只见史湘云大说大笑。"三十一回，"迎春笑道：'我就嫌他爱说话。也没见睡在那里还是咭咭呱呱的，笑一阵，说一阵，也不知那里来的那些诓话。'"三十二回，"袭人道："云姑娘，你如今大了，越发心直口快了。"四十九回，"史湘云极爱说话的，那里禁得香菱又请教他谈诗，越发高兴了，没昼没夜的高谈阔论起来"。六十二回，"史湘云笑着道：

'这个（拇战）简断爽利，合了我的脾气。我不行这个射覆，没得垂头丧气闷人，我只猜拳去了。'"百八回，"宝玉心里想道：我只说史妹妹出了阁是换了一个人了，……如今听他的话，原是和先一样的。"皆与其年相应。

《墓志铭》曰："京师自公卿下，凡人事往来贺赠宴饯颂述之作，必得其文以为荣。其年辄提笔缀辞，益与酬酢不休。"又曰："君所作歌随处散落人间。"传曰："辛卯壬辰间，吴门云间常润大兴文会，四郡名士毕集。觞酌未引，髯索笔赋诗，数十韵立就。或时作记序，用六朝俳体，顷刻千言，钜丽无比。诸名士惊叹以为神。"案《石头记》极写湘云诗思之敏捷，如第三十六回，湘云初到，李纨罚他和诗。"湘云一心兴头，不待推敲删改，一面只管和他人说着话，心内早已和成"。五十回芦雪亭联句，"湘云那里肯让人，且别人也不如他敏捷"。皆是。

《墓志铭》曰："遇花间席上，尤喜填词。兴酣以往，常自吹箫而和之，人或指以为狂。其词至多，累至于余阕，古所未有也。"传曰："所作词尤凌厉光怪，变化若神，富至千八百首。"《石头记》七十回"史湘云偶填柳絮词"，湘云说道："咱们这几社总没有填词，明日何不起社填词。"与其年好为词相应。

《别传》曰："先生尝自中州入都，同秀水朱竹垞合刻一稿，名《朱陈村词》。"《石头记》七十六回，凹晶馆湘云、黛玉联句，殆影此。

《传》曰："髯贫，无子。先是游商邱，买妾，妾父母闻其世家，游装都雅，意其富，许之。举一子，名狮儿。岁三周，载与俱归。妾父母暨妾始知髯贫，且老诸生耳。未几，狮儿竟夭，髯寻遣妾去。去二年，髯拔起荐辟，官检讨云。然髯自得官后，贫益甚，储孺人卒于家，生死不相见，益悼痛不自聊赖。壬戌患头痛，遂不起。"《墓志铭》曰："授翰林院检讨后四年，年五十八而病作，积四十余日卒。"《石头记》,《乐中悲》曲:"襁褓中父母叹双亡。纵居绮罗丛,谁知娇养。"三十二回,宝钗道:"为什么这几次他(湘云)来了,他和我说话儿,见没人在眼前,他就说家里累得很。我再问他几句家常的话,他就连眼圈儿都红了,口里含含糊糊,待说不说的。想其情景自然从小没了爹娘的苦。我看他,也不觉伤起心来。"三十七(应作三十六)回,"史湘云穿得齐齐整整走来,辞说家里打发人来接他。……那史湘云只是眼泪汪汪的,见有他家人在跟前,又不敢十分委屈。……还是宝钗心内明白,他家人若回去告诉了他婶娘,待他家去又恐怕受气。"所以写其未仕以前之厄运也。《红楼梦曲》又云:"……好一似,霁月光风耀玉堂,厮得个才貌仙郎,博得个地久天长。准折幼年时坎坷形状。终久是云散高唐,水涸湘江。"百九回,"史姑娘哭得了不得,说是姑爷得了暴病,大夫都瞧了,说这病只怕不能好,若变了痨病,还可捱过四五年"。百十回,史湘云"想到自己命苦,刚配了一个才貌双全的男人,性情又好,偏偏得了冤孽证候,不过挨日子罢了"。百十八回,王夫人道:"就是史姑娘是他叔叔的主意,头里原好,如今姑爷痨病死了,你史妹妹立志守寡,也就苦了。"皆所以写其既仕以后之厄运也。其年出于明之世家而入清,故以父母早亡喻之。

《别传》曰:"相传先生为善卷山中诵经猿再世,故其性情萧淡,不耐拘检。疾革时,吟'山鸟山花是故人'句而逝。"《石头记》四十九回,"一时史湘云来了,穿着贾母与他的一件貂鼠脑袋面子、大毛黑灰鼠里子、里外发烧大褂子,头上戴着一顶挖云鹅黄片金里大红猩猩毡昭君套,又围着大貂鼠风领。黛玉先笑道:'你们瞧瞧,孙行者来了。'……只见他里头穿着一件半新的靠色三镶领袖秋香色盘金五色绣龙窄褙小袖掩襟银鼠短袄,里面短短的一件水红妆段狐嵌褶子,腰里紧紧束着一条蝴蝶结子长穗五色宫绦,脚下也穿着鹿皮小靴,越显得蜂腰猿背鹤势螂形。"五十回"暖香坞巧制春灯谜","湘云想了一想笑道:'我编了一支《点绛唇》……便念道:溪壑分离,红尘游戏,真何趣?名利犹虚,后事总难提。'众人都不解,想了半日,有猜是和尚的,也有猜是道士的,也有猜是偶戏人的。宝玉笑了半日道:'都不是,我猜着了,必定是耍的猴儿。'湘云笑道:'正是这个了。'众人道:'前头都好,末后一句怎么样解?'湘云道:'那一个耍的猴儿,不是剁了尾巴去的。'"皆影射山猿再世之传说也。众人猜为和尚道士,而猜着者又为将做和尚之宝玉,皆影诵经猿。所谓后事总难提,所谓剁了尾巴,则影其殁后无子云。

《墓志铭》曰:"口蹇讷,下善持论。"《石头记》二十回,"黛玉笑道:'偏你咬舌子爱说话,连个二哥哥也叫不上来,只是爱哥哥爱哥哥的。回来赶围棋儿,又该你闹幺爱三了。'宝玉笑道:'你学会了,明儿连你还咬起来呢。'湘云笑道:'我只保佑着明儿得一个咬舌儿林姊夫,时时刻刻你可听爱呀厄的去。'"即影此。

妙玉,姜西溟也(从徐柳泉说)。姜为少女,以妙代之。诗云:"美如玉,美如英。""玉"字所以影"英"字也(第一回名石头为赤霞宫神瑛侍者,神瑛殆即宸英之借音)。

全谢山所作《翰林院编修姜先生宸英墓表》曰:"常熟翁尚书者,先生之故人也。是时,枋臣方排睢州汤文正公,而尚书为祭酒,受枋臣旨,劾睢州为伪学。枋臣因擢之副詹事以逼睢州,以睢州故兼詹事也。先生以文显责之。一日而其文遍传京师,尚书恨甚。枋臣有子多才,求学于先生,枋臣颇欲援先生登朝。枋臣有幸仆曰安三,势倾京师,欲先生一假借而不可得。枋臣之子乘间言于先生曰:'家君待先生厚,然而卒不得大有攸助。某以父子之间亦不能为力者,何也?盖有人焉。愿先生少施颜色,则事

妙玉

品读经典

二三六

可立谐。'……先生投杯而起曰:'吾以汝为佳儿也,不料其无耻至此。'绝不与通。"又方望溪《记姜西溟遗言》曰:"徐司寇健庵,吾故交也。能进退天下士,平生故人并退就弟子之列,独吾与为兄弟称。其子某作楼成,饮吾以落之曰:'家君云,名此必海内第一流,故以属先生。'吾笑曰:'是东乡可名东楼。'"《墓表》又云:"尝于谢表中用义山点窜尧典舜典二语,受卷官见而问曰:'是语甚粗,其有出乎?'先生曰:'义山诗未读耶?'"案《石头记》中极写妙玉之狷傲,第十七(应作十八)回,王夫人道:"这样,我们何不接了他(妙玉)来。"林之孝家的回道:"若接他,他说'侯门公府,必以贵势压人,我再不去的。'"王夫人道:"他既是宦家小姐,自然要傲些,就下个请帖何妨。'"四十一回,"妙玉忙命将成窑的茶杯别收,搁在外头去罢。宝玉会意,知为刘老老吃了他嫌肮脏不要了。黛玉因问'这也是旧年的雨水?'妙玉冷笑道:'你这么个人竟是大俗人,连水也尝不出来。……'黛玉知他天性怪僻,不好多话亦不好多坐,……宝玉道:'那茶杯……不如就给了那贫婆子罢。'……妙玉点头说道:'这也罢了。幸而那杯子是我没吃过的,若是我吃过的,我就碰碎了也不能给他。……你只交给他快拿了去罢。'宝玉道:'自然如此,你那里和他说话去,越发连你都肮脏了。'……宝玉又道:'等我们出去了,我叫几个小幺儿来。河里打几桶水来洗地如何?'妙玉笑道:'这更好了,只是嘱咐他们,抬了水只搁在山门外头墙根下,别进门来。'"六十三回,岫烟笑道:"我找妙玉说话。"宝玉听了诧异,说道:"他为人孤癖不合时宜,万人不入他的目。原来他推重姐姐,竟知姐姐不是我们一流俗人。"……宝玉将拜帖取与岫烟看(拜帖写'槛外人妙玉恭肃遥叩芳辰')岫烟笑道:"他这脾气竟不能改,竟是生成这等放诞诡僻了。从来没见拜帖上写别号的,……他常说:古人中自汉晋唐宋以来皆无好诗,只有两句好,说道：'纵有千年铁门槛，终须一个土馒头。'所以他自称'槛外之人'。又常赞文是庄子的好，故又或称为'畸人'。他若帖子上是自称'畸人'的，你就还他个'世人'。畸人者，他自称是畸零之人；你谦自己乃世上扰扰之人，他便喜了。如今他自称'槛外之人'，是自谓蹈于铁槛之外了，故你如今只下'槛内人'，便合了他的心了。"八十七回，"宝玉悉把黛玉的事（抚琴）述了一遍，因说'咱们去看他。'妙玉道：'从古只有听琴，再没有看琴的。'宝玉笑道：'我原说我是个俗人。'"九十五回，岫烟"求妙玉扶乩。妙玉冷笑几声，说道：'我与姑娘来往，为的是姑娘不是势利场中的人。今日怎么听了那里的谣言，过来缠我。'……岫烟知他脾气是这么着的。"一百九回，妙玉来看贾母病，岫烟出去接他，说道："……况且咱们这里的腰门常关着，所以这些日子不得见你。"妙玉道："……我那管你们关不关，我要来就来，我不来你们要我来也不能啊。"岫烟笑道："你还是那种脾气。"又第五回，《红楼梦曲·世难容》云："天生成孤僻人皆罕。你道是啖肉食腥膻（西溟不食豕见下条），视绮罗俗厌。"皆是。

西溟性虽狷傲，而热中于科第。方望溪曰："西俱不介而过余，以其文属讨论，曰：'吾自度尚有不止于是者。以溺于科举之学，东西奔迫，不能尽其才。今悔而无及也。'"朱竹垞书姜编修手书帖子后云："予尝劝罢乡试，西溟怒不答。平生不食豕，兼恶人食豕。一日，予戏语之曰：'假有人注乡贡进士榜，蒸豕一样曰：食之则以淡墨书子名。子其食之乎？'西溟笑曰：'非马肝也。'"《石头记》八十七回，宝玉"一面与妙玉施礼，一面又笑问道：'妙公轻易不出禅关，今日何缘下凡一走？'妙玉听了，忽然把脸一红，也不答言，低了头自看那棋。……宝玉尚未说完，只见妙玉微微的把眼一抬，看了宝玉一眼，复又低下头去，那脸上的颜色渐渐的红晕起来。……重新坐下，痴痴的问着宝玉道：

'你从何处来？'……妙玉坐到三更过后，听得屋上咯碌碌一片瓦响，……忽听房上两个猫儿一递一声厮叫。那妙玉忽想起日间宝玉之言，不觉一阵心跳耳热。自己连忙收摄心神，走进禅房，仍归禅床上坐了。怎奈神不守舍，一时如万马奔驰，觉得禅床便恍荡起来，……大夫道：'这是走魔入火的原故。'……外面那些游头浪子听见了，便造作许多谣言说：'这样年纪，那里忍得住。况且又是很风流的人品，很乖觉的性灵，以后不知飞在谁手里，便宜谁去呢。'……惜春因想：妙玉虽然洁净，毕竟尘缘未断。"皆写其热中之状态也。

西溟未遇时，欲提挈之者甚多，忌之者亦不鲜。《墓表》曰："凡先生人闱，同考官无不急欲得先生者，顾俛得俛失。"又曰："当是时，圣祖仁皇帝润色鸿业，留心文学，先生之名遂达宸听。一日谓侍臣曰：'闻江南有三布衣，尚未仕耶？'三布衣者，秀水朱先生竹垞，无锡严先生耦渔及先生也。又尝呼先生之字曰：'姜西溟，古文当今作者。'……会徵博学鸿儒，昆山叶公与长洲韩公相约连名上荐。叶公适以宣召入禁中，浃月既出，则已无及矣！新城王公叹曰：'其命也夫！'……先生累以醉后违科场格致斥，……受卷官怒，高阁其卷，不复发誊。"（因先生斥其未读义山诗）遗言曰："翁司寇宝林用此（刊布责翁文）相操尤急，此吾所以困至今也。"李次青《姜西溟先生事略》曰："始睢州典试浙中，叹息语同事：暗中摸索，勿失姜君，竟弗得。嗣后每榜发，无不以失先生为恨者。"《曝书亭集》有为姜宸英题画诗，孙注曰："案已未鸿博试，据其乡后进云：以厄于高江村詹事不获举。"《墓表》又曰："康熙丁丑，年七十矣，先生入闱，复违格。受卷官见之叹曰：此老今年不第，将绝望而归耳。为改正之，遂成进士。"《石头记》第五回，《红楼梦曲·世难容》云："好高人共妒，过洁世同嫌。可叹这，青灯古殿人将老；辜负了红粉朱楼春色阑。……又何须，王孙公子叹无缘。"百十二回，妙玉说道："我自玄墓到京，原想传个名的，为这里请来，不能又栖他处。"八十七回，"怎奈神不守舍，……身子已不在庵中。便有许多王孙公子要求娶他，又有些媒婆扯扯拽拽扶他上车。"五十回，李纨说："可厌妙玉为人，我不理他。"皆写其不遇之境也。

《墓表》曰："以己卯试事，同官不饬簠簋，牵连下吏，满朝臣寮皆知先生之无罪。顾以其事泾渭各具，当自白，而不意先生遽病死。新城方为刑部，叹曰：'吾在西曹，使湛园以非罪死狱中，愧何如矣！'"方望溪曰："已卯主顺天乡试，以目昏不能视，为同官所欺，挂吏议，遂发愤死刑部狱中。……平生以列文苑传为恐，而末路乃重负污累。然观过知仁，罪由他人，人皆谅焉。而发愤以死，亦可谓狷隘而知耻者矣。"《石头记》百十二回，"有人大声的说道：'我说那三姑六婆是最要不得的，……那个什么庵里的尼姑死要到咱们这里来，……那腰门子一会儿开着，一会儿关着，不知做什么，……我今日才知道是四姑奶奶的屋子。那个姑子就在里头，今日天没亮溜出去了，可不是那姑子引进来的贼么。'……包勇道：'你们师父引了贼来偷我们，已经偷到手了，他跟了贼去受用去了。'"百十五回，地藏庵的姑子"问惜春道：'前儿听见说栊翠庵的妙师父怎么跟了人去了？'惜春道：'那里的话！说这个话的人提防的割舌头。人家遭了强盗抢去，怎么还说这样的坏话。'那姑子道：'妙师父为人怪癖，只怕是假惺惺罢。'"五回，《红楼梦曲》曰："到头来，依旧是风尘肮脏违心愿。好一似，无瑕白玉遭泥陷。"皆写其受诬也。百十二回，妙玉"自己坐着，觉得一股香气透入囟门，便手足麻木不能动弹，口里也说不出话来，心中更自着急。……此时妙玉如醉如痴。可怜一个极洁极净的女儿，被这强盗的闷香薰住，由着他摆布去了。"写其以目昏而为同官所欺也。百十二回又云："不知妙玉被劫或是甘受污辱还是不屈而死，未知下落，也难妄拟。……惜春想起昨日包勇的话来，必是那强盗看见了他，昨晚抢去也未可知。但是他素来孤洁得很，岂肯惜命。"百十七回，"恍惚有人说是有个内地里的人，城里犯了事，抢了一个女人下海去了。那女人不依，被这贼寇杀了，众人道：'咱们栊翠庵的妙玉不是叫人抢去，不要就是他罢？'贾芸道：'前日听见人说他庵里的道婆做梦，说看见是妙玉叫人杀了。'"皆写其瘐死狱中也。

西溟祭纳兰容若文，有曰："兄一见我，怪我落落，转亦以此，赏我标格。……我蹶而穷，百忧萃止，是时归兄，馆我萧寺。人之狺狺，笑侮多方，兄不谓然，待我弥庄。……梵筵栖止，其室不远，纵谭晨夕，枕席书卷。余来京师，刺字漫灭，举头触讳，动足遭跌。兄辄怡然，忘其颠蹶，数兄知我，其端非一。我常箕踞，对客欠伸，兄不余傲，知我任真。我时嫚骂，无问高爵，兄不余狂，知余疾恶。激昂论事，眼睁舌拆，兄为抵掌，助之叫号。有时对酒，雪涕悲歌，谓余失志，孤愤则那。彼何人斯，实应且憎，余色拒之，兄门固扃。"《石头记》中写妙玉品性均与之相应；而萧寺及梵筵云云，尤为栊翠庵之来历也。

惜春，严荪友也。荪友为荐举鸿博四布衣之一，故曰"四姑娘"。荪友又号藕渔，亦曰藕荡渔人，故惜春住藕榭，诗社中即以"藕榭"为号。

《池北偶谈》："公卿荐举鸿博，绳孙目疾，是日应制，仅为八韵诗。"朱竹垞《严君墓志》："晚岁有以诗文画请者，概不应。"《石头记》三十七回，"惜春本性懒于诗词"，殆指此。

《墓志》曰："君兼善绘事。"李次青《严荪友事略》又称其尤精画凤。《石头记》惜春之婢名入画。第四十回，"贾母指着惜春笑道：'你瞧我这个小孙女儿他就会画。等明儿叫他画一张如何？'"第四十二回，李纨笑道："四丫头要告一年的假呢。"黛玉笑道:"都是老太太昨儿一句话,又叫他画什么园子图儿,惹得他乐得告假了。"五十回,"贾母道:'……倒是你四妹妹那里暖和,我们到那里瞧瞧他的画儿,赶年可能有了不能。'众人笑道:'那里能年下就有了?只怕明年端阳才有呢。'贾母道:'这还了得!他竟比盖这园子还费工夫了。'……只问惜春画在那里,惜春因笑道:'天气寒冷了,胶性皆凝滞不堪,画了恐不好看,故此收起来了。'"皆借苏友绘事为点缀。其所云请假一年,明年才有及天寒收起等,则晚岁不应之义也。

《墓志》曰:"君归田后,杜门不出,筑堂曰'雨青草堂',亭曰'佚亭',布以寒石、小梅、方竹,宴坐一室以为常。暇辄扫地焚香而已。"《事略》曰:"既入史馆,分纂《隐逸传》,容与蕴藉,盖多自道其志行云。"《石头记》七十四回,"惜春年幼,天性孤僻,任人怎说,只是咬定牙,断乎不肯留着(入画)。又说道:'不但不要入画,如今我也大了,连我也不便往你们那边去了。况且近日闻得多少议论,我若再去,连我也编派。……我一个姑娘,只好躲是非的,我反寻是非,成个什么人了!……我只能保住自己就够了,以后你们有事,好歹别累我。……状元难道没有糊涂的!……怎么我不冷!我清清白白的一个人,为什么叫你们带累坏了?……你这一去了,若果然不来,倒也省了口舌是非;大家倒还干净。'"八十七回,惜春想"'我若出了家时,那有邪魔缠扰,一念不生,万缘俱寂。'想到这里,蓦与神会,若有所得,便口占一偈云:'大造本无方,云何是应住。既从空中来,应向空中去。'占毕,即命丫头焚香,自己静坐了一回。"百十五回,惜春道:"如今譬如我死了是的,放我出了家,干干净净的一辈子。"皆写其杜门不出、扫地焚香之决心也。

宝琴,冒辟疆也。辟疆名襄,孔子尝学琴于师襄,故以琴字代表之。

辟疆有姬曰董白，其没也，辟疆作《影梅庵忆语》以哀之。有曰："壬午清和晦日，姬送余至北固山，舟泊江边，时西先生毕令梁寄余夏西洋布一端，薄如蝉纱，洁比雪艳，以退红为里，为姬制轻衫，不减张丽华桂宫霓裳也。偕登金山，山中游人数千，尾余两人，指为神仙。"又曰："余家及园亭，凡有隙地皆植梅。春来早夜出入，皆烂缦香雪中。姬于含蕊时，先相枝之横斜，与几上军持相受。或隔岁便芟剪得宜，至花放恰采入供。"《石头记》四十九回，"湘云又瞧着宝琴笑道：'这一件衣裳也只配他穿，别人穿了，实在不配。'"五十回，贾母"一看四面粉妆银砌，忽见宝琴披着凫靥裘，站在山坡背后遥等，身后一个丫鬟抱着一瓶红梅。……喜的忙笑道：'你们瞧，这雪坡上配上他这个人物，又是这件衣裳，后头又是这梅花，像个什么？'众人都笑道：'就像老太太房里挂的仇十洲画的《艳雪图》。'贾母摇头笑道：'那画的那里有这件衣裳？人也不能这样好！'……这是已许配梅家了，……把他许了梅翰林的儿子。"四十九回，"薛蝌因当年父亲已将胞妹薛宝琴许配都中梅翰林之子为媳。"皆与《影梅庵忆语》中语相应。

张公亮所作《冒姬董小宛传》："小宛，秦淮乐籍中奇女也。……徒之金阊，……住半塘，……自西湖远游于黄山白岳间者将三年。……自此渡浒墅，游惠山，历毗陵、阳羡、澄江抵北固，登金焦。"《石头记》五十回，薛姨妈道："'他从小儿见的世面倒多，跟他父亲四山五岳都走遍了。他父亲带了家眷，这一省逛一年，明年又到那一省逛半年，所以天下十停走了有五六停了。'……宝琴走来笑道：'从小儿所走的地方的古迹不少，我如今拣了十个地方古迹，做了十首怀古诗。'"五十一回，宝琴十首怀古绝句为赤壁、交趾、钟山、淮阴、广陵、桃叶渡、青冢、马嵬、蒲东寺、梅花观十处，虽地名不皆符合，然彼此足相印证。

辟疆之别墅曰"水绘园",《石头记》五十二回,宝琴说曾见真真国女子,盖用《闻奇录》中画中美人名真真事,以映"绘"字。此女子所作诗,有曰:"昨日朱楼梦,今宵水国吟。"上句言其不忘明室,下句则即谓"水绘园"也。

古人尝以千里草影"董"字,后汉童谣"千里草何青青"是也。《石头记》五十回,李绮灯谜以"萤"字打一个字,宝琴猜是花草的"花"字。黛玉笑道:"萤可不是草化的?"殆亦以"草"字影"董"字也。相传董小宛实非病死,而被劫入清宫。草化为萤,疑即指此。"萤"与荣国府之"荣"同音也。

刘老老,汤潜庵也(合肥蒯君若木为我言之)。潜庵受业于孙夏峰,凡十年。夏峰之学,本以象山、阳明为宗。《石头记》"刘老老之女婿曰王狗儿,狗儿之父曰王成,其祖上曾与凤姐之祖、王夫人之父认识,因贪王家势利,便连了宗。"似指此。

耿介所作《汤潜庵先生斌传》曰:"皇太子将出阁,上谕吏部:自古帝王谕教太子,必简和平谨恪之臣,专资赞导。江宁巡抚汤斌,在经筵时,素行谨慎,朕所稔知。及简任巡抚以来,洁己率属实心任事,允宜拔擢大用。风示有位,特授礼部掌詹事府事。"《石头记》四十二回,凤姐儿道:"他(巧姐儿)还没个名字,你就给他起个名字,借借你的寿。二则你们是庄家人,不怕你恼,到底贫苦些,你贫苦人起个名字,只怕压的住他。"又一百十三回,"凤姐对巧姐儿道:'你的名字还是他起的呢,就和干娘一样,你给他请个安。'……老老道:'只是不到我们那里去。'凤姐道:'你带了他去罢。'"一百十九回,平儿道:"老老,你既是姑娘的干妈。"疑皆指其为詹事府事。

《瓠剩》:"旧传明祖梦兵卒千万罗拜殿前,……高皇曰:汝因多人,无从稽考姓氏,但五人为伍,处处血食足矣。因命江南家立尺五小庙祀之,俗称五圣祠。是后日渐蕃衍,甚至树头花前、鸡埘豕圈小有菱夭,辄曰五圣为祸。吾吴上方山尤极淫侈,娶妇贷钱,夭诡百出。吴人惊信若狂,箫鼓画船,报赛者相属于道。巫觋牲牢阗委杂陈,计一日之费不下数百金,岁无虚日也。睢州汤公巡抚江南,深痛恶俗。康熙乙丑奏于朝,而奉有谕旨,井檄各省,如江南土木之俑,或畀炎火,或投浊流。五圣祠遂斩无孑遗。"《国朝先正事略》:"苏州府城上方山,有祠曰五通,祷赛甚盛。凡少年妇女感寒热,觋巫辄谓五通将娶为妇,往往羸瘵死,常数十家。前有大吏拟撤其祠,遇崇死,民益神之。公收像投水火,尽毁所属淫祠,请旨勒石永禁。"《石头记》三十九回,"刘老老道:'去年冬天,接连下了几天雪,地下压了三四尺深。……只听外头柴草响。我想必定有人偷柴草来了。……'贾母道:'必定是过路的客人们冷了,见现成的柴,抽些烤火去,也是有的。'刘老老道:'……原来是一个十七八岁极标致的小姑娘,……'外面人喊噪起来,……丫鬟回说:'南院马棚子里走了水了,不相干,已救下了。'……只见东南上火光犹亮。……又忙命人去火神跟前烧香。……贾母足足看火光熄了……都是才说抽柴草惹出火来了。……林黛玉忙笑道:'咱们雪下吟诗? 依我说,还不如弄一捆柴火,雪下抽柴。'……刘老老编了告诉他道:'那原是我们庄北沿地埂子上有一个小祠堂里供的,不是神佛,当先有个什么老爷。'说着又想名姓。宝玉道:'不拘什么名姓,你不必想了,(《觚剩》所谓无从稽考姓氏)只说原故就是了。'刘老老道:'这老爷没有儿子,只有一位小姐,名叫若玉小姐。("五"字与"玉"字相似,故曰若玉)……生到十七岁,一病死了。(《国朝先正事略》所谓"少年妇女……五通将娶为妇,往往羸瘵死"。)……因为老爷太太思念不尽,便盖了这祠堂,塑了这若玉小姐的像,派了人烧香拨火。如今日久年深的,人也没了,庙也破了,那像也就成了精。……他时常变了人出来各村庄店道上闲逛。我才说抽柴火的就是他了。我们村庄上的人还商议着要打了这个像，平了庙呢。'……宝玉道：'我明日做个疏头，替你化些布施，你就做香头，攒了钱把这庙修盖，再装塑了泥像，每月给你香火钱烧香。岂不好？'（汪士铉所作《汤潜庵先生墓表》："其后五路神徙于他所，骎骎乎有复兴之势。"）……焙茗笑道：'找到东北上田埂子上才有一个破庙。……那庙门却倒也朝南开，也是稀破的。……一看泥胎，吓的我又跑出来，活似真的一般。……那里是什么女孩儿，竟是一位青脸红发的瘟神爷。'"皆影汤公毁五通祠事也。

徐乾学所作《工部尚书汤公神道碑》："居官不以丝毫扰于民，夏从贸肆中易苎帐自蔽，春野荠生，日采取啖之，脱粟糁豆与幕客对饭，下至臧获，皆怡然无怨色。常州知府祖进朝，制衣靴欲奉公，久之不敢言，竟自服之。"冯景所作《汤中丞杂记》："黄进士春江言：公莅任时，某亲见其夫人暨诸公子衣皆布，行李萧然，类贫士，而其日给为菜韭。公一日阅簿，见某日两只鸡，公愕问曰：'吾至吴未曾食鸡，谁市鸡者乎？'仆叩头曰：'公子。'公怒，立召公子跽庭下而责之曰：'汝谓苏州鸡贱如河南耶？汝思啖鸡，便归去！恶有士不嚼菜根而能作百事者哉。'并笞其仆而遣之。公生日，荐绅知公绝馈遗，惟制屏为寿。公辞焉。启曰'汪琬撰文在上。'公命录以入，而返其屏。……去之日，敝篚数肩，不增一物于旧。惟《廿一史》则吴中物，公指为祖道诸公曰：'吴中价廉，故市之。然颇累马力。'"《瓠剩续编》"睢州汤潜庵先生，以江南巡抚内迁大司空。其殁于京邸也，同官唁之。身卧板床，上衣敝蓝丝袄，下着褐色布裤。检其所遗，惟竹笥内俸银八两。昆山徐大司寇赙以二十金，乃能成殡。"《石头记》第六回，记刘老老之外孙名板儿，外孙女名青儿。一进荣国府携板儿去，板儿当影吴中所市之《廿一史》，青儿则影其日给菜韭也。又刘老老见凤姐时，贾蓉适来借屏，"贾蓉笑道：'我父亲打发我来求婶子，说上回老舅太太给婶子的那架玻璃炕屏，明儿请一个要紧的客，借去略摆一摆就送来的。'……凤姐笑道：'也没见我们王家的东西都是好的……？碰坏一点，你可仔细你的皮！'"是影不受寿屏事。曰"借"，曰"略摆一摆就送来"，言不受也。"王家的东西都是好的"，"王""汪"同音，"汪琬撰文在上"也。不许碰坏一点，但录其文而于屏一无所损也。又，凤姐给他二十两银子，而第三十九回，"刘老老道：'这样螃蟹，……再搭上酒菜，一共倒有二十多两银子。阿弥陀佛！这一顿的钱够我们庄家人过一年的了。'"疑皆影徐健庵赙二十金也。第三十九回，刘老老又来了，"有两三个丫头在地下倒口袋里的枣子倭瓜并些野菜。老老道：'姑娘们天天山珍海味的也吃腻了，吃个野菜儿，也算我们的穷心。'贾母又笑道：'我才听见凤哥儿说，你带好些瓜菜来，我叫他快收拾去了，我正想个地里现结的瓜儿菜儿吃。外头买的，不像你们田地里的好吃。'刘老老笑道：'这是野意儿，不过吃个新鲜。依我们倒想鱼肉吃，只是吃不起。'"第四十二回，平儿道："到年下，你只把你们晒的那个灰条菜干子和豇豆、扁豆、茄子、葫芦条子各样干菜带些来，我们这里上上下下都爱吃这个。"皆影唉野荠、给菜韭及谓士嚼菜根等也。平儿道："这一包是八两银子"，影死后所遗惟俸银八两也。三十九回，鸳鸯去"挑了两件随常的衣服给刘老老换上"。四十二回，"鸳鸯道：'前几我叫你洗澡换的衣裳是我的，你不弃嫌，我还有几件也送你罢。'刘老老又忙道谢。鸳鸯果然又拿出几件来。"又"鸳鸯指炕上一个包袱说道：'这是老太太的几件衣裳，都是往年间生日节下众人孝敬的，老太太从不穿人家做的，收着也可惜，却是一次也没穿过的。咋日叫我拿出两套儿送你带去，或送人，或自己家里穿罢。'"又，平儿"又悄悄笑道：'这两件袄儿和两条裙子，还有四块包头、一包绒线，这是我送老老的。那衣裳虽是旧的，我也没大很穿，你要弃嫌我就不敢说了。'老老忙笑说道：'姑娘说那里话？这样好东西我还弃嫌！我便有银子没处买这样的去呢。只是我怪臊的，收了又不好，不收又孤负了姑娘的心。'"皆影祖进朝欲奉衣靴久不敢言而自服之也。四十回，"贾母道：'那个纱叫软烟罗。先时原不过是糊窗屉，后来我们拿这个做被、做帐子，试试也竟好。'……刘老老口里不住的念佛说道：'我们想做衣裳也不能，拿着糊窗子，岂不可惜？'……贾母道：'若有时都拿出来，送这刘亲家两匹。有雨过天青的，我做一个帐子挂下。'"四十二回，平儿说道："这是昨日你要的青纱一匹，奶奶另外送你一个实地月白纱做里子。这是两个茧绸，做袄儿裙子都好。这包袱里是两匹绸子，年下做件衣裳穿。"又四十一回，刘老老"忽见有一副最精致的床帐"皆影其苫帐自蔽、全家衣布，及死时服敝蓝丝袄、褐色布裤事也。第四十回，刘老老说："这里的鸡儿也俊，下的这蛋也小巧，怪俊的。"四十一回，"凤姐道：'你把才下来的茄子把皮刨了，只要净肉，切成碎钉子，用鸡油炸了，再用鸡肉脯子合香菌、新笋、蘑菇、五香豆腐干子、各色干果子都切成钉儿，拿鸡汤煮干，将香油一收，外加糟油一拌，盛在磁罐子里封严，要吃时拿出来，用炒的鸡爪子一拌就是了。'刘老老听了摇头吐舌说：'我的佛祖，倒得十来只鸡来配他，怪道这个味儿！'"影其责子啖鸡事也。

《履园丛话》："汤文正公莅任江苏，闻吴江令即墨郭公琇有墨吏声，公面责之。郭曰：'向来上官要钱，卑职无措，只得取之于民。今大人如能一清如水，卑职何敢贪耶？'公曰：'姑试汝。'郭回任，呼役汲水洗其堂，由是大改前辙。"《石头记》四十一回，贾母"带了刘老老至栊翠庵来。……宝玉道：'等我们出去了，我叫几个小幺儿来，河里打几桶水来洗地如何？'"影郭琇洗堂事也。

其他迎春等人，尚未考出，姑阙之。又有插叙之事，颇与康熙朝时事相应者数条，附录于后。

四十八回，贾雨村拿石呆子事，即戴名世之狱也。戴居南山冈，即以南山名其集。《诗》曰："节彼甫山，维石岩岩。"又戴之贾祸尤在其致门生余石民一书，故以石呆子代表之。所谓"老爷不知在那里看见几把旧扇子，回家来看家里所有收着的这些好扇子都不中用了，……偏他家就有二十把旧扇子，死也不肯拿出大门来。……他只是不卖，只说'要扇子，先要我的命！'……谁知那雨村没天理的听见了，便设了法子讹他拖欠官银，拿了他到衙门里去，说所欠公银，变卖家产赔补，把这扇子抄了来，做了官价送了来。那石呆子如今不知是死是活！……为这点子小事，弄的人家败产。"扇者，史也。看了旧扇子，家里这些扇子不中用。有实录之明史，则清史不足观也。二十把旧扇子，二十史也。石呆子死不肯卖，言如戴名世等宁死而不肯以中国古史俾清人假借也。拿石呆子，抄扇子，弄的人家败产，石呆子不知是死是活，谓烧毁《南山集》版，斩戴名世，其案内干连之人并其妻子，或先发黑龙江，或入旗也。

第二十三回，回目以《西厢记》、《牡丹亭》对举；四十回，黛玉应酒令，并引二书；五十一回，宝琴编怀古诗，末二首亦本此二书，所以代表当时违碍之书也。《西厢》终于一梦，以代表明季之记载。《牡丹亭》述丽娘还魂，以代表主张光复明室诸书。宝玉初读《西厢》，正值"落红成阵"，引起黛玉葬花。即接叙黛玉听曲，恰为"原来是姹紫嫣红开遍，似这般都付与断井颓垣"，及"良辰美景奈何天，赏心乐事谁家院"。其后又想起《西厢记》中"花落水流红"等句。落红也，葬花也，付红紫于断井颓垣，皆吊亡明也。奈何天，谁家院，犹言今日域中谁家天下也。黛玉应酒令，引《牡丹亭》仍为"良辰美景奈何天"，引《西厢》则曰：

贾雨村

"纱窗也没有红娘报",言不得明室消息也。弟四十二回,宝钗道:"我们家也算是个读书人家,祖父手里也极爱藏书。先时人口多,姊妹兄弟也在一处,……诸如这《西厢》、《琵琶》以及"元人百种",无所不有。他们背着我们偷看,我们背着他们偷看。后来大人知道了,打的打,骂的骂,烧的烧,丢开了。"言此等违碍之书,本皆秘密传阅。经官吏发现,则毁其书而罚其人也。宝琴所编《蒲东寺怀古》曰:"小红骨贱一身轻,私掖偷携强撮成。虽被夫人时吊起,已经勾引彼同行。"似以形容明室遗臣强颜事清之状。其《梅花观怀古》末句"一别西风又一年",亦有黍离之感。黛玉道:'两首虽于史鉴上无考,咱们虽不曾看这些外传,不知底里,难道咱们连两本戏也没见过不成?三岁的孩子也知道,何况咱们?"李纨道:"凡说书唱戏,甚至于求的签上都有,老少男女,俗语口头,人人皆知皆说的。"言此等忌讳之事虽不见史鉴,亦不许人读其外传,而人人耳熟能详也。

第七回焦大醉后漫骂,众小厮"把他捆起来,用土和马粪满满的填了他一嘴"。第百十一回,"大家见一个梢长大汉手执木棍,……正是甄家荐来的包勇。……包勇用力一棍打去,将贼打下屋来。"似影射方望溪事。《啸亭杂录》:"方灵皋性刚戆,遇事辄争。尝与履恭王同判礼部事,王有所过当,公拂袖而争。王曰:'秃老可敢若尔?'公曰:'王言如马勃味。'往谒查相国,其仆恃势不时禀公大怒,以杖叩其头,血涔涔下。仆狂奔告相公,迎见。后复至查邸,其仆望之即走,曰:'舞杖老翁又来矣。'"望溪名苞,故曰包勇。

第十八回,"黛玉因见宝玉构思太苦,走至案旁,知宝玉只少'杏帘在望'一首,……自己吟成一律,写在纸条上,搓成个团子,掷向宝玉眼前,宝玉遂忙恭楷缮完呈上。贾妃看毕,指'杏帘'一首为四首之冠。"似影射张文端助王渔洋事。《啸亭杂录》:"王文简诗名重当时,浮沉粉署。张文端公直南书房,代为延誉。仁庙亦尝闻其名,召入面试。渔洋诗思本迟,加以部曹小臣乍睹天颜,战栗不能成一字。文端代作诗草,撮为丸,置案侧,渔洋得以完卷。上阅之,笑曰:'人言王某诗多丰神,何整洁殊似卿笔。'……渔洋感激终身,曰:'是日微张某,余几曳白矣!'"

元妃省亲似影清圣祖之南巡,盖南巡之役,本为省觐世祖而起也。第十六回,"赵嬷嬷道:'我听见上上下下噪嚷了这些日子,什么省亲不省亲,我也不理论他去;如今又说省亲,到底是怎么个缘故?'贾琏道:'如今,当今体贴万人之心,世上至大莫如"孝"字,……当今自为日夜侍奉太上皇、皇太后,尚不能略尽孝意,……于是太上皇、皇太后大喜,深赞当今至孝纯仁。'……凤姐笑道:'当年太祖皇帝仿舜巡的故事,比一部书还热闹,我偏没造化赶上。'赵嬷嬷道:'阿呀呀,那可是千载难逢的!那时候我才记事儿,咱们贾府……只预备接驾一次,把银子化的淌海水似的!说起来……'凤姐忙接道:'我们王府里也预备过一次。'……赵嬷嬷道:'如今还有现在江南的甄家,阿呀呀,好势派!他家独接驾四次,……也不过拿着皇帝家的银子往皇帝身上使罢了!谁家有那些钱买这个虚热闹去?'"赵嬷嬷说省亲是怎么个缘故,可见省亲是拟议之词。康熙朝无所谓太上皇,而以太上皇与皇太后并称,是其时世祖未死之证。宫妃省亲,与皇帝南巡事绝不同,而凤姐及赵嬷嬷乃缕述太祖皇帝南巡故事,且缕述某家接驾一次,某家接驾四次,是明指康熙朝之南巡。不过因本书既以贾妃省亲事代表之,不得不假记南巡为已往之事云尔。

右所证明虽不及百之一二,然《石头记》之为政治小说决非牵强傅会,已可概见。触类旁通,以意逆志,一切怡红快绿之文,春恨秋悲之迹,皆作二百年前之"因话录""旧闻记"读可也。民国四年十一月著者识。

红楼梦考　钱静方

　　《红楼梦》一书，描写人情世故深入细微、脍炙人口者，垂二百数十年矣。前清俞曲园先生尝考之，谓为康熙朝相臣明珠之子而作。明珠姓纳兰氏，长白人，其子名成德，字容若，长于经学，又好填词，《通志堂经解》每一种有纳兰成德容若序，即其人也。乾隆五十一年二月二十九日上谕："成德于康熙十一年壬子科中式举人，十二年癸丑科中式进士，年甫十六岁。"然则其中举人止十五岁，于书所述颇合。此书末卷自具作者姓名曰曹雪芹。袁子才《随园诗话》云："曹楝亭康熙中为江宁织造，其子雪芹撰《红楼梦》一书，备极风月繁华之盛。"则曹雪芹固有可考矣。又《船山诗草》有赠高兰墅鹗同年一首云："艳情人自说《红楼》。"自注云："传奇《红楼梦》八十回以后俱兰墅所补。"然则此书非出一手。按乡会试增五言八韵诗始于乾隆朝，使出曹手，必不备此体例。而是书叙科场事已有诗，则其为高君所补可证矣。俞说如是，又云："纳兰容若《饮水词集》有《满江红》词，为曹子清题其先人所构楝亭，子清即雪芹也。"余观钱唐袁兰村先生选刊之《饮水词钞》，标为长白纳兰性德容若著。下注原名成德，则容若有二名矣。

　　又鄞县陈康祺先生《郎潜二笔》云："姜西溟太史与其同年李修撰蟠，同典康熙己卯顺天乡试，……时因士论沸腾，有'老姜全无辣气，小李大有甜头'之谣，风闻于上，以致被逮，姜竟卒于请室。第前辈多纪述此事，而不能定其关节之有无。昔读《鲒埼亭集》先生墓表，称满朝臣僚皆知先生之无罪，而王新城亦有'我为刑官，今西溟以非罪死，无以谢天下'之语。知同时公论，早以西溟之连染为冤。嗣闻先师徐柳泉先生云：'小说《红楼梦》一书，即记故相明珠家事。金钗十二，皆纳兰侍御所奉为上客者也。宝钗影高澹人；妙玉即影西溟先生，妙为少女，姜亦妇人之美称，如玉如英，义可通假。妙玉以看经入园，犹先生以借观藏书，就馆相府。以妙玉之孤洁而横罹盗窟，并被以丧身失节之名，犹先生之贞廉而瘐死囹圄，并加以嗜利受赇之谤。作者盖深痛之也。'徐先生言之甚详，惜余不尽记忆。此编（指《郎潜》）网罗掌故，从不采传奇稗史，自污其书。惟《红楼梦》笔墨娴雅，屡见称于乾、嘉后名人诗文笔札，偶一援引，以白乡先生千载之诬，且先师遗训也。"由陈之说，是《红楼》一书写美人实写名士，特化雄为雌而已。高澹人名士奇，浙人。

前清康熙帝为右文之主。一时渡江名士辐凑辇下，或以经术著，或以文才显，或以理学称，其遗闻轶事往往散见于各家记载，使按图而索骥焉。虽金钗之列上中下三册多至三十六人，亦不难一一得其形似。第恐失之附会，不若阙疑以存其真之为得也。惟《饮水词钞》一卷为纳兰侍御亲笔所著，中有与诸名士酬唱之作，余尝读之，见为南丰梁份而作者居多数，姜宸英次之，严绳孙、陈维崧辈又次之。以交谊言之，彼质夫、荪友、迦陵三先生亦当在金钗之列，第不知为之影者系何人耳。

是书力写宝黛痴情。黛玉不知所指何人，宝玉固全书之主人翁，即纳兰侍御容若也。使侍御而非深于情者，则焉得有此情影。余读《饮水词钞》，不独于宾从间得欣合之欢，而尤于闺房内致缠绵之意。即黛玉葬花一段，亦从其词中脱卸而出。是黛玉虽影他人，亦实影侍御之德配也。为录三词于左，以资印证。

金缕曲（亡妇忌日有感）

此恨何时已？洒空阶，寒更雨歇，葬花天气。三载悠悠魂梦杳，是梦久应醒矣，料也觉人间无味。不及夜台尘土隔，冷清清一片埋愁地。钗钿约，定抛弃。

重泉若有双鱼寄,好知他年来苦乐,与谁相倚?我自终宵成转侧,忍听湘弦重理。待结个他生知己。还怕两人俱薄命,再缘悭剩月零风里。清泪尽,纸灰起。

于中好（十月初四夜风雨其明日是亡妇生辰）

尘满疏帘素带飘。真成暗渡可怜宵。几回偷拭青衫泪,忽傍犀奁见翠翘。

惟有恨,转无聊。五更依旧落花朝。衰杨叶尽丝难尽,冷雨凄风罩画桥。

南乡子（为亡妇题照）

泪面更无声。止向从前悔薄情。凭仗丹青重省识,盈盈!一片伤心画不成。

别语忒分明。午夜鹣鹣梦早醒。卿自早醒侬自梦,更更。泣尽风檐夜雨淋。

前清研究红学者,不一其说。有谓红楼一梦乃影清初大事者,林薛二人争宝玉,即指康熙末胤禛诸人夺嫡事。宝玉非人,寓言玉玺耳,故著者明言顽石也。黛玉之名,取"黛"字下半"黑"字与"玉"字相合,去其四点,则"代理"二字。代理者,代理密亲王也。和硕理密亲王名胤礽,为康熙帝次子,故以双木之林字影之。犹虑阅者不解,又于迎春名之曰"二木头",盖迎春亦行二也。袭人为宝钗之影,写宝钗不便尽情极致,乃旁写一袭人以足之。袭人者,龙衣人,指世宗宪皇帝允禛也。海外女子,指延平王郑氏之据台湾。焦大指洪承畴,观其醉后自表战功,与承畴之为清效力者近似。妙玉乃指吴梅村,走魔遇劫,即状其家居被迫,不得已而出仕。梅村吴人,妙玉亦吴人,居大观园,自称"槛外人",寓不臣之意。王熙凤指宛平相国王熙,康熙一朝,汉大臣有权者,熙为第一。书中明言熙凤为男子也。此说旁征曲引,似亦可通,不可谓非读书得间。所病者举一漏百,寥寥钗黛数人外,若者为某,若者为某，无从确指。虽较明珠之说似为新颖，而欲求其显豁呈露，则不及也。要之《红楼》一书，空中楼阁，作者第由其兴会所至，随手拈来，初无成意。即或有心影射，亦不过若即若离，轻描淡写，如画师所绘之百像图。类似者固多，苟细按之，终觉貌是而神非也。近人又谓《红楼》一名《情僧录》，情僧指清世祖。世祖纳冒氏之妾董小宛为妃，小宛早卒，世祖伤感不已，遂遁五台为僧，《红楼》之作，刺世祖也。此说最为谬妄，无论年岁悬殊，即事实亦多不类。近见某君著《董小宛考》以辨之矣，余何赘焉。

清之人情小说 鲁迅

乾隆中（一七六五年顷），有小说曰《石头记》者忽出于北京，历五六年而盛行，然皆写本，以数十金鬻于庙市。其本止八十回，开篇即叙本书之由来，谓女娲补天，独留一石未用，石甚自悼叹，俄见一僧一道，以为"形体到也是个宝物了，还只没有实在好处，须得再镌上数字，使人一见便知是奇物方妙。然后好携你到隆盛昌明之邦，诗礼簪缨之族，花柳繁华之地，温柔富贵之乡，去安身乐业"。于是袖之而去。不知更历几劫，有空空道人见此大石，上镌文词，从石之请，钞以问世。道人亦"因空见色，由色生情，传情入色，自色悟空，遂易名为情僧，改《石头记》为《情僧录》；东鲁孔梅溪则题曰《风月宝鉴》；后因曹雪芹于悼红轩中披阅十载，增删五次，纂成目录，分出章回，则题曰《金陵十二钗》，并题一绝云：'满纸荒唐言，一把辛酸泪。都云作者痴，谁解其中味？'"（戚蓼生所序八十回本之第一回）

本文所叙事则在石头城（非即金陵）之贾府，为宁国荣国二公后。宁公长孙曰敷,早死;次敬袭爵,而性好道,又让爵于子珍,弃家学仙;珍遂纵恣,有子蓉,娶秦可卿。荣公长孙曰赦,子链,娶王熙凤;次曰政;女曰敏,适林海,中年而亡,仅遗一女曰黛玉。贾政娶于王,生子珠,早卒;次生女曰元春,后选为妃;次复得子,则衔玉而生,玉又有字,因名宝玉,人皆以为"来历不小",而政母史太君尤钟爱之。宝玉既七八岁,聪明绝人,然性爱女子,常说,"女儿是水作的骨肉,男人是泥作的骨肉。"人于是又以为将来且为"色鬼";贾政亦不甚爱惜,驭之极严,盖缘"不知道这人来历。……若非多读书识字,加以致知格物之功,悟道参

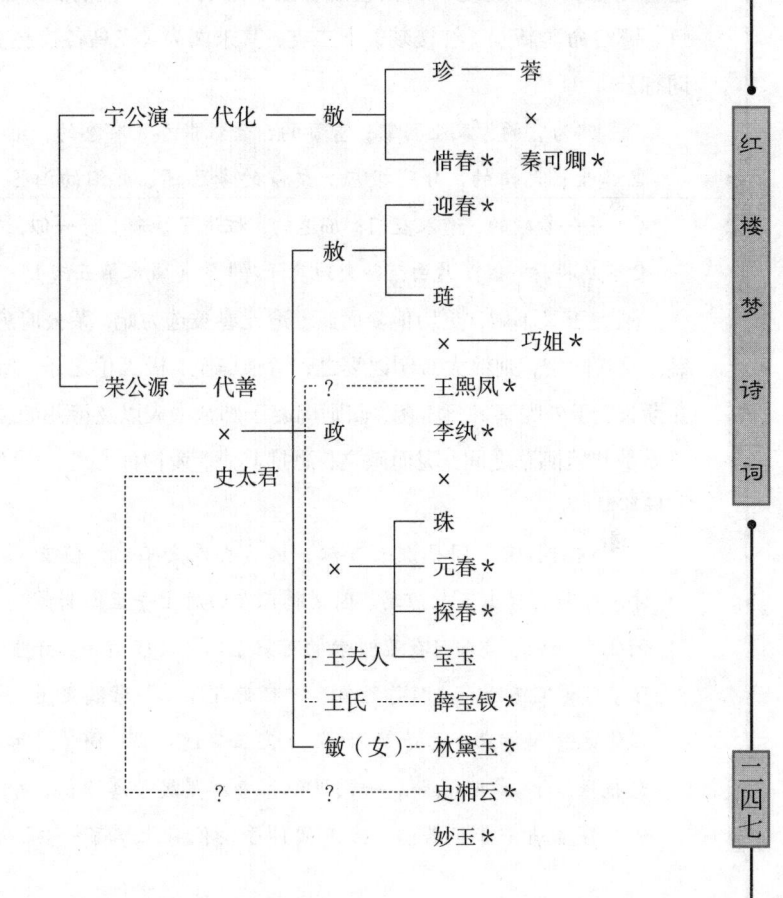

```
                    ┌─ 珍 ─── 蓉
                    │        ×
      ┌─ 宁公演 ─ 代化 ─ 敬
      │             │
      │             └─ 惜春*    秦可卿*
      │
      │                    ┌─ 迎春*
      │             ┌─ 赦 ─┤
      │             │     └─ 琏
      │             │            × ─── 巧姐*
      │             │     ? ········ 王熙凤*
      │             ├─ 政         李纨*
      │             │              ×
      └─ 荣公源 ─ 代善                ┌─ 珠
         ×        │                  ├─ 元春*
                  │           × ─────┤
         ┌─ 史太君 │                  ├─ 探春*
         │        │                  │
         │        │           ┌ 王夫人┤ 宝玉
         │        │           └ 王氏 ─ 薛宝钗*
         │        ├─ 敏(女) ─── 林黛玉*
         └─ ?     ? ─── 史湘云*
                         妙玉*
```

红楼梦诗词

二四七

玄之力者，不能知也"（戚本第二回贾雨村云）。而贾氏实亦"闺阁中历历有人"，主从之外，姻连亦众，如黛玉宝钗，皆来寄寓，史湘云亦时至，尼妙玉则习静于后园。右即贾氏谱大要，用虚线者其姻连，著×者夫妇，著*者在"金陵十二钗"之数者也。

事即始于林夫人（贾敏）之死，黛玉失恃，又善病，遂来依外家，时与宝玉同年，为十一岁。已而王夫人女弟所生女亦至，即薛宝钗，较长一年，颇极端丽。宝玉纯朴，并爱二人无偏心，宝钗浑然不觉，而黛玉稍恚。一日，宝玉倦卧秦可卿室，遽梦入太虚境，遇警幻仙，阅《金陵十二钗正册》及《副册》，有图有诗，然不解。警幻命奏新制《红楼梦》十二支，其末阕为《飞鸟各投林》，词有云：

"为官的，家业凋零；富贵的，金银散尽。有恩的，死里逃生；无情的，分明报应。欠命的命已还，欠泪的泪已尽！……看破的，遁入空门；痴迷的，枉送了性命。好一似，食尽鸟投林：落了片白茫茫大地真干净！"（戚本第五回）

然宝玉又不解，更历他梦而寤。迨元春被选为妃，荣公府愈贵盛，及其归省，则辟大观园以宴之，情亲毕至，极天伦之乐。宝玉亦渐长，于外昵秦钟蒋玉函，归则周旋于姊妹中表以及侍儿如袭人晴雯平儿紫鹃辈之间，昵而敬之，恐拂其意，爱博而心劳，而忧患亦日甚矣。

这日，宝玉因见湘云渐愈，然后去看黛玉。正值黛玉才歇午觉，宝玉不敢惊动。因紫鹃正在回廊上手里做针线，便上来问他，"昨日夜里咳嗽的可好些？"紫鹃道，"好些了。"（宝玉道："阿弥陀佛，宁可好了罢。"紫鹃笑道，"你也念起佛来，真是新闻。"）宝玉笑道："所谓'病笃乱投医'了。"一面说，一面见他穿着弹墨绫子薄绵袄，外面只穿着青缎子夹背心，宝玉便伸手向他身上抹了一抹，说,"穿的这样单薄,还在风口里坐着。春风才至,时气最不好。你再病了,越发难了。"紫鹃便说道,"从此咱们只可说话,别动手动脚的。一年大二年小的,叫人看着不尊重;又打着那起混账行子们背地里说你。你总不留心,还只管合小时一般行为,如何使得?姑娘常常吩咐我们,不叫合你说笑。你近来瞧她,远着你,还恐远不及呢。"说着,便起身,携了针线,进别房去了。宝玉见了这般景况,心中忽觉浇了一盆冷水一般,只看着竹子发了回呆。因祝妈正来挖笋修竿,便忙忙走了出来,一时魂魄失守,心无所知,随便坐在一块石上出神,不觉滴下泪来。直呆了五六顿饭工夫,千思万想,总不知如何是好。偶值雪雁从王夫人房中取了人参来,从此经过,……便走过来,蹲下笑道,"你在这里作什么呢?"宝玉忽见了雪雁便说道,"你又作什么来招我?你难道不是女儿?他既防嫌,总不许你们理我,你又来寻我,倘被人看见,岂不又生口舌?你快家去罢。"雪雁听了,只当他又受了黛玉的委屈,只得回至房中,黛玉未醒,将人参交与紫鹃。……雪雁道:"姑娘还没醒呢,是谁给了宝玉气受?坐在那里哭呢。"……紫鹃听说,忙放下针线,……一直来寻宝玉。走到宝玉跟前,含笑说道,"我不过说了两句话,为的是大家好。你就赌气,跑了这风地里来哭,作出病来唬我。"宝玉忙笑道:"谁赌气了?我因为听你说的有理,我想你们既这样说,自然别人也是这样说,将来渐渐的都不理我了。我所以想着自己伤心。"……(戚本第五十六回,括弧中句据程本补。)

然荣公府虽煊赫,而"生齿日繁,事务日盛,主仆上下,安富尊荣者尽多,运筹谋画者无一,其日用排场,又不能将就省俭",故"外面的架子虽未甚倒,内囊却也尽上来了。"(第二回)颓运方至,变故渐多;宝玉在繁华丰厚中,且亦屡与"无常"觌面,先有可卿自经;秦钟夭逝;自又中父妾厌胜之术,几死;继以金钏投井;尤二姐吞金,而所爱之侍儿晴雯又被遣,随殁。悲凉之雾,遍被华林,然呼吸而领会之者,独宝玉而已。

……他便带了两个小丫头到一石后,也不怎么样,只问他二人道,"自我去了,你袭人姐姐可打发人瞧晴雯姐姐去了不曾?"这一个答道,"打发宋妈妈瞧去了。"宝玉道,"回来说什么?"小丫头道,"回来说晴雯姐姐直着脖子叫了一夜,今儿早起就闭了眼,住了口,人事不知,也出不得一声儿了,只有倒气的分儿了。"宝玉忙问道,"一夜叫的是谁?"小丫头子道,("一夜叫的是娘。"宝玉拭泪道,"还叫谁?"小丫头说,)"没有听见叫别人。"宝玉道,"你糊涂,想必没听真。"(……因又想:)"虽然临终未见,如今且去灵前一拜,也算尽这五六年的情肠。"……遂一径出园,住前日之处来,意为停柩在内。谁知他哥嫂见他一咽气,便回了进去,希图得几两发送例银。王夫人闻知,便赏了十两银子;又命"即刻送到外头焚化了罢。'女儿痨'死的,断不可留!"他哥嫂听了这话,一面就雇了人来入殓,抬往城外化人厂去了。……宝玉走来扑了空,……自立了半天,别没法儿,只得翻身进入园中,待回自房,甚觉无趣,因乃顺路来找黛玉,偏他不在房中。……又到蘅芜院中,只见寂静无人。……仍往潇湘馆来,偏黛玉尚未回来。……正在不知所以之际,忽见王夫人的丫头进来找他,说,"老爷回来了,找你呢。又得了好题目来了,快走快走!"宝玉听了,只得跟了出来。……彼时贾政正与众幕友谈论寻秋之胜;又说,"临散时忽然谈及一事,最是千古佳谈,'风流俊逸忠义慷慨'八字皆备。到是个好题目,大家都要作一首挽词。"众人听了，都忙请教是何等妙题。贾政乃说，"近日有一位恒王，出镇青州。这恒王最喜女色，且公余好武，因选了许多美女，日习武事。……其姬中有一姓林行四者，姿色既冠，且武艺更精，皆呼为林四娘。恒王最得意，遂超拔林四娘统辖诸姬，又呼为姽婳将军。"众清客都称"妙极神奇！竟以'姽婳'下加'将军'二字，更觉妩媚风流，真绝世奇文！想这恒王也是第一风流人物了。"……（戚本第七十八回，括弧中句据程本补。）

　　《石头记》结局，虽早隐现于宝玉幻梦中，而八十回仅露"悲音"，殊难必其究竟。比乾隆五十七年（一七九二），乃有百二十回之排印本出，改名《红楼梦》，字句亦时有不同，程伟元序其前云，"……然原本目录百二十卷，……爰为竭力搜罗，自藏书家甚至故纸堆中，无不留心。数年以来，仅积有二十余卷。一日，偶于鼓担上得十余卷，遂重价购之。……然漶漫不可收拾，乃同友人细加厘剔，截长补短，钞成全部，复为镌板以公同好。《石头记》全书至是始告成矣。"友人盖谓高鹗，亦有序，末题"乾隆辛亥冬至后一日"先于程序者一年。

　　后四十回虽数量止初本之半，而大故迭起，破败死亡相继，与所谓"食尽鸟飞独存白地"者颇符，惟结末又稍振。宝玉先失其通灵玉，状类失神。会贾政将赴外任，欲于宝玉娶妇后始就道，以黛玉羸弱，乃迎宝钗。姻事由王熙凤谋画，运行甚密，而卒为黛玉所知，咯血，病日甚，至宝玉成婚之日遂卒。宝玉知将婚，自以为必黛玉，欣然临席，比见新妇为宝钗，乃悲叹复病。时元妃先薨；贾赦以"交通外官倚势凌弱"革职查抄，累及荣府；史太君又寻亡；妙玉则遭盗劫，不知所终；王熙凤既失势，亦郁郁死。宝玉病亦加，一日垂绝，忽有一僧持玉来，遂苏，见僧复气绝，历噩梦而觉；乃忽改行，发愤欲振家声，次年应乡试，以第七名中式。宝钗亦有孕,而宝玉忽亡去。贾政既葬母于金陵,将归京师,雪夜泊舟毗陵驿,见一人光头赤足,披大红猩猩毡斗篷,向之下拜,审视知为宝玉。方欲就语,忽来一僧一道,挟以俱去,且不知何人作歌,云"归大荒",追之无有,"只见白茫茫一片旷野"而已。"后人见了这本传奇,亦曾题过四句,为作者缘起之言更进一竿云:'说到酸辛事,荒唐愈可悲,由来同一梦,休笑世人痴。'"(第一百二十回)

全书所写,虽不外悲喜之情,聚散之迹,而人物事故,则摆脱旧套,与在先之人情小说甚不同。如开篇所说:

空空道人遂向石头说道,"石兄,你这一段故事,……据我看来:第一件,无朝代年纪可考;第二件,并无大贤大忠,理朝廷治风俗的善政。其中只不过几个异样女子——或情,或痴,或小才微善——亦无班姑蔡女之德能。我纵钞去,恐世人不爱看呢。"

石头笑曰,"我师何太痴也!若云无朝代可考,今我师竟假借汉唐等年纪添缀,又有何难?但我想历来野史,皆蹈一辙;莫如我不借此套,反到新鲜别致,不过只取其事体情理罢了。……历来野史,或讪谤君相,或贬人妻女,奸淫凶恶,不可胜数。……至若才子佳人等书,则又千部共出一套,且其中终不能不涉于淫滥,以致满纸'潘安子建','西子文君';……且环婢开口,即'者也之乎',非文即理,故逐一看去,悉皆自相矛盾,大不近情理之说。竟不如我半世亲睹亲闻的这几个女子,虽不敢说强似前代所有书中之人,但事迹原委,亦可以消愁破闷也。……至若离合悲欢,兴衰际遇,则又追踪蹑迹,不敢稍加穿凿,徒为哄人之目,而反失其真传者。……"(戚本第一回)

盖叙述皆存本真，闻见悉所亲历，正因写实，转成新鲜。而世人忽略此言，每欲别求深义，揣测之说，久而遂多。今汰去悠谬不足辩，如谓是刺和珅（《谭瀛室笔记》）藏谶纬（《寄蜗残赘》）明易象（《金玉缘》评语）之类，而著其世所广传者于下：

一，纳兰成德家事说。自来信此者甚多。陈康祺（《燕下乡脞录》五）记姜宸英典康熙乙卯顺天乡试获咎事，因及其师徐时栋（号柳泉）之说云，"小说《红楼梦》一书，即记故相明珠家事，金钗十二，皆纳兰侍御所奉为上客者也，宝钗影高澹人；妙玉即影西溟先生：'妙'为'少女'，'姜'亦妇人之美称；'如玉''如英'，义可通假。……"侍御谓明珠之子成德，后改名性德，字容若。张维屏（《诗人征略》）云，"贾宝玉盖即容若也；《红楼梦》所云，乃其髫龄时事。"俞樾（《小浮梅闲话》）亦谓其"中举人止十五岁，于书中所述颇合"。然其他事迹，乃皆不符；胡适作《红楼梦考证》（《文存》三），已历正其失。最有力者，一为姜宸英有《祭纳兰成德文》，相契之深，非妙玉于宝玉可比；一为成德死时年三十一，时明珠方贵盛也。

二，清世祖与董鄂妃故事说。王梦阮沈瓶庵合著之《红楼梦索隐》为此说。其提要有云，"盖尝闻之京师故老云，是书全为清世祖与董鄂妃而作，兼及当时诸名王奇女也。……"而又指董鄂妃为即秦淮旧妓嫁为冒襄妾之董小宛，清兵下江南，掠以北，有宠于清世祖，封贵妃，已而夭逝；世祖哀痛，乃遁迹五台山为僧云。孟森作《董小宛考》（《心史丛刊》三集），则历摘此说之谬，最有力者为小宛生于明天启甲子，若以顺治七年入宫，已二十八岁矣，而其时清世祖方十四岁。

三，康熙朝政治状态说。此说即发端于徐时栋，而大备于蔡元培之《石头记索隐》。开卷即云，"《石头记》者，清康熙朝政治小说也。作者持民族主义甚挚，书中本事，在吊名之亡，揭清之

史湘云

失,而尤于汉族名士仕清者寓痛惜之意。……"于是比拟引申,以求其合,以"红"为影"朱"字;以"石头"为指金陵;以"贾"为斥伪朝;以"金陵十二钗"为拟清初江南之名士:如林黛玉影朱彝尊,王熙凤影余国柱,史湘云影陈维崧,宝钗妙玉则从徐说,旁征博引,用力甚勤。然胡适既考得作者生平,而此说遂不立,最有力者即曹雪芹为汉军,而《石头记》实其自叙也。

然谓《红楼梦》乃作者自叙,与本书开篇契合者,其说之出实最先,而确定反最后。嘉庆初,袁枚(《随园诗活》二)已云,"康熙中,曹练亭为江宁织造,……其子雪芹撰《红楼梦》一书,备记风月繁华之盛。中有所谓大观园者,即余之随园也。"末二语盖夸,余亦有小误(如以楝为练,以孙为子),但已明言雪芹之书,所记者其闻见矣。而世间信者特少,王国维(《静庵文集》)且诘难此类,以为"所谓'亲见亲闻'者,亦可自旁观者之口言之,未必躬为剧中之人物"也,迨胡适作考证,乃较然彰名,知曹雪芹实生于荣华,终于苓落,半生经历,绝似"石头",著书西郊,未就而没;晚出全书,乃高鹗续成之矣。

雪芹名霑,字芹溪,一字芹圃,正白旗汉军。祖寅,字子清,号楝亭,康熙中为江宁织造。清世祖巡时,五次以织造署为行宫,后四次皆寅在任。然颇嗜风雅,尝刻古书十余种,为时所称;亦能文,所著有《楝亭诗钞》五卷《词钞》一卷(《四库书目》),传奇二种(《在园杂志》)。寅子𫖯,即雪芹父,亦为江宁织造,故雪芹生于南京。时盖康熙末。雍正六年,𫖯卸任,雪芹亦归北京,时约十岁。然不知何因,是后曹氏似遭巨变,家顿落,雪芹至中年,乃至贫居西郊,啜饘粥,但犹傲兀,时复纵酒赋诗,而作《石头记》盖亦此际。乾隆二十七年,子殇,雪芹伤感成疾,至除夕,卒,年四十余(一七一九?——一七六三)。其《石头记》尚未就,今所传者止八十回(详见《胡适文选》)。

言后四十回为高鹗作者，俞樾（《小浮梅闲话》）云，"《船山诗草》有《赠高兰墅鹗同年》一首云，'艳情人自说《红楼》。'注云，'《红楼梦》八十回以后，俱兰墅所补。'然则此书非出一手。按乡会试增五言八韵诗，始乾隆朝，而书中叙科场事已有诗，则其为高君所补可证矣。"然鹗所作序，仅言"友人程子小泉过予，以其所购全书见示，且曰，'此仆数年铢积寸累之辛心，将付剞劂，公同好。子闲且惫矣，盍分任之。'予以是书……尚不背于名教，……遂襄其役。"盖不欲明言已出，而寮友则颇有知之者。鹗即字兰墅，镶黄旗汉军，乾隆戊申举人，乙卯进士，旋入翰林，官侍读，又尝为嘉庆辛酉顺天乡试同考官。其补《红楼梦》当在乾隆辛亥时，未成进士，"闲且惫矣"，故于雪芹萧条之感，偶或相通。然心志未灰，则与所谓"暮年之人，贫病交攻，渐渐的露出那下世光景来"（戚本第一回）者又绝异。是以续书虽亦悲凉，而贾氏终于"兰桂齐芳"，家业复起，殊不类茫茫白地，真成干净者也矣。

续《红楼梦》八十回本者，尚不止一高鹗。俞平伯从戚蓼生所序之八十回本旧评中抉剔，知先有续书三十回，似叙贾氏子孙流散，宝玉贫寒不堪，"悬崖撒手"，终

于为僧；然其详不可考（《红楼梦辨》下有专论）。或谓"戴君诚夫见一旧时真本，八十回之后，皆与今本不同，荣宁籍没后，皆极萧条；宝钗亦早卒，宝玉无以作家，至沦于击柝之流。史湘云则为乞丐，后乃与宝玉仍成夫妇。……闻吴润生中丞家尚藏有其本。"（蒋瑞藻《小说考证》七引《续阅微草堂笔记》）此又一本，盖亦续书。二书所补，或俱未契于作者本怀，然长夜无晨，则与前书之伏线亦不背。

此他续作，纷纭尚多，如《后红楼梦》，《红楼后梦》，《续红楼梦》，《红楼复梦》，《红楼梦补》，《红楼补梦》，《红楼重梦》，《红楼再梦》，《红楼幻梦》，《红楼圆梦》，《增补红楼》，《鬼红楼》，《红楼梦影》等。大率承高鹗续书而更补其缺陷，结以"团圆"；甚或谓作者本以为书中无一好人，因而钻刺吹求，大加笔伐。但据本书自说，则仅乃如实抒写，绝无讥弹，独于自身，深所忏悔。此固常情所嘉，故《红楼梦》至今为人爱重，然亦常情所怪，故复有人不满，奋起而补订圆满之。此足见人之度量相去之远，亦曹雪芹之所以不可及也。仍录彼语，以结此篇：

……作者自云：因曾历过一番梦幻之后，故将真事隐去，而借"通灵"之说，撰此《石头记》一书也。……自又云：今风尘碌碌，一事无成，忽念及当日所有之女子，一一细考较去，觉其行止见识，皆出于我之上。何我堂堂须眉，诚不若彼裙钗女子？实愧则有余，悔又无益，是大无可如何之日也。当此，则自欲将已往所赖天恩祖德，锦衣纨袴之时，饫甘餍肥之日，背父兄教育之恩，负师友规训之德，以致今日一技无成，半生潦倒之罪，编述一集，以告天下人。我之罪固不免，然闺阁中本自历历有人，万不可因我之不肖，自己护短，一并使其泯灭。虽今日之茅橼蓬牖，瓦灶绳床，其晨夕风露，阶柳庭花，亦未有妨我之襟怀，束笔阁墨；虽我未学，下笔无文，又何妨用俚语村言，敷衍出一段故事来，亦可使闺阁照传，复可悦世之目，破人愁闷，不亦宜乎？……（戚本第一回）

清小说之四派及其末流（节选）　鲁迅

人情派。此派小说，即可以著名的《红楼梦》做代表。《红楼梦》其初名《石头记》，共有八十回，在乾隆中年忽出现于北京。最初皆抄本，至乾隆五十七年，才有程伟元刻本，加多四十回，共一百二十回，改名叫《红楼梦》。据伟元说：乃是从旧家及鼓担上收集而成全部的。至其原本，则现在已少见，惟现有一石印本，也不知究是原本与否。《红楼梦》所叙为石头城中——未必是今之南京——贾府的事情。其主要者为荣国府的贾政生子宝玉，聪明过人，而绝爱异性；贾府中实亦多好女子，主从之外，亲戚也多，如黛玉，宝钗等，皆来寄寓，史湘云亦常来。而宝玉与黛玉爱最深；后来政为宝玉娶妇，却迎了宝钗，黛玉知道以后，吐血死了。宝玉亦郁郁不乐，悲叹成病。其后宁国府的贾赦革职查抄，累及荣府，于是家庭衰落，宝玉竟发了疯，后又忽而改行，中了举人。但不多时，忽又不知所往了。后贾政因葬母路过毗陵，见一人光头赤脚，向他下拜，细看就是宝玉；正欲问话，忽来一僧一道，拉之而去。追之无有，但见白茫茫一片荒野而已。

《红楼梦》的作者，大家都知道是曹雪芹，因为这是书上写着的。至于曹雪芹是何等样人，却少有人提起过；现经胡适之先生的考证，我们可以知道大概了。雪芹名霑，一字芹圃，是汉军旗人。他的祖父名寅，康熙中为江宁织造。清世祖南巡时，即以织造局为行宫。其父頫，亦为江宁织造。我们由此就知道作者在幼时实在是一个大世家的公子。他生在南京。十岁时，随父到了北京。此后中间不知因何变故，家道忽落。雪芹中年，竟至穷居北京之西郊，有时还不得饱食。可是他还纵酒赋诗，而《红楼梦》的创作，也就在这时候。可惜后来他因为儿子夭殇，悲恸过度，也竟死掉了——年四十余——《红楼梦》也未得做完，只有八十回。后来程伟元所刻的，增至一百二十回，虽说是从各处搜集的，但实则其友高鹗所续成，并不是原本。

对于书中所叙的意思，推测之说也很多。举其较为重要者而言：（一）是说记纳兰性德的家事，所谓金钗十二，就是性德所奉为上客的人们。这是因为性德是词人，是少年中举，他家后来也被查抄，和宝玉的情形相仿佛，所以猜想出来的。但是查抄一事，宝玉在生前，而性德则在死后，其他不同之点也很多，所以其实并不很像。（二）是说记顺治与董鄂妃的故事；而又以鄂妃为秦淮旧妓董小宛。清兵南下时，掠小宛到北京，因此有宠于清世祖，封为贵妃；后来小宛夭逝，清世祖非常哀痛，就出家到五台山做了和尚。《红楼梦》中宝玉也做和尚，就是分明影射这一段故事。但是董鄂妃是满洲人，并非就是董小宛，清兵下江南的时候，小宛已经二十八岁了；而顺治方十四岁，决不会有把小宛做妃的道理。所以这一说也不通的。（三）是说叙康熙朝政治底状态的；就是以为石头记是政治小说，书中本事，在吊明之亡，而揭清之失。如以"红"影"朱"字，以"石头"指"金陵"，以"贾"斥伪朝——即斥"清"，以金陵十二钗讥降清之名士。然此说未免近于穿凿，况且现在既知道作者既是汉军旗人，似乎不至于代汉人来抱亡国之痛的。（四）是说自叙；此说出来最早，而信者最少，现在可是多起来了。因为我们已知道雪芹自己的境遇，很和书中所叙相合。雪芹的祖父，父亲，都做过江宁织造，其家庭之豪华，实和贾府略同；雪芹幼时又是一个佳公子，有似于宝玉；而其后突然穷困，假定是被抄家或近于这一类事故所致,情理也可通——由此可知《红楼梦》一书,说是大部分为作者自叙,实是最为可信的一说。

至于说到《红楼梦》的价值,可是在中国底小说中实在是不可多得的。其要点在敢于如实描写,并无讳饰,和从前的小说叙好人完全是好,坏人完全是坏的,大不相同,所以其中所叙的人物,都是真的人物。总之自有《红楼梦》出来以后,传统的思想和写法都打破了。——它那文章的旖旎和缠绵,倒是还在其次的事。但是反对者却很多,以为将给青年以不好的影响。这就因为中国人看小说,不能用赏鉴的态度去欣赏它,却自己钻入书中,硬去充一个其中的脚色。所以青年看《红楼梦》,便以宝玉,黛玉自居;而年老人看去,又多占据了贾政管束宝玉的身分,满心是利害的打算,别的什么也看不见了。

《红楼梦》而后,续作极多:有《后红楼梦》,《续红楼梦》,《红楼后梦》,《红楼复梦》,《红楼补梦》,《红楼重梦》,《红楼幻梦》,《红楼圆梦》……大概是补其缺陷,结以团圆。直到道光年中,《红楼梦》才谈厌了。但要叙常人之家,则佳人又少,事故不多,于是便用了《红楼梦》的笔调,去写优伶和妓女之事情,场面又为之一变。这有《品花宝鉴》,《青楼梦》可作代表。《品花宝鉴》是专叙乾隆以来北京底优伶的。其中人物虽与《红楼梦》不同,而仍以缠绵为主;所描写的伶人与狎客,也和佳人与才子差不多。《青楼梦》全书都讲妓女,但情形并非写实的,而是作者的理想。他以为只有妓女是才子的知己,经过若干周折,便即团圆,也仍脱不了明末的佳人才子这一派。到光绪中年,又有《海上花列传》出现,虽然也写妓女,但不像《青楼梦》那样的理想,却以为妓女有好,有坏,较近于写实了。一到光绪末年,《九尾龟》之类出,则所写的妓女都是坏人,狎客也像了无赖,与《海上花列传》又不同。这样,作者对于妓家的写法凡三变,先是溢美,中是近真,临末又溢恶,并且故意夸张,谩骂起来;有几种还是诬蔑,讹诈的器具。人情小说底末流至于如此,实在是很可以诧异的。

《红楼梦》杂论　鲁迅

　　《红楼梦》中的小悲剧,是社会上常有的事,作者又是比较的敢于实写的,而那结果也并不坏。无论贾氏家业再振,兰桂齐芳,即宝玉自己,也成了个披大红猩猩毡斗篷的和尚。和尚多矣,但披这样阔斗篷的能有几个,已经是"入圣超凡"无疑了。至于别的人们,则早在册子里一一注定,末路不过是一个归结:是问题的结束,不是问题的开头。读者即小有不安,也终于奈何不得。然而后来或续或改,非借尸还魂,即冥中另配,必令"生旦当场团圆",才肯放手者,乃是自欺欺人的瘾太大,所以看了小小骗局,还不甘心,定须闭眼胡说一通而后快。赫克尔(E.Haeckle)说过:人和人之差,有时比类人猿和原人之差还远。我们将《红楼梦》的续作者和原作者一比较,就会承认这话大概是确实的。

　　(《坟·论睁了眼睛看》,《鲁迅全集》第一卷。)

　　文学不借人,也无以表示"性",一用人,而且还在阶级社会里,即断不能免掉所属的阶级性,无需加以"束缚",实乃出于必然。自然,"喜怒哀乐,人之情也",然而穷人决无开交易所折本的懊恼,煤油大王那会知道北京捡煤渣老婆子身受的酸辛,饥区的灾民,大约总不去种兰花,像阔人的老太爷一样,贾府上的焦大,也不爱林妹妹的。

　　(《二心集·"硬译"与"文学的阶级性"》,《鲁迅全集》第四卷。)

那时的读书人，大概可以分他为两种，就是君子和才子。君子是只读四书五经，做八股，非常规矩的。而才子却此外还要看小说，例如《红楼梦》，还要做考试上用不着的古今体诗之类。这是说，才子是公开的看《红楼梦》的，但君子是否在背地里也看《红楼梦》，则我无从知道。

（《二心集·上海文艺之一瞥》，《鲁迅全集》第四卷。）

讲起清朝的文字狱来，也有人拉上金圣叹，其实是很不合适的。……

清中叶以后的他的名声，也有些冤枉。他抬起小说传奇来，和《左传》、《杜诗》并列，实不过拾了袁宏道辈的唾余；而且经他一批，原作的诚实之处，往往化为笑谈，布局行文，也都被硬拖到八股的作法上。这余荫，就使有一批人，堕入了对于《红楼梦》之类，总在寻求伏线，挑剔破绽的泥塘。

（《南腔北调集·谈金圣叹》，《鲁迅全集》第四卷。）

看《红楼梦》，觉得贾府上是言论颇不自由的地方。焦大以奴才的身分，仗着酒醉，从主子骂起，直到别的一切奴才，说只有两个石狮子干净。结果怎样呢？结果是主子深恶，奴才痛嫉，给他塞了一嘴马粪。

其实是，焦大的骂，并非要打倒贾府，倒是要贾府好，不过说主奴如此，贾府就要弄不下去罢了。然而得到的报酬是马粪。所以这焦大，实在是贾府的屈原，假使他能做文章，我想，恐怕也会有一篇《离骚》之类。

（《伪自由书·言论自由的界限》，《鲁讯全集》第五卷。）

高尔基很惊服巴尔扎克小说里写对话的巧妙，以为并不描写人物的模样，却能使读者看了对话，便好像目睹了说话的那些人。

（八月份《文学》内《我的文学修养》）

中国还没有那样好手段的小说家，但《水浒》和《红楼梦》的有些地方，是能使读者由说话看出人来的。

（《花边文学·看书琐记》，《鲁迅全集》第五卷。）

文学虽然有普遍性，但因读者的体验的不同而有变化，读者倘没有类似的体验，它也就失去了效力。譬如我们看《红楼梦》，从文字上推见了林黛玉这一个人，但须排除了梅博士的"黛玉葬花"照相的先入之见，另外想一个，那么，恐怕会想到剪头发，穿印度绸衫，清瘦，寂寞的摩登女郎；或者别的什么模样，我不能断定。但试去和三四十年前出版的《红楼梦图咏》之类里面的画像比一比罢，一定是截然两样的，那上面所画的，是那时的读者的心目中的林黛玉。

文学有普遍性，但有界限；也有较为永久的，但因读者的社会体验而生变化。北极的爱斯吉摩人和非洲腹地的黑人，我以为是不会懂得"林黛玉型"的；健全而合理的好社会中人，也将不能懂得，他们大约要比我们的听讲始皇焚书，黄巢杀人更其隔膜。一有变化，即非永久，说文学独有仙骨，是做梦的人们的梦话。

（《花边文学·看书琐记》，《鲁迅全集》第五卷。）

然而纵使谁整个的进了小说，如果作者手腕高妙，作品久传的话，读者所见的就只是书中人，和这曾经实有的人倒不相干了。例如《红楼梦》里贾宝玉的模特儿是作者自己曹霑，《儒林外史》里马二先生的模特儿是冯执中，现在我们所觉得的却只是贾宝玉和马二先生，只有特种学者如胡适之先生之流，这才把曹霑和冯执中念念不忘的记在心儿里：这就是所谓人生有限，而艺术却较为永久的话罢。

（《且介亭杂文末编·〈出关〉的"关"》，《鲁迅全集》第六卷。）

《红楼梦》是中国许多人所知道，至少，是知道这名目的书。谁是作者和续者姑且勿论，单是命意，就因读者的眼光而有种种：经学家看见《易》，道学家看见淫，才子看见缠绵，革命家看见排满，流言家看见宫闱秘事……

在我的眼下的宝玉，却看见他看见许多死亡；证成多所爱者，当大苦恼，因为世上，不幸人多。惟憎人者，幸灾乐祸，于一生中，得小欢喜，少有窒碍。然而憎人却不过是爱人者的败亡的逃路，与宝玉之终于出家，同一小器。但在作《红楼梦》时的思想，大约也止能如此；即使出于续作，想来未必与作者本意大相悬殊。惟披了大红猩猩毡斗篷来拜他的父亲，却令人觉得诧异。

（《集外集拾遗补编·〈绛洞花主〉小引》，《鲁迅全集》第八卷。人民文学出版社1981年版。）

红楼说梦

脂砚斋重评石头记批语（选录） 脂砚斋

第一回

作者自己形容。（"生得骨格不凡，丰神迥异"句眉批。——脂靖本。）

四句乃一部之总纲。（"瞬息间则又乐极悲生，人非物换，竟是到头一梦，万境归空"句旁批。——脂铨本。）

书之本旨。（"无材可去补苍天"句旁批——脂铨本。）

开卷一篇立意，真打破历来小说窠臼；阅其笔则是《庄子》《离骚》之亚。（"所以我这一段事"等句眉批。——脂铨本。）

更好。这便是真正情理之文。可笑近之小说中，满纸羞花闭月等字。（"原来是一个丫环在那里撷花，生得仪容不俗，眉目清朗，虽无十分姿色，却亦有动人之处"等句眉批。——脂铨本。）

最可笑世之小说中，凡写奸人则用鼠耳鹰腮等语。（"猛抬头见窗内有人……生得腰圆背厚，面阔口方，更兼剑眉星眼，直鼻权腮"等句眉批。一脂铨本。)

这方是女儿心中意中正文，又最恨近之小说中满纸红拂紫烟。("这丫环……心下乃想：这人生得这样雄壮……怪道又说他必非久困之人。如此想，不免又回头两次"等句眉批。——脂铨本。)

第二回

官制半遵古名亦好。余最喜此等半有半无，半古半今，事之所无，理之必有，极玄极幻，荒唐不经之处。("表字如海，乃是前科的探花，今已升至兰台寺大夫"等句眉批。——脂铨本。)

未出宁、荣繁华盛处，却先写一荒凉小境；未写通部入世迷人，却先写一出世醒人。回风舞雪，倒峡逆波，别小说中所无之法。("雨村……忽信步至一山环水旋、茂林深竹之处，隐隐有座庙宇，门巷倾颓，墙垣朽败"等句眉批。——脂铨本。)

嫡真实事，非妄拥（拟）也。("遂额外赐了这政老爷一个主事之衔"句旁批。——脂铨本。)

以自古未闻之奇语，故写成自古未有之奇文。此是一部书中大调侃寓意处，盖作者实因鹡鸰之悲，棠棣之威，故撰此闺阁庭帏之传。("他说急疼之时，只叫姐姐妹妹字样，或可解疼，也未可知；因叫了一声，便果觉不疼了"等句眉批。——脂铨本。)

《女仙外史》中论魔道已奇，此又非《外史》之立意，故觉愈奇。("成则公侯败则贼了"等句旁批——脂铨本。)

第三回

写如海实不（？）写政老。所谓此书有不写之写是也。("否则不但有污尊兄之清操，即弟亦不屑为矣。"句旁批——脂铨本。)

如见如闻，活现于纸上之笔，好看煞。（"一见他们来了，便忙都笑迎上来"等句旁批。——脂铨本。）

声势如现纸上。（"只见三个奶嬷嬷并五六个丫环"等句旁批。——脂铨本。）

从黛玉眼中写三人。（"簇拥着三个姊妹来了"等句眉批。——脂铨本。）

挥写一笔，更妙。必个个写去则板矣。可笑近之小说中有一百个女子，皆是如花似玉一副脸面。（"……第三个身量末足，形容尚小"等句眉批。——脂铨本。）

从众人目中写黛玉。（"众人又见黛玉年貌虽小，其举止言谈不俗，身体面庞虽怯弱不胜，却有一段自然的风流态度"等句眉批。——脂铨本。）

第一笔，阿凤三魂六魄己被作者拘定了，后文焉得不活跳纸上，此等非仙助即神助，从何而得此机括耶？（"一语未了，只听得后院中有人笑声，说我来迟了，不曾迎接远客"等句旁批。——脂铨本。）

另磨新墨，搦锐笔，特独出熙凤一人。未写其形，先使闻声，所谓"绣幡开遥见英雄俺"也。（同上句眉批。——脂铨本。）

试问诸公，从来小说中可有写形追象至此者？（"这个人打扮与众姊妹不同……"等句眉批。——脂铨本。）

第六回

《石头记》中，公勋世宦之家以及草莽庸俗之族，无所不有，自能各得其妙。（"只有其子小名狗儿，狗儿亦生一子，小名板儿"等句夹批——脂铨本。）

虽平常而至奇，稗官中未见。（"手内拿着小铜火箸儿。"等句眉批。——脂靖本。）

传神之笔,写阿凤跃跃纸上。("忽又想起一事来,便向窗外叫蓉儿回来"等句眉批。——脂铨本。)

又一笑,凡六。自刘姥姥来见笑五次,写得阿凤乖滑伶俐,合眼如立在前。若会说话之人便听他说了,阿凤利害处正在此。("因笑止道:不必说了"句下夹批。——脂铨本。)

第七回

他小说中,一笔作两三笔者,一事启两事者,均曾见之;岂有似送花一回,间三带四赞花簇锦之文哉!(回前批。——脂靖本。)

好。写人换一副笔墨,另出一花样。("穿着家常衣服"句下夹批。——脂铨本。)

第八回

这方是宝卿正传。与前写黛玉之传一齐参看,各极其妙,各不相犯,使其人难其左右于毫末。("罕言寡语,人谓藏愚;安分随时,自云守拙"等句下夹批。——脂铨本。)

画神鬼易,画人物难。写宝卿正是写人之笔,若与黛玉并写更难。今作者写得一毫难处不见,且得二人真体实传,非神助而何。(同上,眉批。)

第十二回

凡野史俱可毁,独此书不可毁。("若不早毁此物"句下夹批。——脂京本。)

第十三回

此回可卿(托)梦阿凤,作者大有深意。惜已为末世,奈何奈何！（回前批。——脂靖本。）

　　写个个皆到，全无安逸之笔，深得《金瓶梅》壶奥。（"贾珍笑问价值几何"一段眉批。——脂京本。）

　　秦可卿淫丧天香楼，作者用史笔也。老朽因有魂托凤姐贾家后事二件，嫡（的）是安富尊荣坐享人能想得到处。其事虽未漏，其言其意则令人悲切屈服。姑赦之，因命芹溪删去。（总批——脂铨本。）

第十四回

　　写凤姐之心机，写凤姐之声势，写凤姐之珍贵，写凤姐之英气，写凤姐之骄大。（回目下批。——脂铨本。）

　　惯起波澜，惯能忙中写闲，又惯用曲笔，又惯综错，真妙。（"在前探头"句下夹批。——脂京本。）

　　接上文一点痕迹俱无。且是仍与方才诸人说话神色口角。（"明儿他也睡迷了，后儿我也睡迷了"等句旁批。——脂铨本。）

　　此回将大家丧事详细剔尽，如见其气概，如闻其声音，丝毫不错，作者不负大家后裔。（总批。——脂京本。）

第十五回

　　《石头记》总于没要紧处闲（用？）三二笔写正文筋骨，看官当用巨眼，不为彼瞒过方好。（"不想如今后辈人口繁盛"一段眉批。——脂京本。）

　　坏极，妙极。若与府尹攀了亲，何惜张财不能再得。小人之心如此，良民遭害如此。（"张家连倾家孝顺也都情愿"句下夹批。——脂京本。）

　　……若通部中万万件细微之事俱备，《石头记》真亦觉太死板矣。故特因此二三件隐事,借石之未见真切,淡隐去,越觉得云烟渺茫之中无限丘壑在焉。("不敢纂创"句下夹批。——脂京本。)

请看作者写势利之情,亦必因激动;写儿女之情,偏生含蓄不吐;可谓细针密缝。其述说一段,言语形迹无不逼真,圣手神文,敢不薰沐拜读。(总批。——脂戚本。)

第十六回

一段赵姬讨情闲文,却引出通部脉络,所谓由小及大,譬如登高必自卑之意。细思大观园一事,若从如何奉旨起造,又如何分派众人,从头细细直写,将来几千样细事如何能顺笔一气(写)清,又将落于死板拮据之乡。故只用琏、凤夫妻二人一问一答,上用赵姬讨情作引,下用蓉、蔷来说事作收,余者随笔顺笔略一点染,则耀然洞彻矣。此是避难法。("才刚老爷叫你作什么"句下夹批。——脂京本。)

《石头记》一部中皆是近情近理必有之事,必有之言,又如此等荒唐不经之谈,间亦有之,是作者故意游戏之笔,聊以破色取笑,非如别书认真说鬼话也。("正见许多鬼判持牌提索来捉他"等句眉批。——脂京本。)

如闻其声。试问谁留见都判来,观此则又见一都判跳出来。调侃世情固深。然游戏笔墨一至于此,真可压倒古今小说。这才算是小说。("如今只等他请出个运旺时盛的人来才罢"句下夹批。——脂京本。)

第十七、十八回

不肖子弟来看形容。余初见之,不觉怒焉,盖谓作者形容余幼年往事。因思被亦自写其照,何独余哉。信笔书之,供诸大众同一发笑。("宝玉听了,带着奶娘小厮们一溜烟就出园来"等句旁批。——脂京本。)

阅至此,又笑别部小说中一万个花园中,皆是牡丹亭、芍药圃、雕澜(栏)画栋,琼谢硃(珠)楼,略不差别。("佳蔬菜花,漫然无际"句批。——脂京本。)

花样周全之极。然必用下文者,正是作者无聊,撰出新异笔墨,使观者眼目一新,所谓集小说之大成,游戏笔墨,雕虫之技无所不备,可谓善戏者矣,又供诸人同同一戏。妙极。("或流云百幅,或岁寒三友,……或博古"等句下夹批。——脂京本。)

按理论之,则是天下本无事,庸人自扰之。若以儿女之情论之,则事必有之事,必有之理。又系今古小说中不能写到写得,谈情者办不能说出讲出,情痴之至文也。("林黛玉见他如此珍重带在里面"等句批。——脂戚本。)

非经历过,如何写得出。("三个人满心里皆有许多话,只是俱说不出"等句眉批。——脂京本。)

画出内家风范,《石头记》最难之处,别书中摸不着。("有十来个太监都喘吁吁跑来拍手儿"句下夹批。——脂京本。)

第十九回

形容刻薄之至,弋阳腔能事毕矣。闻至此则有如耳内喧哗,目中离(撩)乱。后文至隔墙闻"袅晴丝"数曲,则有如魂随笛转,魄逐歌销。形容一事,一事毕真。《石头》是第一能手矣。("锣鼓喊叫之声,远闻巷外"句下夹批。——脂京本。)

按此书中写一宝玉,其宝玉之为人,是我辈于书中见而知有此人,实未目曾亲睹者。又写宝玉之发言,每每令人不解,宝玉之生性,件件令人可笑。不独于世上亲见这样的人不曾,即阅今古所有之小说奇传中,亦未见这样的文字,于颦儿处为更甚。其囫囵不解之中实可解，可解之中又说不出理路。合目思之，却如真见一宝玉，真闻此言者，移之第二人万不可，亦不成文字矣。余阅《石头记》中至奇至妙之文，全在宝玉、颦儿至痴至呆囫囵不解之语中。其诗词雅谜酒令奇衣奇食奇玩等类，固他书中未能，然在此书中评之，犹为二著。（"可怜，可怜"句下夹批。——脂京本。）

如此至微至小中便带出家常情事，他书写不及此。（"也不敢乱给东西吃"句下夹批。——脂戚本。）

叠二语，活见从纸上走一宝玉下来，如闻其呼，见其笑。（"你说那几件我都依你，好姐姐，好亲姐姐"句下夹批。——脂京本。）

二字从古未见，新奇之至，难怨世人谓之可杀，余却最喜。（"读书上进的人，你就起个名字叫作'禄蠹'"句下夹批。——脂京本。）

第二十回

可笑近之野史中，满纸羞花闭月、莺啼燕语，除（殊）不知真正美人方有一陋处，如太真之肥、飞燕之瘦、西子之病，若施于别个不美矣。今见咬舌二字加以湘云，是何大法手眼，敢用此二字哉。不独见陋，且更觉轻俏娇媚，俨然一娇憨湘云立于纸上，掩卷合目思之，其爱厄娇音如入耳内。然后将满纸莺啼燕语之字样，填粪窖可也。（"明儿连你还咬起来呢"句下夹批。——脂京本。）

第二十一回

好文章。正是闺中女儿口角之事。若只管谆谆不已，则成何文矣。（"有人来请吃饭方往前边来"句批。——脂京本。）

又一个睡态。写黛玉之睡态，俨然就是娇弱女子，可怜。湘云之态，则俨然个娇态女儿，可爱。真是人人俱尽，个个活跳，吾不知作者胸中埋伏多少裙钗。（"那史湘云却一把青丝拖于枕畔"等句下夹批。——脂京本。）

第二十二回

作者具菩提心，提笔现身说法，每于言外警人，再三再四。而读者但以小说古词目之，则大罪过。（回末总批。——脂戚本。）

第二十四回

写得酷肖，总是渐次逼出，不见一丝勉强。（"这三街六巷，凭他是谁"等句旁批。——脂京本。）

第二十五回

一段无伦无理信口开河的混话，却句句都是耳闻目睹者，并非杜撰而有，作者与余实实经过。（"又向贾母道"等句旁批。——脂京本。）

第二十七回

移东挪西，任意写去，却是真有的。（"林姑娘蹲在这里一定听了话去了"句夹批。——脂京本。）

开生面，立新场，是书不止《红楼梦》一回，惟是回更生更新。且读去非阿颦无是且（佳）吟，非石兄断无是章法行文，愧杀古今小说家也。畸笏。（"黛玉葬花"一段眉批。——脂京本。）

第二十八回

此段与《金瓶梅》内西门庆、应伯爵在李桂姐家饮酒一回对看，未知孰家生动活泼。（"薛蟠说酒令"一段眉批。——脂铨本。）

第三十回

写尽宝、黛无限心曲,假使圣叹见之,正不知批出多少妙处。("忙接住拭了泪"句批。——脂晋本。)

第四十二回

一篇愚妇无理之谈,实是世间必有之事。("你这贫苦人起个名字,只怕压的住他"句下夹批。——脂京本。)

第四十三回

尤氏亦可谓有才矣。论有德比阿凤高十倍,惜乎不能谏夫治家,所谓人各有当也。此方是至理至情。最恨近之野史中,恶则无往不恶,美则无一不美,何不近情理之如是耶。("二人听说,千恩万谢的方收了"句下夹批。——脂京本。)

忽插入茗烟一篇流言,粗看则小儿戏语,亦甚无味,细玩则大有深意。试思宝玉之为人,岂不应有一极伶俐乖巧小童哉。此一祝亦如《西厢记》中双文降香第三炷则不语,红娘则待(代)祝数语,直将双文心事道破。……("说毕,又磕几个头,才爬起来"等句下夹批。——脂京本。)

第四十五回

几句闲话,将潭潭大宅夜间所有之事描写一尽。虽诺大一园,且值秋冬之夜,岂不寥落哉。今用老妪数语,更写得每夜深人定之后,各处(灯)光灿烂,人烟簇集,柳陌之(花)巷之中,或提灯同酒,或寒月烹茶者,竟仍有络绎人迹不绝,不但不见寥落,且觉更胜于日间繁华矣。此是大宅妙景,不可不写出,又伏下后文,且又趁(衬)出后文之冷落。此闲话中写出,正是不写之写也。脂砚斋评。("如今园门关了,就该上场了"句下夹批。——脂京本。)

第四十六回

　　余按此一算，亦是十二钗，真镜中花，水中月，云中豹，林中之鸟，穴中之鼠，无数可考，无人可指，有迹可追，有形可据，九曲八折，远响近影，迷离烟灼，纵横隐现，千奇百怪，眩目移神，现千手千眼大游戏法也。("比如袭人、琥珀、素云和紫鹃、彩霞……"句下夹批。——脂京本。)

第四十九回

　　一部书，起是梦中；宝玉情是梦中；贾瑞淫又是梦中；可卿家计长又是梦中；今作诗也是梦中。是故红楼梦也。今余亦在梦中，特为批评梦中之人而特作此一大梦也。(香菱梦中作诗交与黛玉一段眉批。——脂靖本。)

　　此文线索在斗篷，宝琴翠羽斗篷贾母所赐，言其亲也。宝玉红猩猩毡斗篷，为后雪披一衬也。黛玉白狐皮斗篷，明其弱也。李宫裁斗篷是哆啰呢，昭其质也。宝钗斗篷是莲青斗纹锦，致其文也。贾母是大斗篷，尊之词也。凤姐是披着斗篷，恰似掌家人也。湘云有斗篷不穿，著其异样行动也。岫烟无斗篷，叙其穷也。只一斗篷，写得前后照耀生色。(总批。——脂戚本。)

第五十一回

　　文有数千言写一琐事者。如一吃茶，偏能于未吃以前既吃以后，细细描写；如一拿银，偏能于开柜时生无数波折，平银时又生无数波折，心细如发。(总批。——脂戚本。)

第五十四回

首回楔子内云古今小说千部共成一套云云，犹未泄真，今借老太君一写，是劝后来胸中无机轴之诸君子不可动笔作书。……（回前总批。——脂京本。）

……会读者须另具卓识，单著眼史太君一席话，将普天下不近理之奇文，不近情之妙作一齐抹倒，是作者借他人酒杯消自己傀儡（块垒）……（总批。——脂戚本。）

第五十八回

周到细腻之至，真细之至。不独写侯府得理，亦且将皇宫赫赫，写得令人不敢坐阅。（"故得一月光景"句下夹批。——脂京本。）

第六十六回

余叹世人不识情字，常把淫字当作情字；殊不知淫里无情，情里无淫，淫必伤情，情必戒淫，情断处淫生，淫断处情生。三姐项下一横是绝情，乃是正情；湘莲万根皆削是无情，乃是至情。生为情人，死为情鬼，故结句曰："来自情天，去自情地"，岂非一篇情文字。再看他书，则全是淫，不是情了。（回前总批。——脂戚本。）

第七十六回

写得出。试思若非亲历其竟（境）者，如何莫（摹）写得如此。（"将月影荡散后复聚而散者几次"句下夹批。——脂京本。）

第七十七回

一段神奇鬼讶之文,不知从何想来。王夫人从来未理家务,岂不一木偶人哉。且前文隐隐约约已有无限口舌漫阔(浸润)之谮,原非一日矣,若无此一番更变,不独终无散场之局,且亦大不近乎情理。况此亦此(是)余旧日目睹亲闻,作者身历之现成文字,非捏造而成者,故迥不与小说之离合悲欢窠臼相对。想遭令(零)落之大族见(几)子见此,难(虽)事有各殊,然其情理似亦有默契于心者焉。此一段不独批此,真从抄检大观园及贾母对月兴尽生悲,皆可附者也。("暂且挨过今年一年,给我仍旧搬出去心净"句下夹批。——脂京本。)

红楼梦序 戚蓼生

吾闻绛树两歌,一声在喉,一声在鼻;黄华二牍,左腕能楷,右腕能草。神乎技矣,吾未之见也。

今则两歌而不分乎喉鼻,二牍而无区乎左右,一声也而两歌,一手也而二牍,此万万所不能有之事,不可得之奇,而竟得之《石头记》一书,嘻,异矣!

夫敷华掞藻,立意遣词,无一落前人窠臼,此固有目共赏,姑不具论。第观其蕴于心而抒于手也,注彼而写此,目送而手挥,似谲而正,似则而淫,如《春秋》之有微词,史家之多曲笔,试一读而绎之:写闺房则极其雍肃也,而艳冶已满纸矣;状阀阅则极其丰整也,而式微已盈睫矣;写宝玉之淫而痴也,而多情善悟不减历下、琅琊;写黛玉之妒而尖也,而笃爱深怜不啻桑娥、石女。他如摹绘玉钗金屋,刻画芗泽罗襦,靡靡焉几令读者心荡神怡矣,而欲求其一字一句之粗鄙猥亵，不可得也。盖声止一声，手止一手，而淫佚贞静、悲戚欢愉，不啻双管之齐下也。噫，异矣！其殆稗官野史中之盲左、腐迁乎！

然吾谓作者有两意，读者当具一心。譬之绘事，石有三面，佳处不过一峰；路有两溪，幽处不逾一树。必得是意以读是书，乃能得作者微旨。如捉水月，只把清辉；如雨天花，但闻香气，庶得此书弦外音乎！

乃或者以未窥全豹为恨，不知盛衰本是回环，万缘无非幻泡。作者慧眼婆心，正不必再作转语，而万千领悟，便具无数慈航矣。彼沾沾焉刻楮叶以求之者，其与开卷而瘄者几希。

德清戚蓼生晓堂氏。

红楼梦序 梦觉主人

辞传闺秀而涉于幻者，故是书以梦名也。夫梦曰红楼，乃巨家大室儿女之情，事有真不真耳。红楼富女，诗证香山；悟幻庄周，梦归蝴蝶。作是书者藉以命名，为之《红楼梦》焉。

尝思上古之书，有三坟、五典、八索、九邱，其次有《春秋》、《尚书》、志乘、梼杌，其事则圣贤齐治，世道兴衰，述者逼真直笔，读者有益身心。至于才子之书，释老之言，以及演义传奇，外篇野史，其事则窃古假名，人情好恶，编者托词讥讽，观者徒娱耳目。

今夫《红楼梦》之书，立意以贾氏为主，甄姓为宾，明矣，真少而假多也。假多即幻，幻即是梦。书之奚究其真假，惟取乎事之近理，词无妄诞，说梦岂无荒诞，乃幻中有情，情中有幻是也。贾宝玉之顽石异生，应知琢磨成器，无乃溺于闺阁，幸耳《关雎》之风尚在；林黛玉之仙草临胎，逆料良缘会合，岂意摧残兰蕙，惜乎《摽梅》之叹犹存。似而不似，恍然若梦，斯情幻之变互矣。天地钟灵之气，实钟于女子，咏絮丸熊、工容兼美者不一而足，贞淑薛姝为最，鬟婢嫋嫋，秀颖如此，列队红妆，钗成十二，犹有宝玉之痴情，未免风月浮泛，此则不然；天地乾道为刚，本秉于男子，簪缨华胄、垂绅执笏者代不乏人，方正贾老居尊，子侄跄跄，英年如此，世代朱衣，恩隆九五，□□□□□□，不难功业华褒，此则亦不然。是则书之似真而又幻乎？此作者之辟旧套、开生面之谓也。

至于日用事物之间，婚丧喜庆之类，俨然大家体统。事有重出，词无再犯，其吟咏诗词，自属清新不落小说故套，言语动作之间，饮食起居之事，竟是庭闱形表，语谓因人，词多彻性，其恢谐戏谑，笔端生活未坠村编俗俚。此作者工于叙事，善写性骨也。

夫木槿大局，转瞬兴亡，警世醒而益醒；太虚演曲，预定荣枯，乃是梦中说梦。说梦者谁？或言彼，或云此，既云梦者，宜乎虚无缥缈中出是书也，书之传述未终，馀帙杳不可得；既云梦者，宜乎留其有余不尽，犹人之梦方觉，兀坐追思，置怀抱于永永也。

甲辰岁菊月中浣梦觉主人识。

红楼评梦（选录） 诸联

《石头记》一书，脍炙人口，而阅者各有所得：或爱其繁华富丽，或爱其缠绵悲恻，或爱其描写口吻一一逼肖，或爱随时随地各有景象，或谓其一肚牢骚，或谓其盛衰循环提朦觉聩，或谓因色悟空回头见道，或谓章法句法本诸盲左腐迁。亦见浅见深，随人所近耳。

书中无一正笔，无一呆笔，无一复笔，无一闲笔，皆在旁面、反面、前面、后面渲染出来。中有点缀，有剪裁，有安放，或后回之事先为提挈，或前回之事闲中补点，笔臻灵妙，使人莫测。总须领其笔外之神情，言时之景状。

作者无所不知，上自诗词文赋，琴理画趣，下至医卜星相，弹棋唱曲，叶戏陆博诸杂技，言来悉中肯棨。想八斗之才，又被曹家独得。

全部一百二十回书，吾以三字概之：曰真，曰新，曰文。

书本脱胎于《金瓶梅》，而亵嫚之词，淘汰至尽。中间写情写景，无些黠牙后慧。非特青出于蓝，直是蝉蜕于秽。

凡值宝、黛相逢之际，其万种柔肠，千端苦绪，一一剖心呕血以出之，细等缕尘，明如通犀。若云空中楼阁，吾不信也；即云为人记事，吾亦不信也。

所引俗语，一经运用，罔不入妙，脑中自有炉锤。

凡稗官小说，于人之名字、居处、年岁、履历，无不凿凿记出，其究归于子虚乌有。是书半属含糊，以彼实者之皆虚，知此虚者之必实。

自古言情者，无过《西厢》。然《西厢》只两人事，组织欢愁，摘词易工。若《石头记》，则人甚多，事甚杂，乃以家常之说话，抒各种之性情，俾雅俗共赏，较《西厢》为更胜。

昔贤诏人读有用书，然有用无用，不在乎书，在读之者。此书传儿女闺房琐事，最为无用，而中寓作文之法，状难显之情，正有无穷妙义。不探索其精微，而概曰无用，是人之无用，非书之无用。

头脑冬烘辈，斥为小说不足观，可勿与论矣。若见而信以为有者,其人必拘;见而决其为无者,其人必无情。大约在可信可疑、若有若无间,斯为善读者。

人至于死,无不一矣。如可卿之死也使人思,金钏之死也使人惜,晴雯之死也使人惨,尤三姐之死也使人愤,二姐之死也使人恨,司棋之死也使人骇,黛玉之死也使人伤,金桂之死也使人爽,迎春之死也使人恼,贾母之死也使人羡,鸳鸯之死也使人敬,赵姨娘之死也使人快,凤姐之死也使人叹,妙玉之死也使人疑,竟无一同者。非死者之不同,乃生者之笔不同也。

红楼梦批序 王希廉

《南华经》曰:"大言炎炎,小言詹詹。"仁义道德,羽翼经史,言之大者也;诗赋歌词,艺术稗官,言之小者也;言而至于小说,其小之尤小者乎?士君子上不能立德,次不能立功立言,以共垂不朽,而戋戋焉小说之是讲,不亦鄙且陋哉!虽然,物从其类,嗜有不同。麋鹿食荐,蛣且甘带,其视荐带之味,固不异于粱肉也。余菽麦不分,之无仅识,人之小而尤小者也。以最小之人,见至小之书,犹麋鹿蛣且适与荐带相值也,则余之于《红楼梦》,爱而读之,读之而批之,固有情不自禁者矣。

客有笑于侧者曰:"子以《红楼梦》为小说耶?夫福善祸淫,神之司也;劝善惩恶,圣人之教也。《红楼梦》虽小说,而善恶报施,劝惩垂诫,通其说者,且与神圣同功,而子以其言为小,何徇其名而不究其实也?"

余曰:"客亦知夫天与海乎?以管窥天,管内之天,即管外之天也;以蠡测海,蠡中之海,即蠡外之海也。谓之无所见,可乎?谓所见之非天海,可乎?并不得谓管蠡内之天海,别一小天海,而管蠡外之天海，又一大天海也。道一而已，语小莫破，即语大莫载；语有大小，非道有大小也。《红楼梦》作者既自名为小说，吾亦小之云尔。若夫祸福自召，劝惩示儆，余于批本中已反覆言之矣。"

客无以难，曰："子言是也。"即取副本藏之而去。因书其言，以弁卷首。

道光壬辰花朝日吴县王希廉雪芗氏书于双清仙馆

红楼梦总评（选录） 王希廉

《红楼梦》一百二十回，分作二十段看，方知结构层次。第一回为一段，说作书之缘起，如制艺之起讲，传奇之楔子。第二回为二段，叙宁、荣二府家世及林、甄、王、史各亲戚，如制艺中之起股，点清题目眉眼，才可发挥意义。三、四回为三段，叙宝钗、黛玉与宝玉聚会之因由。五回为四段，是一部《红楼梦》之纲领。六回至十六回为五段，结秦氏诲淫丧身之公案，叙熙凤作威造孽之开端。按第六回刘老老一进荣国府后，应即叙荣府情事，乃转详于宁而略于荣者，缘贾府之败，造衅开端，实起于宁。秦氏为宁府淫乱之魁，熙凤虽在荣府，而弄权实始于宁府，将来荣府之获罪，皆其所致，所以首先细叙。十七回至二十四回为六段，叙元妃沐恩省亲、宝玉姊妹等移住大观园，为荣府正盛之时。二十五回至三十二回为七段，是宝玉第一次受魇几死，虽遇双真持诵通灵，而色孽情迷，惹出无限是非。三十三回至三十八回为八段，是宝玉第二次受责几死，虽有严父痛责，而痴情益甚，又值贾政出差，更无拘束。三十九回至四十四回为九段，叙刘老老、王凤姐得贾母欢心。四十五回至五十二回为十段，于诗酒赏心时，忽叙秋窗风雨，积雪冰寒，又于情深情滥中，忽写无情绝情，变幻不测，隐寓泰极必否、盛极必衰之意。五十三回至五十六回为十一段，叙宁、荣二府祭祠家宴，探春整顿大观园，气象一新，是极盛之时。五十七回至六十三上半回为第十二段，写园中人多，又生出许多唇舌事件，所谓兴一利即有一弊也。六十三下半回至六十九回为第十三段，叙贾敬物故，贾琏纵欲，凤姐阴毒，了结尤二姐、尤三姐公案。七十回至七十八回为第十四段，叙大观园中风波叠起，贾氏宗祠先灵悲叹，宁、荣二府将衰之兆。七十九回至八十五回为第十五段，叙薛蟠悔娶，迎春误嫁，一嫁一娶，均受其殃，及宝玉再入家塾，贾环又结仇怨，伏后文中举串卖等事。八十六回至九十三回为第十六段，写薛家悍妇，贾府匪人，俱召败家之祸。九十四回至九十八回为第十七段，写花妖异兆，通灵走失，元妃薨逝，黛玉夭亡，为荣府气运将终之象。九十九回至一百三回为第十八段，叙大观园离散一空，贾存周官箴败坏，并了结夏金桂公案。一百四回至一百十二回为第十九段，写宁、荣二府一败涂地，不可收拾，及妙玉结局。一百十三回至一百十九回为第二十段，了结凤姐、宝玉、惜春、巧姐诸人，及宁、荣二府事。一百二十回为第二十一段，总结《红楼梦》因缘始末。此一部书中之大段落也。至于各大段中，尚有小段落，或夹叙别事，或补叙旧事，或埋伏后文，或照应前文，祸福倚伏，吉凶互兆，错综变化，如线穿珠，如珠走盘，不板不乱……

《红楼梦》一书，全部最要关键是"真假"二字。读者须知，真即是假，假即是真；真中有假，假中有真；真不是真，假不是假。明此数意，则甄宝玉、贾宝玉是一是二，便心目了然，不为作者冷齿，亦知作者匠心。

《红楼梦》虽是说贾府盛衰情事，其实专为宝玉、黛玉、宝钗三人而作。若就贾、薛两家而论，贾府为主，薛家为宾。若就宁、荣两府而论，荣府为主，宁府为宾。若就荣国一府而论，宝玉、黛玉、宝钗三人为主，余者皆宾。若就宝玉、黛玉、宝钗三人而论，宝玉为主，钗黛为宾。若就钗、黛两人而论，则黛玉却是主中主，宝钗却是主中宾。至副册之香菱是宾中宾，又副册之袭人等不能入席矣。读者须分别清楚。

甄士隐、贾雨村为是书传述之人，然与茫茫大士、空空道人、警幻仙子等俱是平空撰出，并非实有其人，不过借以叙述盛衰，警醒痴迷。刘老老为归结巧姐之人，其人在若有若无之间。盖全书既假托村言，必须有村妪贯串其中，故发端结局皆用此人，所以名刘老老者，若云家运衰落，平日之爱子娇妻，美婢歌童，以及亲朋族党，幕宾门客，豪奴健仆，无不云散风流，惟剩者老妪收拾残棋败局，沧海桑田，言之酸鼻，闻者寒心。

从来传奇小说，多托言于梦。如《西厢》之草桥惊梦，《水浒》之英雄恶梦，则一梦而止，全部俱归梦境。《还魂》之因梦而死，死而复生；《紫钗》仿佛似之，而情事迥别。《南柯》、《邯郸》，功名事业，俱在梦中。各有不同，各有妙处。《红楼梦》也是说梦，而立意作法，另开生面。前后两大梦，皆游太虚幻境，而一是真梦，虽阅册听歌，茫然不解；一是神游，因缘定数，了然记得。且有甄士隐梦得一半幻境，绛云轩梦语含糊，甄宝玉一梦而顿改前非，林黛玉一梦而情痴愈锢。又有柳湘莲梦醒出家，香菱梦里作诗，宝玉梦与甄宝玉相合，妙玉走魔恶梦，小红私情痴梦，尤二姐梦妹劝斩妒妇，王凤姐梦人强夺锦匹，宝玉梦至阴司，袭人梦见宝玉、秦氏、元妃等托梦，宝玉想梦无梦等事，穿插其中。与别部小说传奇说梦不同，文人心思，不可思议。

《红楼梦》一书,有正笔,有反笔,有衬笔,有借笔,有明笔,有暗笔,有先伏笔,有照应笔,有著色笔,有淡描笔,各样笔法,无所不备。

一部书中,翰墨则诗词歌赋、制艺尺牍、爰书戏曲,以及对联扁额、酒令灯谜、说书笑话,无不精善;技艺则琴棋书画、医卜星相,及匠作构造、栽种花果、畜养禽鱼、针黹烹调,巨细无遗;人物则方正阴邪、贞淫顽善、节烈豪侠、刚强懦弱,及前代女将、外洋诗女、仙佛鬼怪、尼僧女道、娼妓优伶、黠奴豪仆、盗贼邪魔、醉汉无赖,色色俱有;事迹则繁华筵宴、奢纵宣淫、操守贪廉、宫闱仪制、庆吊盛衰、判狱靖寇,以及讽经设坛、贸易钻营,事事皆全;甚至寿终夭折、暴病亡故、丹戕药误,及自刎被杀、投河跳井、悬梁受逼、吞金服毒、撞阶脱精等事,亦件件俱有。可谓包罗万象,囊括无遗,岂别部小说所能望见项背。

书中多有说话冲口而出,或几句说话止说一二句,或一句说话止说两三字,便咽住不说。其中或有忌讳,不忍出口;或有隐情,不便明说,故用缩句法咽住,最是描神之笔。

《红楼梦》结构细密,变换错综,固是尽美尽善,除《水浒》、《三国》、《西游》、《金瓶梅》之外,小说无有出其右者。……

红楼梦论赞(选录) 涂瀛

(贾宝玉赞)宝玉之情,人情也,为天地古今男女共有之情,为天地古今男女所不能尽之情。天地古今男女所不能尽之情,而适宝玉为林黛玉心中目中、意中念中、谈笑中、哭泣中、幽思梦魂中、生生死死中俳恻缠绵固结莫解之情,此为天地古今男女之至情。惟圣人为能尽性,惟宝玉为能尽情。负情者多矣,微宝玉其谁与归？孟子曰："伯夷，圣之清者也；伊尹，圣之任者也；柳下惠，圣之和者也。"读花人曰："宝玉，圣之情者也。"

（林黛玉赞）人而不为时辈所推，其人可知矣。林黛玉人品才情，为《红楼梦》最，物色有在矣。乃不得于姊妹，不得于舅母，并不得于外祖母，所谓曲高和寡者，是耶非耶？语云："木秀于林，风必摧之；堆出于岸，流必湍之；行高于人，众必非之：其势然也。"于是乎黛玉死矣。

（薛宝钗赞）观人者必于其微。宝钗静慎安详，从容大雅，望之如春，以凤姐之黠，黛玉之慧，湘云之豪迈，袭人之柔奸，皆在所容，其所蓄未可量也。然斩宝玉之痴，形忘忌器，促雪雁之配，情断故人，热面冷心，殆春行秋令者与！至若规夫而甫听读书，谋侍而旋闻泼醋，所为大方家者竟何如也？宝玉观其微矣。

（贾母赞）人情所不能已者，圣人弗禁，况在所溺爱哉！宝玉于黛玉，其生生死死之情见之数矣，贾母即不为黛玉计，独不为宝玉计乎？而乃掩耳盗铃，为目前苟且之安。是杀黛玉者贾母，非袭人也；促宝玉出家者贾母，非黛玉也。呜乎！我虽不杀伯仁，伯仁由我而死，是谁之过与？

（贾政赞）贾政迂疏肤阔，直逼宋襄，是殆中书毒者。然题园偶兴，搜索枯肠，须几断矣，曾无一字之遗，何其干也？倘亦食古不化者与？孔子曰："孟公绰为赵魏老则优，不可以为滕薛大夫。"政之流亚也。

（柳湘莲赞）柳湘莲一风流荡子耳，尤三姐遽引为知己，岂曰知人。然纨袴中无雅人，文墨中无确人，道学中无达人，仕宦中无骨人，则与其为俗子狂生、腐儒禄蠹之妇也，毋宁风流浪子耳。不然，三姐死矣，几见纨袴之俦、文墨之俦、道学仕宦之俦，能与道人俱去者哉？湘莲远矣！

（鸳鸯赞）司马子长有言："死或重于泰山，或轻于鸿毛。"若是乎死之必得其所也。鸳鸯一婢耳，当赦老垂涎之日，已怀一致死之心，设使竟死，何莫非真气节。然古今来以此自裁，卒湮没而不彰者，何敢胜道，彼鸳鸯何以称焉？则泰山、鸿毛之辨也。死而有知，不当偕母入贾氏之祠乎！他年赦老来归，将何以为情也？

（紫鹃赞）忠臣之事君也，不以羁旅引嫌；孝子之事亲也，不以螟蛉自外。紫鹃于黛玉，在臣为羁旅，在子为螟蛉，似乎宜与安乐，不与患难矣。乃痛心疾首，直与三闾七子同其隐忧，其事可伤，其心可悲也。至新交情重，不忍效袭人之生；故主恩深，不敢作鸳鸯之死，尤为仁至义尽焉。呜呼，其可及哉！

（晴雯赞）有过人之节，而不能以自藏，此自祸之媒也。晴雯人品心术，都无可议，惟性情卞急，语言犀利，为稍薄耳。使善自藏，当不致遂死。然红颜绝世，易启青蝇；公子多情，竟能白壁，是又女子不字、十年乃字者也。非自爱而能若是乎？

读红楼梦纲领（选录） 姚燮

王雪香总评云：一部书中，凡寿终夭折、暴亡病故、丹戕药误，及自刎被杀、投河跳井、悬梁受逼、吞金服毒、撞阶脱精等事，件件俱有。今查林如海以病死，秦氏以阻经不通水亏火旺犯色欲死，瑞珠以触柱殉秦氏死，冯渊被薛蟠殴打死，张金哥自缢死，守备之子以投河死，秦邦业因秦钟、智能事发老病气死，秦钟以劳怯死，金钏以投井死，鲍二家以吊死，贾敬以吞金服沙烧胀死，多浑虫以酒痨死，尤三姐以姻亲不遂携鸳鸯剑自刎死，尤二姐以误服胡君荣药将胎打落后被凤姐凌逼吞金死，鸳鸯之姊害血山崩死。黛玉以忧郁急痛绝粒死,晴雯以被撵气郁害女儿痨死,司棋以撞墙死,潘又安以小刀自刎死,元妃以痰厥死,吴贵媳妇被妖怪吸精死,贾瑞为凤姐梦遗脱精死,石呆子以古扇一案自尽死,当槽儿被薛蟠以碗砸伤脑门死,何三被包勇木棍打死,夏金桂以砒霜自药死,湘云之夫以弱症夭死,迎春被孙家揉搓死,鸳鸯殉贾母自缢死,赵姨被阴司拷打在铁槛寺中死,凤姐以劳弱被冤魂索命死,香菱以产难死,则足以考终命者,其惟贾母一人乎?

贾府姊妹自乳母外,有教引老妈子四人,贴身丫头二人,充洒扫使役小丫头四五人,自拨入大观园后,各添老嬷嬷二人,又各派使役丫头数人,以一女子而服役者十余人,其他可知矣。

论月费一项,王夫人月例每月二十两,李纨每月月银十两,后又添十两,周、赵二姨每月二两,贾母处丫头每人每月一两,外钱四吊,宝玉处大丫头每人月各一吊,小丫头八人每人月各五百,其余各房等皆如例,即此一项,其费已侈矣。

内外下人俱各有花名档子册,凡取物各有对牌,其有犯事者,或革去月钱,或交总事者打四十板、二十板不等,或拨入圊厕行内,或捆交马圈子里看守,或竟撵出,具见大家规矩。

查抄以后,一切下人除贾赦一边入官人数外,府中管事者尚有三十余家,共计男女二百十二名,至贾母丧时,查剩男仆二十一人,女仆十九人,盛衰之速如此。

凤姐放债盘利,于十一回中则平儿尝说旺儿媳妇送进三百两利银,第十六回云旺儿送利银来,三十九回云将月钱放利,每年翻几百两体己钱,一年可得利上千,七十二回凤姐催来旺妇收利账,叙笔无多,其一生之罪案已著。

凤姐叫宝玉所开之账,为大红妆缎四十匹、蟒缎四十匹、各色上用纱一百匹、金项圈四个,虽卒未知其所用,亦见其侈糜之一端。

两府中上下内外出纳之财数,见于明文者,如芹儿管沙弥道士每月供给银一百两;芸儿派种树领银二百两;给张材家的绣匠工价银一百二十两;贵妃送醮银一百二十两;金钏死,王夫人赏银五十两;王夫人与刘老老二百两;凤姐生日凑公分一百五十两有余;鲍二家死,琏以二百两与之,入流年账上;诗社之始,凤姐先放银五十两;贾赦以八百两买妾;度岁之时,以碎金二百五十三两六钱七分,倾压岁锞二百二十个;乌庄头常例物外缴银二千五百两,东西折银二三千两;袭人母死,太君赏银四十两;园中出息,每年添四百两;贾敬丧时,棚杠、孝布等共使银一千一百十两;尤二姐新房,每月供给银十五两;张华讼事,凤姐打点银三百两,贾珍二百两,凤又讹尤氏银五百两;金自鸣钟卖去银五百六十两;夏太监向凤姐借银二百两;金项圈押银四百两;薛蟠命案,薛家费数千两;查抄后欲为监中使费,押地亩数千两,至凤姐铁槛寺所得银三千两;贾母分派与赦、珍等银万余两;贾母之死,礼部赏银一千两。无论出纳,真书所云如淌海水者。宜乎六亲同运,至一败而不可收也。

元妃宠时,其所载赏赐之隆,不一而足,至贾母八十生寿,其赏赐及王侯礼物亦可谓富盛一时。至酬赠如甄家进京时,送贾府礼,叙上用妆缎蟒缎十二匹,上用杂色缎十二匹,上用各色纱十二匹,上用宫绸十二匹,官用各色纱缎绸绫二十匹;贾敬死时,甄家送打祭银五百两:举此二端,凡所酬赠者可知。至礼节如宝玉行聘之物,叙金项圈金珠首饰八十件,妆蟒四十匹,各色绸缎一百二十匹,四季衣服一百二十件,外羊酒折银:举此一端,其他之婚丧礼节可知。殆所谓开大门楣,不能做小家举止耶?

详叙乌庄头货物单,所以纪其盛,而此时贾珍之辞,犹以为未足;详叙抄没时货物单,所以纪其衰,而此时赦、政之心殊苦。其他多一入一出,一喜一悲,祸福乘除,信有互相倚伏者。

英莲方在抱,僧道欲度其出家;黛玉三岁,亦欲化之出家,且言外亲不见,方可平安了世;又引宝玉入幻境;又为宝钗作冷香丸方,并与以金锁;又于贾瑞病时,授以风月宝鉴;又于宝玉闹五鬼时,入府祝玉;又于尤三姐死后,度湘莲出家;又于还宝玉失玉后,度宝玉出家,正不独甄士隐先机早作也。则一部之书,实一僧一道始终之。

凡宝、黛二人相见争怄之事,若游园归后将荷包剪碎一段,史湘云来时斗口一段,看《会真记》以谑词激怒一段,怡红院不开门一段,因落花伤感一段,贾母处裁衣口角一段,元妃赐物时论金玉口角一段,清虚观怀麒麟后一段,剪玉穗子大闹一段,潇湘馆大闹掷帕与拭泪一段,两人诉肺腑一段,向袭人误认黛玉一段,铰肩套儿一段,听宝与湘说林妹妹再不说这话一段,放心不放心二人辩说一段,黛玉奠亲后宝玉过谈并看五美吟一段,梦中见剖心一段,听琴后论知音一段,闻雪雁宝玉定亲之语自己糟蹋身子一段,闻傻大姐语过贾宝玉见面一段,皆关目之紧要者。须玩其一节深一节处,斯不负作者之苦心。

世态之幻,无幻不搜,文章之法,无法不尽,但赏其昵昵儿女之情,非善谈此书者。